Crome-Schwiening
Garnisongeschichten & Manöverbilder

Umschlag
Zirkel des 2. Hannoverschen Infanterieregimentes Nr. 77,
aus den Buchstaben H, I, R und den Zahlen 2 und 77.

Garnisongeschichten
&
Manöverbilder

Zwei Schriften
über das Infanterieregiment 77
in Celle um 1880

von
Carl Crome-Schwiening

Neu gesetzt, illustriert und
herausgegeben
von
Barbara und Harald Pinl

Altencelle 2023

Herstellung und Verlag:
BoD – Books on Demand, Norderstedt

ISBN: 9783734700064

Inhalt

Celle. Infanterie-Kaserne.

Einleitung

Carl Crome-Schwiening leistete nach seinem Abitur an einem Celleschen Gymnasium Wehrdienst als Einjährig-Freiwilliger im 2. Hannoverschen Infanterieregiment Nr. 77. Seine Geschichten spielen meist in der Garnison Celle, wo das Regiment in der großen Infanteriekaserne, dem heutigen Neuen Rathaus, stationiert war. Die beschriebenen Manöver des Regimentes fanden zwischen Lüneburg und Göttingen, Hannover, Lüchow und Helmstedt statt.

Ursprünglichkeit und Ortstreue seiner Schilderungen lassen davon ausgehen, dass Crome-Schwiening die Geschichten selbst erlebt oder von ihnen während seiner Dienst- und Übungszeiten etwa in den Jahren zwischen 1877 und 1882 erfahren hat. Sein Alter, geboren 1858, und die Erwähnung des Kommandeurwechsels 1881 deuten darauf hin. Somit haben wir Geschichten eines Zeitzeugen über die Zustände auf unterster Ebene der preußischen Armee vorliegen – wenn vielleicht auch anekdotenhaft überzeichnet.

Die zahlreichen Worte auf Französisch, Englisch und Lateinisch wurden in […] übersetzt. Ausdrücke und Begriffe, die näher erklärt werden, sind mit * gekennzeichnet und am Schluss der Schrift unter den Erläuterungen zu finden.

Dem Garnison-Museum Celle sei für die Abdruckerlaubis von Photos gedankt. Der Nachweis aller Abbildungen befindet sich am Schluss der Schrift. Schmuckleisten, Initialen und Vignetten wurden aus den originalen Schriften übernommen.

Altencelle, im Januar 2023   Barbara und Harald Pinl

Garnisongeschichten.

Heitere Bilder vom Exerzierplatz und
aus der Mannschaftsstube

von

C. Crome-Schwiening.

—⋙ 2. Auflage. ⋘—

Berlin.
Verlag von Neufeld & Henius.
SW., Großbeerenstraße 94.

Titelblatt der 2. Auflage von 1894

Inhalt der Garnisongeschichten

Personen

Cordes, Fritz : Offiziersbursche
Dürbig : Küchenunteroffizier
Kätchen : Tochter des Kantinenwirtes Langhans
Knollstiebel : Unteroffizier und Korporalschaftsführer
Kreikemeyer : Tambour
Langhans : genannt „Papa Langhans", Kantinenwirt
Leutnant von R. : genannt der „Bullenbeißer"
Meier : Einjährig-Freiwilliger
Prisky : Musketier, genannt „Polacke"
Säugling : Füsilier
Staats : Musketier, auch „Rotkopp" genannt

Orte

In und auf dem Gelände der Infanteriekaserne Celle:
* Exerzierhalle und Exerzierplatz (Wildgarten)
* Kantine mit Hinterstübchen
* Kasino
* Militär-Arrestlokal
* Stube 48
* Unteroffizier-Versammlungs-Zimmer

Die Wurst.

ei der vierten Kompanie meines Regiments stand ein Polacke *. Er war der einzige im ganzen Regimente, dessen Stammbaum seine Wurzeln in der sogenannten „Wasserpolackei" * hatte. Welches Schicksal ihn nach Mitteldeutschland und in die Reihen einer Truppe getrieben, die sich sonst nur aus Landeskindern und einer ziemlich erheblichen Anzahl von Elsässern rekrutierte, das mag der Himmel wissen. Genug, er war da und blieb da.

Einen Rüpel hat jede Kompanie. – Auch die vierte Kompanie hatte ihn und zwar in der vierschrötigen Gestalt unseres Wasserpolacken. Er war durchaus kein schlechter Soldat, aber er hatte Pech, entschiedenes Pech. Er exerzierte so stramm wie einer, aber wenn zufällig der Herr Major auf den Exerzierplatz kam und auch nur zwei Minuten dem Exerzieren zuschaute, so machte er in diesen zwei Minuten gewiss ebenso viele Dummheiten. Weiß der Teufel, wie es kam, aber unser Polacke hatte allein für seine Person mehr Stunden nachzuexerzieren, als die halbe Kompanie, und die Tage Mittelarrest, die mit seiner Person bereits in Verbindung gebracht waren, konnte selbst der gewiegteste Rechner nicht mehr zählen.

Prisky, wie der Rüpel hieß, war seines Zeichens ein Schlächter. Er glich selbst einem Ochsen mehr als einem Menschen. Er war durchaus nicht intelligent, aber er hatte einen gewissen Instinkt, der ihm manch' liebes Mal gute Dienste leistete. Die Mannschaften konnten ihn ganz gut leiden, denn er war der gefälligste Kamerad, der sich denken ließ; der Korporalschaftsführer aber, zu dessen Korporalschaft er gehörte, war sein bitterster Feind, denn Prisky hatte eine Untugend, die sich selbst durch die fürchterlichsten

Prügel nicht beseitigen ließ – er war bodenlos schmutzig.

Das Reglement schreibt dem Soldaten Sauberkeit vor. Bei Prisky war jede Mühe in dieser Hinsicht vergebens. Sein Unteroffizier hatte ihn mit Bürsten und Sand abreiben lassen, dass die Haut dabei in Fetzen gegangen war. Es war und blieb love's labour lost – Prisky blieb schmutzig.

Der Hauptmann von der vierten Kompanie war ein Nörgeler. Es gibt solche unter den Hauptleuten in großer Menge. Ein schlecht geputzter Knopf machte ihn wütend, ein Schmutzstreif am Halse eines Mannes ließ ihn erzittern und ein Fleck in einer der besseren Garnituren brachte ihn so zum Toben, dass man für seinen Verstand zu fürchten geneigt gewesen wäre, wenn ein Hauptmannsverstand überhaupt im Stande wäre, sich je zu verwirren.

Wie es zuging, wusste kein Mensch. Hatte Unteroffizier Knollstiebel den Polacken eigenhändig vor dem Appell gewaschen – er war schmutzig, wenn des Hauptmanns Auge auf ihn fiel. Und hätte man ihm nach dem Bade selbst die erste Kriegsgarnitur, die noch mit keinem Menschenleibe in Berührung gekommen war, angezogen – sie hätte sicher ein paar Flecke aufzuweisen gehabt, noch ehe eine Minute verflossen wäre.

„Isse alles nutz nichts!" pflegte Prisky reumütig und verzweifelnd in seinem scheußlichen Deutsch zu sagen, wenn er wieder eine donnernde Philippika [Strafpredigt] des Hauptmanns angehört und beim Wiedereinrücken eine gehörige Tracht Prügel von Knollstiebel erhalten hatte. Und der gute Polacke hatte Recht. In Bezug auf seine Reinlichkeit konnte man von allen Hilfsmitteln sagen: „isse alles nutz nichts!"

Der Polacke aß nicht, sondern er fraß. Ließ einer seiner Stubengefährten ein Stück Kommissbrot eine Sekunde nur unbewacht liegen, so hätte er es nur vermittelst der Sektion [Leichenöffnung] Priskys wiederentdecken können. Über Priskys Appetit ging nichts; ja, er klagte mir einmal, als ich während meines Dienstjahres probeweise die Korporalschaft führte, mit Tränen in den Augen: „Isse Prisky immer hungrig, isse nie genug viel Essen da für Prisky!"

Unser Polacke war kein Gourmand [Schlemmer]. Was die anderen als ungenießbar wegwarfen, war „gut für Polack". Knollstiebel selbst war vor seinem Appetit nicht sicher. So hatte er sich im letzten Winter von seiner „Jette" eine Hand voll alter Speckschwarten mitgebracht und seine sämtlichen Stiefel damit eingerieben. Am folgenden Morgen waren sie verschwunden. Prisky gestand endlich, mit der Zunge schnalzend, dass „Speck isse gut vor Prisky!"

Nachdem Unteroffizier Knollstiebel seine Hände an dem Unglücklichen braun und blau und fast sämtliche Schemelbeine in der Stube auf dessen Rücken entzweigeschlagen hatte, verzweifelte er. Er wollte nichts mehr mit dem Schmutzfink zu tun haben und betraute einen stämmigen Gefreiten mit Priskys stetiger Überwachung. Jetzt begann für den Polacken eine Prügelsaison, die ihres Gleichen nicht hatte, und in dem dumpfen Hirne desselben nistete sich endlich der Gedanke nach Rache an demselben langsam aber um so nachhaltiger fest.

Und doch – gegen äußere Einflüsse, mochten sie nun durch Faust, Stuhlbeine oder Klopfpeitschen * hervorgebracht sein, war Prisky zu abgehärtet, um von ihnen zu einer rächenden Tat angestachelt zu werden. Ein Attentat gegen seinen Magen war allein geeignet, ihn zu blinder Wut zu reizen und die Gelegenheit zu einer solchen ließ nicht lange auf sich warten.

Ein Lieferant hatte für die Speisebedürfnisse des ganzen Regimentes zu sorgen. Er bezog die Fleischvorräte von einem Schlächter, dem er das Vieh lieferte. Die sämtlichen Feldwebel und Küchenunteroffiziere standen mit diesem Lieferanten natürlich auf höchst freundschaftlichem Fuße. Und nur dieser Intimität ist es zu danken, dass, als der betreffende Schlächter eines schönen Tages Hilfe brauchte, Prisky als „gelernter" Schlächter vom Feldwebel den Auftrag erhielt, sich zur Aushilfe nachmittags bei demselben einzufinden.

Des Polacken Antlitz glänzte, als er vom Feldwebel diesen Befehl erhielt, sofort zog er seinen Drillichanzug an und verschwand. In seinem Handwerk musste er ein nicht zu verachtender Gehilfe sein, denn als er am Abend in die Kaserne zurückkehrte, brachte er außer einem Topf voll Branntwein noch eine Mark bares Geld und eine leckere Leberwurst mit.

Nur mit Mühe hatte Prisky der Versuchung widerstanden, die ganze Wurst bereits auf dem Heimwege zu verzehren. – Aber eine gewisse Gourmandise [Feinschmeckerei], die in seinem Magen aufzukeimen begann, hielt ihn davon ab. Vor seinem entzückten Geiste malte sich ein viel zu verlockendes Abendbrot: ein frisches Kommissbrot, eine Flasche Nordhäuser und die Wurst – ein schöneres Göttermahl gab's für unseren Polacken schlechterdings nicht.

Im Vorgefühle desselben schwelgend, betrat er die Stube. – Die Stubenmannschaft saß unter Leitung des Gefreiten an den Tischen und putzte Patronenhülsen. Knollstiebel saß mit brummigem Gesicht hinter seinem Verschlage und rauchte und las in einem alten Kalender.

Prisky meldete sich bei ihm und trat an sein Spind, um seine Stubengarnitur anzulegen, nicht ohne vorher mit einem faunischen Grinsen seinen Kameraden die leckere Wurst gezeigt zu haben. Hätte er in diesem Augenblicke das teufliche Lächeln auf dem Antlitz des Gefreiten gesehen, er hätte sie selbst auf die Gefahr augenblicklicher Erstickung hin sofort verschlungen.

Prisky suchte seinen Spindschlüssel noch, als Knollstiebel seinen Namen rief.

„Herre Und'offizier!" rief der Polack, während er sich vergeblich bemühte, den Schlüssel in aller Eile in das Schloss zu bringen.

„Kreuzmillionenschock, verdammter Halunke, bist Du noch

nicht da!" schrie Knollstiebel grimmig hinter dem Verschlage hervor, als Prisky nicht unmittelbar seinem Rufe Folge leistete.

„Donnerwetter, scheer' Dich hin!" schrie der Gefreite, der Prisky und seine Wurst keinen Augenblick aus den Augen gelassen. – „Willst Du, verdammter Wasserpolacke, oder – "

Prisky warf mit schmerzlichem Lächeln die Wurst auf ein Bett und lief zu Knollstiebel.

Während Knollstiebel seiner Gewohnheit nach den Anzug Priskys einer genauen Okularinspektion [augenscheinlichen Besichtigung] unterzog, wurde in der Stube selbst ein unerhörtes Attentat vollführt.

Der Polacke war nicht sobald hinter dem Unteroffiziersverschlage verschwunden, als der Gefreite aufsprang, einigen älteren Soldaten winkte und mit einem Satze an dem Bette war, auf dem Priskys Wurst im ruhigen Bewusstsein ihres fettigen Wertes lag.

Ein halbes Dutzend Taschenmesser war im nächsten Augenblick damit beschäftigt, die Wurst in ebensoviele Teile zu zerlegen, und während der unglückliche Polacke bei Knollstiebel ein peinliches Verhör über seine Tätigkeit als Schlächter bestand und schließlich den Auftrag erhielt, ihm seine sämtlichen Stiefel – Knollstiebel besaß zehn Paar solcher – blitzblank zu putzen, waren ein halbes Dutzend derber Zahnreihen damit beschäftigt, den Transitverkehr der Wurst von den Lippen zum Magen zu befördern.

Fünf Minuten waren vergangen, Prisky kehrte mit zehn Stiefelpaaren beladen aus seinem gezwungenen Aufenthalte hinter dem Verschlage in die Stube zurück. Ein scheuer Blick streifte seine Kameraden. Alle saßen eifrig an den Tischen und putzten. Nur auf ihren Gesichtern lag es wie ein unterdrücktes Lachen.

Als Prisky an dem bewussten Bette vorüberschritt, reckte er seinen Hals so lang wie möglich, um einen Blick auf seine Magenfreude zu werfen.

Im nächsten Moment fielen zwanzig Stiefel dröhnend zur

Erde. Ein gellender Schrei lockte selbst Knollstiebel aus seinem Refugium hervor und ein kolossales Gelächter, aus zwanzig Soldatenkehlen erdröhnend, erschütterte die Luft.

Prisky aber stand, eine bejammernswerte Gestalt, bleich vor Wut und mit Tränen in den Augen da, den starren Blick auf ein winziges Häufchen Wurstschale gerichtet, die an der Stelle seiner schönen Wurst in eklem Durcheinander auf der Bettdecke lag.

Es war entschieden nicht philosophisch, dass Prisky seiner Entrüstung lauten Ausdruck gab. Diejenigen seiner Kameraden, denen er die Entwendung seiner Wurst auf den Kopf zusagte, vergalten ihm diesen schmählichen Verdacht mit einer solchen Tracht Prügel, dass der Polacke es als eine Erleichterung empfand, als er zehn Minuten darauf, zitternd an allen Gliedern, herausgeworfen aus der Stube, in dem halberleuchteten Korridore stand.

Von diesem Augenblicke an dachte der Pole nur an Rache, und diese richtete sich ganz allein gegen den Gefreiten, den sein Instinkt als Hauptattentäter bezeichnete.

Alle zwei Jahre findet bei den Infanterieregimentern eine sogenannte „Musterung" statt. Dieselbe erstreckt sich weniger auf die Mannschaften, als auf ihre Ausrüstungsgegenstände. „Lumpenparade" nennt man sie deshalb im Kasernenjargon. Die Lumpenparade wird gemeiniglich von dem Brigadekommandeur abgehalten und Wochen vorher werden die Kammern und die in den Händen der Mannschaften befindlichen Gegenstände einer Reinigung unterzogen, die das Äußerste in dieser Kunst erreicht.

Priskys Gehirn brütete lange über einen Racheakt nach. Und sein Gehirn, das in den Instruktionsstunden vollständig unfähig zu irgend einem Gedanken erschien, brachte einen Plan zusammen, der an diabolischer Kompilation die Ideen einer Teufels-Großmutter beschämt hätte.

Der wichtige Tag war erschienen. Der Herr General war da. Alle Capitains d'armes [Waffen-Unteroffiziere] * schwitzten Blut.

Die Hauptleute waren ein Gemisch von Angst und Erwartung und die Mannschaften sahen dem Ergebnis eines wochenlangen Putzens mit stiller, aber um so ängstlicherer Erwartung entgegen.

Das Bataillon hatte – da es schönes heiteres Wetter war, auf dem Exerzierplatze vor der Kaserne „ausgelegt". – In Abständen von je drei Schritt standen die Glieder, vor jedem Mann lag der Mantel, der Tornister und neben diesem die verschiedenen kleinen Montierungsstücke *, alles nach der Schnur gerichtet.

Seit dem frühen Morgen war die vierte Kompanie damit beschäftigt auszulegen. In Knollstiebels Korporalschaft lagen die Tornister des Gefreiten und Priskys friedlich neben einander. Der Gefreite hatte schlechte Laune heute. Noch vor dem Ausrücken hatte er den armen Polacken fürchterlich geprügelt, als Vorsichtsmaßregel, damit er keine Dummheiten heute mache. Aber Prisky hatte dabei keine Miene verzogen, ja, in seinem Antlitz hatte sich sogar ein Zucken bemerkbar gemacht, das bei ihm die Stelle des Lachens vertrat.

Als Knollstiebel und der Gefreite, kurz vor dem Kommando „Stillgestanden", noch einmal die Lage der Sachen revidierten [prüften], bückte sich Prisky nieder, um seinen Tornister, der sich ein wenig verschoben, wieder gerade zu rücken. Ohne dass die anderen es bemerkten, griff er in die hintere Rocktasche und schob im nächsten Moment auch den Tornister des Gefreiten auf den Zuruf des Unteroffiziers besser in die Richtungslinie, nicht ohne vorher die Hand unter den Deckel desselben gesenkt zu haben.

Das Kommando „Stillgestanden" kam. – Von der dritten Kompanie her näherte sich die Suite [das Gefolge], der General an der Spitze. Um ihn herum tanzte ein schlankes Windspiel. Das war zwar wider das Reglement, aber bei dem Herrn General nahm man es nicht so genau.

Der Hauptmann überreichte den Kompanierapport und die Musterung begann. Der Herr General nahm hier höchst eigenhändig

16

einen Mantel in die Höhe und besah sekundenlang die gleichmäßig graue Fläche, dort griff er nach einer Patronentasche und versuchte mit aller Schärfe, deren Generalsaugen bekanntlich fähig sind, einen Flecken auf der spiegelblanken Fläche zu entdecken. So schritt er von Mann zu Mann weiter.

Das Windspiel betrachtete, voranlaufend, mit höchst geringschätzender Miene die ausgelegten Sachen, hier beroch es einen alten Helm, dort stieß es mit der Schnauze an einen Kochkessel, dass dieser aus der Richtungslinie gerückt wurde und nur ein leichter Jagdhieb des Adjutanten hielt es davon ab, gerade auf dem Mantel des Feldwebels einen Fleck zu hinterlassen, der wahrscheinlich von dem besten Fleckpulver nicht wieder entfernt worden wäre.

Jetzt bog die Suite um den Flügel des zweiten Gliedes. „Stillgestanden!" erschallte das Kommando für das dritte Glied, an dessen rechtem Flügel Knollstiebels Korporalschaft stand. Das Windspiel hatte seine Beschnoperei augenscheinlich satt, denn es schritt gravitätisch durch die Gasse, als es plötzlich in Priskys Nähe die Nase hob, die Luft begierig aufschnoperte und plötzlich mit einem Freudengeheul auf den Tornister des Gefreiten los sprang.

Dieser erbleichte unwillkürlich; um Priskys Mundwinkel aber zuckte es.

In der Suite des Generals war man auf das Gebaren des Hundes aufmerksam geworden. Dieser selbst warf einen Blick zur Seite und als er seinen Liebling mit der Schnauze wiederholt an dem Tornisterdeckel herumwühlen sah, beschleunigte er unwillkürlich seine Schritte.

Ein fröhliches Gebell des Hundes ertönte und mit einem leichten Satz stand das Windspiel auf dem Tornister, mit der rechten Vorderpfote eifrig an der Klappe kratzend.

Der Hauptmann wurde rot vor Wut, der Feldwebel käsebleich, und bleich wie eine Wachspuppe stand der Gefreite, mit angstvoll pochendem Herzen dem Gebahren des Hundes zuschauend.

Jetzt trat der General heran. Ein leichter Schlag mit der Hand trieb den Hund von dem Tornister, aber neben diesem blieb er knurrend stehen.

Mit gerunzelter Stirn blieb der General vor dem Gefreiten stehen.

„Tornister vorzeigen."

Der arme Gefreite war sich bewusst, seine sämtlichen Sachen in der vorschriftsmäßigen Ordnung zu haben. Trotzdem zitterten seine Hände, als er den Tornister emporhob. Es polterte etwas darin und im nämlichen Augenblick sprang der Hund schweifwedelnd an dem Soldaten empor.

„Aufmachen und umkehren!"

Dem Befehle wurde Folge geleistet. Aber was war das? Dem geöffneten Tornister entfiel ein – großes Stück Wurst, mit dem der Hund in der nächsten Sekunde davonsprang.

Das Gesicht des Generals legte sich in strenge Falten. Der Oberst runzelte die Stirn. Der Hauptmann stand sprachlos da ob dieser Unverschämtheit eines seiner Gefreiten und die zum Lachen verzogenen Gesichter der Mannschaften wurden ernst bei diesem Anblick – vierzehn Tage Kasernenarrest war das Mindeste, was der ganzen vierten Kompanie blühte.

„Eine solche Unordnung ist mir noch nicht vorgekommen!" sagte der General mit einem vernichtenden Blicke auf den Gefreiten, unter dem dieser fast zusammenbrach. „Herr Hauptmann, ich erwarte eine nachdrückliche Bestrafung dieses Mannes!"

Die Besichtigung war vorüber. Aber jetzt brach ein Strafgericht über den armen Gefreiten herein, dass selbst dem abgehärtesten Unteroffizier die Haut schauderte. Trotz aller seiner Beteuerungen wurden ihm acht Tage Mittelarrest wegen „Unordnung im Dienst" aufgebrannt und als am Nachmittage die Mannschaften dienstfrei auf der Stube sangen und rauchten, machte sich der Gefreite fertig, seinen Arrest mit Tränen der Wut anzutreten.

Als er wenige Minuten später mit dem Dujour-Unteroffizier [Unteroffizier vom Dienst] die Kaserne verließ, um auf die Hauptwache gebracht zu werden, stand Prisky am Kasernentore und warf dem Unglücklichen einen zufriedenen Blick nach.

„Isse gut!" sagte er dann ruhig und kehrte auf die Stube zurück. Das war des Polacken Rache!

Musketier
im
Dienstanzug

Tambour Kreikemeyer.

ambour Kreikemeyer! Wenn irgend eine müßige Stunde mich in das holde Reich der Erinnerungen zurückführt und alle die Gestalten vor meinem geistigen Auge wieder aufleuchten, die dereinst in der engen militärischen Gemeinschaft, welche die Kompanie bildet, mit mir die Freuden und Leiden eines Kgl. preußischen Infanteristen durchkosteten, dann bist Du, Tambour Kreikemeyer von der sechsten Kompanie meines alten und lieben Hannoverschen Regimentes einer der Ersten, die sich mir präsentieren! Du, der Pechvogel in der Kompanie, dem auch das Beste, das Du gewollt und erstrebt hast – wenn von einem Streben bei einem simplen Tambour überhaupt die Rede sein kann, zum Bösen ausschlug, wie viel Heiterkeit hast Du unter Deinen Kameraden verbreitet, Heiterkeit, die Dir selbst das gegenteilige Gefühl einflößte, denn, o Kreikemeyer, ich muss auch dies meinen Lesern wahrheitsgemäß berichten, ein volles Sechstel Deiner Dienstzeit fast hast Du armer guter Pechvogel in dem kleinen Häuschen nahe der Wiesenwache zugebracht, dessen mit Eisentraillen [Eisenstäben] verzierte Fenster es als Militärarrestlokal jedem Eingeweihten kennzeichnen! Jetzt winkt Dir der schönste Lohn – denn in diesen Blättern sollen Dein Name und Deine Taten fort leben, so lange sie Leser finden und so lange nicht irgend ein Viktualienhändler sie benutzt, um echten Limburger Käse – Dein Leib- und Magenessen, guter Kreikemeyer – darin einzuwickeln!

In jeder Kompanie fast gibt es einen Mann, auf den Fortuna während seiner Dienstzeit mit eisiger Miene herabschaut. Wem einmal das Signum „Pechvogel" beim Militär anfgedrückt ist, der braucht kein Muselmann zu werden, um an die Existenz eines Fatums zu glauben. Sein Pech, nie versiegend, stets sich im unerwarteten Moment einstellend, ist sein Fatum und ist zuverlässiger als die chronische Geldnot eines jungen Leutnants an den letzten Tagen des Monats, und was gäbe es zuverlässigeres auf Erden?

Pechvogel zu sein, mag im Leben mitunter sein Angenehmes haben, im militärischen Leben aber keineswegs. Die Arrestpforten stehen für jeden, der den bunten Rock tragen muss, in bedenklicher Weise offen und nur, wenn sie sich hinter einem Arrestanten geschlossen haben, ist die Leichtigkeit ihres Geöffnetwerdens eine höchst problematische. Wir hatten in unserer kleinen Garnisonstadt vier Arrestlokale und jedes von ihnen wies eine ganz respektable Anzahl von Zellen auf – lagen doch in der kleinen Provinzialstadt ein ganzes Regiment Infanterie und ein halbes Feldartillerie, aber keine von ihnen dürfte unserem guten Tambour fremd geblieben sein.

Es ist wahr, Kreikemeyer kämpfte anfänglich tapfer gegen sein Pech an, vergeblich! So lange er Rekrut war, passierte ihm nichts, seitdem er aber den Spielleuten beigesellt war und unter dem unmittelbaren Kommando des Tambourmajors stand, begann seine Leidensgeschichte, die eine ununterbrochene Kette von kleinen Verstößen gegen die Dienstvorschriften und von ihren Arrestfolgen darstellt.

Wurden im Sommer weiße Hosen getragen und irgend ein Köter, der sich im Straßenschmutze herumgewälzt hatte, kam mit einem der leuchtenden Soldatenbeine in Berührung, so war es gewiss dasjenige Kreikemeyers; war beim Nahen des Herrn Oberst „Stillgestanden" kommandiert und es ertönte im selbigen Augenblicke ein herzkräftiges Niesen, so konnte man tausend gegen eins wetten, dass die Nase des unglückseligen Tambours auf diese Weise sich bemerkbar gemacht hatte; wurde irgend ein greulich verhunztes Trommelsignal hörbar, so lief es von Mund zu Mund durch die ganze Kompanie: das ist Kreikemeyer und ich kenne leider keinen einzigen Fall, in dem er es nicht war.

Aber die geschilderten kleinen Anklänge an das Urpech unseres Tambours waren allzu harmlos, um noch irgend welche Sensation zu erregen. Eine Stunde Nachexerzieren, eine Strafwache oder Kasernenarrest am Sonntag, mehr trugen die nicht ein. Aber es gab auch Fälle, in denen das Schicksal geradezu raffiniert dem armen Menschen mitzuspielen schien und diese, in ihrer ununterbrochenen Folge, ließen schließlich alle Anstrengungen unseres Pechvogels, Herr seines Pechs zu werden, erlahmen. Er klagte auch nicht mehr, wenn ihm wieder eine Arreststrafe angedroht wurde. „Dat's min Pech!" war seine ganze Verteidigungsrede.

„Heute hat Kreikemeyer dem Stabsarzt seinen Essnapf an den Kopf geworfen!" hieß es eines schönen Mittags in der Kaserne. Wer je selbst Soldat war, muss diese Worte für eine abenteuerliche Fabel halten und doch war es nur allzu wahr. Die Stubenkameraden hatten den Tambour, der gerade den letzten Rest seiner weißen Bohnen ausgelöffelt hatte, solange mit seinem Pech gehänselt, bis er in Wut geriet und dem ärgsten Quäler den Napf an den Kopf schleuderte. Natürlich verfehlte er sein Ziel, denn wann hätte Kreikemeyer je in seinem Tun das richtige getroffen! Der Napf sauste durch das unglücklicherweise offen stehende Fenster und streifte die Achsel des gerade unter demselben vorübergehenden Stabsarztes, seine linke Brust mit einem Ordensstern aus weißen Bohnen dekorierend.

Bekanntlich werden die Spielleute bei Felddienst-Übungen von den berittenen Offizieren mit Vorliebe zum Halten der Pferde benutzt, sobald einmal Halt gemacht wird. Die Pferde der Infanterieoffiziere stehen nun zwar im allgemeinen nicht in dem Rufe, die feurigsten zu sein, aber wenn Kreikemeyer aus Versehen – denn mit Absicht vertraute ihm der jüngste Adjutant seinen Gaul nicht mehr an – einmal ein Pferd zum Halten bekam, so passierte gewiss irgend eine Tollheit. Entweder riss sich das Tier los und machte eine kleine Galopp-Promenade auf eigene Faust, oder es riss ihm mit den Zähnen einen Fetzen aus dem Uniformrock. Der erste Fall trug ihm die fürchterlichsten Grobheiten des Pferdeeigentümers ein und der letzte sicherte ihm eine längere liebevolle Auseinandersetzung mit seinem Korporalschaftsführer, die hinter verschlossenen Türen stattfand und die mit dem Institut der Ohrenbeichte nur insofern einige Ähnlichkeit hat, als auch hier die Ohren in Leidenschaft gezogen wurden. –

Stabsarzt, mit „Ordensstern" dekoriert.

Wenn bei einem Pechvogel das Schicksal eine etwas längere Pause in seinem „Pech" eintreten lässt, so sorgen die Kameraden schon dafür, dass diese Pause nicht allzu lang sich ausdehne. Du lieber Gott, es stecken im Waffenrocke nicht eben lauter zartbesaitete Naturen und ein derber Spaß kommt im Kasernenleben wohl vor, auch wenn er für den davon Betroffenen unangenehme Dinge im Gefolge hat. Der folgende aber, der hier erzählt sein mag, hat eine ganze Kompanie der Gefahr nahe gebracht, in Lachkrämpfe zu fallen und die Zurückverweisung Kreikemeyers in die Kompanie als Resultat gehabt.

Bekannt ist die Anekdote des mit Reisbrei verstopften Waldhorns. Ich bin fest überzeugt, hätte das Schicksal in Gestalt des Bataillonstambours dem guten Kreikemeyer ein Signalhorn an Stelle der Trommel in die Hände gegeben, die Anekdote wäre in etwas veränderter Form, namentlich was den Inhalt des Hornes betrifft, auch bei uns zur Tatsache geworden. An eine Trommel aber wagt sich so leicht keiner.

Kreikemeyer war, wie die meisten seiner Landsleute, ein gutmütiger Bursche. Er ließ sich necken, so lange es ihm gefiel, und ihn aus seiner Ruhe zu bringen war erst wenigen gelungen. Unter diesen wenigen aber befand sich auch der Urheber des Essnapf-Attentats auf den Stabsarzt, mit dem unseres Tambours Konto beschwert wurde, ein rothaariger impertinenter Bursche aus den Rheinlanden, der sich zur Zeit seiner Aushebung auf der Wanderschaft in der Provinz Hannover befand und so zu unserm Regimente kam. Staats, oder wie er gewöhnlich genannt wurde „der Rotkopp", war tückisch und hinterlistig zugleich, und wenn seine vielen schlechten Streiche, die er machte, ihm nicht so viele Misshelligkeiten eintrugen, als er verdiente, so verdankte er dies nur seiner Verschlagenheit und seinem guten Glücke, das ihn vor den verdienten Folgen seiner Streiche in manchmal gänzlich unverdienter Weise schützte.

Der Rotkopf war auch derjenige, welcher den Tambour hänselte, wo er nur konnte. Die beiden lagen zusammen auf einer Stube und so war die Gelegenheit zu Neckereien täglich gegeben. In den letzten Tagen nun mochte Staats wohl zuviel gewagt haben, denn eines Nachmittags nach dem Dienst war Kreikemeyers Geduld zu Ende und nun hielt er über seinen Peiniger ein erbarmungsloses Strafgericht. Der Rothaarige mochte sich drehen und wenden wie er wollte, eine der muskulösen Fäuste des Tambours hielt ihn wie in einem Schraubstocke fest und die andere, in welcher sich ein Schemelbein befand, ließ dies letztere mit einer solchen Vehemenz dem rothaarigen Halunken über Schultern und Rücken tanzen, dass der Unteroffizier, der eine ganze Weile wohlgefällig der Prozedur zugesehen hatte, schließlich doch intervenierte und den wütenden Tambour zwang, sein heulendes Opfer fahren zu lassen.

Vor Wut und Schmerz heulend, unfähig, ein Wort hervorzubringen, ballte der Geprügelte beide Fäuste gegen den Züchter und verließ das Zimmer.

Seit jenem Tage trachtete der Rothaarige danach, dem Tambour einen Streich zu spielen, der alle früheren an Raffiniertheit übertreffen sollte.

Es war um die Zeit der größeren Felddienst-Übungen, wie sie dem Manöver vorherzugehen pflegen. Zwei Kompanien vereinigten sich gewöhnlich zu solchen und selten verschmähte es der Herr Oberst, selbst Zeuge zu sein von der praktischen Taktik, die seine jüngeren Offiziere bei solchen Anlässen zu entfalten hatten.

Nun war unser Oberst ein seelensguter Mann, aber ein unharmonischer Laut konnte aus dem milddenkenden Offizier einen ärgerlichen, alten Haudegen machen, der dann mit Fluchen ebensowenig wie mit Arreststrafen sparte. Vornehmlich waren es die Regimentsmusik und die Spielleute, die unter seiner Laune zu leiden hatten, denn er hatte eine bei der Kapelle unter seinem Vorgänger eingerissene Lodderei so mit Stumpf und Stiel auszurotten verstanden, dass unserm Kapellmeister, wenn er an diese Zeit zurückdachte, noch jetzt die Haut schauderte.

Es war eines Morgens im Anfange des Julimonats, als das bekannte „Raustreten" die Korporalschaften, die des Signals bereits auf den Stuben harrten, auf den Kasernenhof beorderte. Schon auf der Kasernentreppe fiel mir Kreikemeyer auf, der mit einem sorgenvolleren Gesicht, als man bei ihm zu sehen gewohnt war, die Steinstufen der Treppe herabschritt. Er hatte dabei seine Trommel mit der Linken etwas in die Höhe gehoben und schlug nach jedem dritten Schritt mit den Knöcheln der Rechten auf das Kalbfell, dazu mit immer verdutzter werdendem Gesicht aufmerksam dem leisen und dumpfen Klange lauschend.

Hautboist eines Infanterieregimentes mit großer Trommel

„Antreten!" hieß es draußen. Die andere Kompanie, die unsern „Feind" darstellte, marschierte gerade zum Kasernentore hinaus. Unser Übungsfeld lag nicht weit von der Kaserne entfernt, und da wir zum Osttor hinausmarschieren sollten, jene aber zum Westtor hinauszogen, so konnten wir uns darauf gefasst machen, dass das Marschkommando für uns auch in wenigen Minuten ertönen werde.

Die Offiziere sahen flüchtig den Anzug der Leute nach; der Hauptmann hielt auf seinem Braunen vor dem Tore, schnell wurde in drei Gliedern angetreten, die vier Spielleute traten auf den rechten Flügel, Sektionen wurden abgezählt und dann kam auch schon das Kommando: „Mit Sektionen rechts schwenkt, marsch – Halt! Bataillon Marsch!"

„Mensch! Stieren Sie doch nicht so auf Ihre Trommel. Die reißt Ihnen ja doch nicht aus!" rief der Premier dem wie tiefsinnig vor sich niederstarrenden Kreikemeyer zu, als er die Tête passierte, um dem harrenden Hauptmann die herkömmliche Meldung zu machen: „Die sechste Kompanie mit dreizehn Unteroffizieren, vier Spielleuten und 98 Mann zur Stelle."

Ja, Kreikemeyer – was war mit dem Tambour heute nur los? Auf seiner Stirn standen die hellen Schweißtropfen und doch war der Morgen durchaus nicht so warm – .

Mit seiner Trommel war's nicht richtig!

Dieser Gedanke stieg in seiner ganzen Entsetzlichkeit in seiner Seele empor. Seine Trommel, die nachher die Signale zum Feuern, zum Stopfen [des Gewehrs] geben sollte, war nicht mehr die alte, treue, zuverlässige – es machte sich etwas Fremdes an ihr bemerkbar.

Ja, aber was?

Kreikemeyer hätte zweifelsohne den Versuch gemacht, sich selbst zu umarmen, wenn er im Stande gewesen wäre, diese Frage selbst zu beantworten. Aber seine ganze mühsam eingelernte Tambourkenntnis ließ ihn heute im Stich. In seiner Trommel klapperte etwas; so hörte es sich an. Wenn er sie schüttelte, schnurrte es drinnen mit dumpfem Laut und wenn er, erschreckt, sie wieder hin und her rüttelte, so war es totenstill darinnen, so dass er glaubte, er müsse sich getäuscht haben. Aber dann wieder, wenn die Trommel unbeweglich fast an seiner Seite hing, kam urplötzlich ein Ton, wie wenn ein Finger leise über das Kalbfell striche und dann folgte ein leichtes Klatschen, als habe sich drinnen eine Schraube von ihrer Stelle bewegt und sei hinunter auf das Fell gefallen – kurz, etwas Rätselhaftes war es mit Kreikemeyers Trommel, soviel stand fest.

Er prüfte, so gut sich dies beim Marschieren bewerkstelligen ließ, die einzelnen Schrauben; sie waren sämtlich fest angezogen. Wer sollte auch bei seiner Trommel gewesen sein? Die war ja Königliches Eigentum und an solches wagt sich so leicht die Unternehmungslust der jungen Mannschaften nicht heran.

Wir hatten unser Übungsfeld erreicht. Der Premierleutnant nahm den ersten Zug, der älteste Sekondeleutnant den zweiten und der Feldwebel den Schützenzug. Der Hauptmann behielt einen Signalisten und einen Tambour an seiner Seite. Unter diesen beiden befand sich auch Kreikemeyer.

Das Manövrieren der beiden Abteilungen gegen einander begann und verlief in der gewöhnlichen, reglementsmäßigen Weise. Wir machten gerade den letzten Vorstoß, die bekannte Attacke, in welcher das Soutien * [Unterstützungstruppe] in die Feuerlinie rückt, als die hohe Gestalt des Obersten an unserer linken Flanke sichtbar wurde. Nun wird bekanntlich beim Einrücken des Soutiens in die Feuerlinie von den Tambours, die hinter der Front marschieren, der Sturmmarsch getrommelt; unser einziger Tambour hatte einen etwas zu dünnen Trommelklang hervorgebracht und so schickte der Hauptmann den Kreikemeyer seinen Kameraden zu. Das Trommeln begann.

Du lieber Gott! War das der fröhliche, alle Muskeln anspannende Trommelklang, der uns sonst immer so angenehm, so schlachtenartig in die Ohren klang? Ein dumpfes, klapperndes Geräusch vermischte sich mit dem echtfarbigen Trommelgerassel. Der eine Querpfeifer vergaß entsetzt einzusetzen, – darüber verlor der zweite den Takt und während nur der eine Tambour taktmäßig sein Kalbfell bearbeitete, schwiegen gerade in dem entscheidenden

Momente, als die Attacke erfolgen sollte, die anderen drei Spielleute. Der Feldwebel wandte sich um, um nach dem Urheber der
plötzlichen Musikpause zu forschen und kam dadurch mit seinem
Zuge schief in die Feuerlinie hinein. Der Hauptmann galoppierte
eilends hinter dem Soutien drein und fluchte schon von weitem. Der
Sekondeleutnant gab seinem auf dem Bauche ausgeschwärmt liegenden Zuge das Kommando „Auf!" zu spät – kurz, die Attacke war
auf das gründlichste verdorben.

Jetzt parierte der Hauptmann seinen Gaul bei den Spielleuten.

„Tambour!"

Kreikemeyer sprang zitternd vor, denn ihm wieder hatte der
Hauptmann gewinkt.

„Halt schlagen!"

Mit ahnungsvollem Grausen setzte der unglückiche Tambour
die Schlägel an. Ein misstönendes Gerassel, schwach nur über das
Blachfeld [flache Feld] schallend, drang zu unsern Ohren.

Das Pferd des Hauptmanns machte einen so gewaltigen Satz,
dass unser Kompaniechef fast die Bügel verloren hätte.

„Kreuzmillionenschockdonnerwetter, Tambour – was ist
das?"

Kreikemeyer ließ die Schlägel sinken und stellte sich mit
käsebleichem Antlitz in Positur. War denn seine Trommel verhext?
Jetzt, während doch die Schlägel ruhten, rumorte es fürchterlich in
seiner Trommel herum.

Die Züge waren, dem Kommando der Offiziere und dem
Degenwinken des Hauptmanns folgend, in ihrer ursprünglichen
Form an die Stelle zurückgekehrt, von welcher aus die Attacke
begonnen hatte, und hatten hier ohne Kommando halt gemacht,
denn das Bild, das sich nun vor ihren Augen entrollte, fesselte selbst
die Offiziere.

„Mensch!" brach gerade der Hauptmann wieder los. „Das soll
Trommeln sein? Das klingt ja, als schlüge man mit einem Ochsen-

schwanz auf einen durchlöcherten Feldkessel. Was ist mit der Trommel, he?"

Kreikemeyer stand da, wie ein armer Sünder, dem eine Minute vor der Hinrichtung sein Urteil noch einmal verlesen wird.

Sein Gesicht war aschfahl geworden, die Schlägel zitterten in seiner Rechten und da – gerade da wieder ging der Rumor in der Trommel los, so deutlich, dass selbst der Hauptmann es vernahm.

„So! Ein schöner Tambour, der seine Trommel in solchem Zustande hat – "

„Erlauben Sie, lieber Hauptmann!" wurde in diesem Augenblicke eine tiefe Stimme hinter dem Erregten laut. – „Lassen Sie mich einmal den Mann vornehmen."

Es war der Oberst. Der Hauptmann salutierte und ritt ein paar Schritte zur Seite, um dem Obersten freies Feld zu lassen. Die ausgeschwärmten Mannschaften aber wie das ganze Soutien drängten sich um ein paar Schritte näher dem Orte zu, wo jetzt ein eigentümliches Examen begann.

„Nehmen Sie die Trommel vor und schlagen Sie die Signale, die ich Ihnen angebe, Tambour!" begann der Oberst.

Kreikemeyer knickte fast zusammen. Er hielt die Schlägel gekreuzt über dem Kalbfell und biss die Zähne zusammen.

„Sammeln!"

Kreikemeyer trommelte. Ein dumpfes Gerassel, hohl, misstönend, wurde hörbar.

Auf den Gesichtern der Chargierten malte sich eine Art Überraschung, die Mannschaften lachten offen heraus.

Auf der Stirn des Obersten schwoll die Zornader an. Sein empfindlichstes Gefühl war durch die greulichen Töne verletzt.

„Noch einmal, Tambour!"

Dieselben hohlen, klanglosen Töne; diesmal aber mit anderem Erfolg. Der Rappe des Obersten hatte beim ersten Male schon die Ohren gespitzt und deutliche Zeichen von Beunruhigung gegeben; jetzt machte er einen Satz, wie vorhin der Braune des Hauptmanns, wurde aber sofort von seinem Reiter mit Zügel und Sporn zum Raison gebracht.

„Kommen Sie mal näher heran, Tambour!"

Kreikemeyer trat mit schlotternden Knien an den Obersten heran, der sich zu der Trommel niederbeugen wollte. Auch der Rappe brachte den Kopf in die Nähe der Trommel, als es in dieser plötzlich wieder zu rumoren begann. Das war für den Gaul zu viel. Wäre der Oberst nicht ein trefflicher Reiter gewesen, so hätte er jetzt auf der Trommel anstatt im Sattel gesessen.

Jetzt war es um des Obersten Geduld geschehen. Er rief den nächsten Hornisten heran, sprang aus dem Sattel, gab demselben das Pferd mit dem Befehl, es herumzuführen und trat mit einer Miene, die Kenner auf „Mittelarrest" taxierten, an den armen Tambour heran, der seinen Erbfeind, das Pech, klebriger als je herannahen sah.

„Was haben Sie mit der Trommel gemacht?"

„Ni–ichts, He–rr O–berst!" stotterte Kreikemeyer, dem die Halsbinde zu eng zu werden drohte.

„Geben Sie mir die Trommel her!"

Der Oberst nahm sie und betrachtete sie von allen Seiten. Er horchte dann. Alles war still. Nein – denn in diesem Augenblick hüpfte, sprang und rumorte es drinnen wieder, dass der Oberst ein unwillkürliches Erschrecken nicht verbergen konnte.

„Nehmen Sie die Trommel auseinander!"

Kreikemeyer schöpfte tief Atem. Endlich sollte auch er des Rätsels Lösung sehen. Eine gewisse Spannung malte sich auf den Gesichtern des Obersten und des Hauptmanns. Die Offiziere waren auf einige Entfernung näher getreten und die Mannschaften schoben nach. Von Mund zu Mund lief die seltsame Mär, es sei irgend ein Ungetüm in Kreikemeyers Trommel. Flüsternd wurden allerhand Vermutungen darüber ausgetauscht; die ungeheuerlichsten Gedanken wurden ausgesprochen, die Spannung stieg aufs höchste.

Mit zitternden Händen löste Kreikemeyer die Schrauben. Die Darmsaiten, welche die Bänder festhielten, lockerten sich; das obere Kalbfell wurde schlaff, schlaffer noch – da – eine Lücke – huii –

Kreikemeyer ließ seine Trommel fallen und starrte mit offenem Munde auf das Chaos von Fell, Messingblech und Holzbanden, das klirrend auf den Rasenboden fiel. Der Oberst fuhr zurück und dem Hauptmann entschlüpfte vor Überraschung sein Lieblingsfluch lauter als je – zwei, drei Mäuse, ruppig und grau, huschten durch das Gras davon.

Mäuse in der Trommel!

Wer in diesem Augenblicke die Gesichter der am nächsten stehenden Soldaten beobachtete, glaubte an die versteinernde Wirkung des Medusenhauptes: mit offenem: Munde und weitaufgerissenen Augen starrte alles auf die unglückliche Trommel – dann aber brach ein wieherndes Gelächter los, das sich durch die ganze Linie fortpflanzte.

Der Oberst richtete sich hoch auf und ließ einen finsteren Blick über die Lachenden gleiten, vor dem jeder Ton in der Kehle erstickte.

„Herr Hauptmann!"

Dieser kam salutierend heran.

„Es ist das erste Mal während meiner vierzigjährigen Dienstzeit, dass Mäuse in einer Trommel gefunden werden. Ich erwarte eine strenge Untersuchung des Falles!"

Er winkte den Hornisten heran, der sein Pferd hielt, saß auf und sprengte ohne Gruß davon.

Der Hauptmann war rot geworden vor Ärger und Zorn. Kreikemeyers Augen standen voll Tränen; der arme Bursche weinte seit seiner Schulzeit vielleicht zum ersten Male. Aber: Mäuse in seiner Trommel – dabei stand ihm der Verstand still.

„Lachen Sie nicht, Staats!" schnauzte in diesem Augenblicke der Feldwebel halblaut den Rothaarigen an, der ein schadenfrohes Gekicher hören ließ.

„Feldwebel!"

Der Angerufene trat vor den Hauptmann, der heftig an seinem blonden Schnurrbart kaute.

„Gehen Sie mit dem Tambour Kreikemeyer zur Kaserne und nehmen Sie sofort ein species facti [Fakten-, Tatbericht] auf. Ich komme sofort nach. Herr Premierleutnant von S., lassen Sie Korporalschaften formieren und die Leute einrücken!"

Eine ernste Stimmung war plötzlich unter die Leute der Kompanie gekommen. Dass man dem armen Kreikemeyer einen Streich gespielt habe, war jedem klar. Wenn aber nicht ein Zufall den Täter ans Licht brachte, so fiel die ganze Schwere des durch die Gegenwart des Obersten akut gewordenen Ereignisses auf den armen Tambour.

Der Täter, ja, wer war er? Denn selbst der Hauptmann war, als er mittags bei der Parole dem vom Oberst zu ihm gesendeten Regimentsadjutanten die Resultate seiner Vernehmung des Tambours mitteilte, von dem Vorhandensein eines solchen überzeugt. Aber wo ihn finden?

Und doch sollte dieses Mal der Zufall den Schuldigen seiner verdienten Strafe zuführen. Und der war natürlich Staats, der Rotkopf.

Am Nachmittage, als der Feldwebel unten beim Kantinier saß und ihm die Mäusegeschichte erzählte, sprang der halbwüchsige Junge desselben, der gelauscht hatte, plötzlich hinter den schmutzigen Buffettisch und kramte unter demselben herum.

„Vater!" schrie er plötzlich. „Die Mäuse sind aus den Fallen fort!"

„Halt den Mund!" rief der Kantinier, der sich in der Fortsetzung seines Gesprächs mit dem Feldwebel nicht stören lassen

wollte, aber dieser letztere hatte das ominöse Wort „Mäuse" auf-
gefangen.

„Komm mal her, Karl!" rief er dem Burschen zu. „Was ist's
mit den Mäusen?"

„Das hat der Rotkopp von der sechsten Kompanie getan!" rief
der Junge ärgerlich. „Ich habe die Mäuse gestern gefangen und
wollte sie in ein Bauer setzen. Der Staats war gestern Abend bei den
Fallen – er hat sie fortgenommen!"

Der Feldwebel sprang auf und eilte, ohne auf die verwun-
derten Fragen des alten Kantinenwirts zu antworten, davon; durch
die dunklen Souteraingänge, die Treppe hinauf in das Revier der
sechsten Kompanie; seine Augen sprühten Blitze und seine Zähne
bissen fest aufeinander. Er war ein grober Mann, der Feldwebel, es
kam ihm auf einen Puff oder eine Ohrfeige durchaus nicht an, aber
nie hatte er einem Unschuldigen wehe getan.

Er riss die Tür der Mannschaftsstube, in welcher die erste
Korporalschaft lag, auf, als wollte er sie aus den Angeln heben. Die
Leute, welche mit dem Putzen ihrer Gewehre beschäftigt, an den
Tischen saßen, fuhren empor. Kreikemeyer, der mit weinenden
Augen, ungewiss, welche Zukunft ihm in den nächsten Augen-
blicken wurde, mit der Herstellung seiner Trommel beschäftigt war,
fuhr empor und wurde bleich.

„Staats, Rotkopp, Halunke!" schrie der Feldwebel. „O, so
komm doch einmal her, Du Hundejunge. So – o hierher!" Und dabei
hatte die Faust des Feldwebels den Burschen am Kragen und schob
ihn an das Fenster. „Wo haben wir denn die Mäuse gelassen, unten
vom Kantinenwirt, heh?"

Der Rotkopf zuckte zusammen. Die Rolle des Bleichwerdens
war nun an ihm.

„Ich will Dir's sagen, Schuft!" schrie der Feldwebel. „Du und
kein anderer hast die Mäuse in die Trommel praktiziert. Leugne,
wenn Du kannst, oder – –"

Staats senkte den Kopf und schwieg. Die Überraschung war zu jäh gekommen.

„Unteroffizier!" rief der Feldwebel. „Ich übergebe Ihnen den Mann. Lassen Sie ihn die Stube nicht verlassen. Ich gehe zum Hauptmann!"

Als der Feldwebel die Stube verlassen hatte, stand Kreikemeyer plötzlich vor seinem Feinde, bleich, schwer atmend. Er hob die wieder zusammengeschraubte Trommel hoch über des Rotköpfigen Haupt – eine Sekunde noch und er wäre vielleicht zum Mörder an seinem Peiniger geworden, wäre nicht in diesem Augenblicke der Unteroffizier herzugesprungen und hätte des Wütenden Arm festgehalten.

Eine Stunde später saß Staats im Arrest. Der Oberst ließ sich Bericht erstatten und angesichts des seltsamen Falles ein Standgericht berufen. Vier Wochen Mittelarrest bekam der Rotkopf für seine raffinierte Mäusetragödie.

Und Kreikemeyer? höre ich meine werten Leser fragen. O, dessen Pech sorgte schon dafür, dass er trotz seiner Unschuld wieder einmal hineinflog. Ganz unverletzt war sein Kalbfell nicht geblieben und wenn er auch wegen Beschädigung Kgl. Montierungsstücke nur drei Tage „mittel" erhielt, seinen Arrest hatte er doch weg.

Als er diese abgebrummt, winkte ihm eine neue Überraschung. Ein Ersatz-Spielmann war an seine Stelle getreten und er selbst der Kompanie wieder zugewiesen. Ob er mit dem Gewehr weniger Pech gehabt hat, als mit seiner Trommel, weiß ich nicht. Als das Manöver, das bald seinen Anfang nahm, zu Ende war und ich das Regiment verließ, kam er mir aus den Augen. Wahrscheinlich wird sein „Pech" ihm treugeblieben sein!

Die „Spatzen“.

eine nichtmilitärischen Leser mögen beim Lesen dieser Überschrift vielleicht denken, der Verfasser wolle ihnen eine Humoreske aus dem Sperlingsleben erzählen. Nein, die „Spatzen“ sind diesmal nicht Vertreter jener Vogelfamilie, die man nicht mit Unrecht als die „Straßenjungen“ im Vogelreich bezeichnet hat, sondern diese „Spatzen“ sind jene oft dem bloßen Auge kaum mehr erkennbaren Stückchen Schweine- und Rindfleisch, welche zu den Graupen, Erbsen und Bohnen von den Bataillonsküchen dem „Manne“ geliefert werden als tägliche Mittagsportion.

Wer die Fleischportionen zuerst „Spatzen“ getauft hat, weiß ich nicht. Allein der Name findet sich in allen Kasernen, einerlei, ob sächsische, preußische, bairische oder anders-deutsche Krieger in ihnen liegen. Die „Spatzen“ haben schon manchen Hungrigen Rekruten zur Verzweiflung gebracht, manchen Küchen-Unteroffizier schneller wieder aus dem Küchendepartement herausbefördert, als er hineingekommen war und so manchen Einjährig-Freiwillig-Gefreiten, dem die schöne Aufgabe zugefallen ist, die Leute zum Essen zu führen, alle gangbaren Kasernenflüche zu einem einzigen verbinden lassen. Ja, die Spatzen, die Spatzen! –

Jeder Soldat hat bekanntlich Kompetenzen. Er lernt in den Instruktionsstunden sogar auswendig, wieviel Pfennig an täglicher Löhnung ihm zustehen und wieviel Gramm Fleisch oder Wurst ihm zu seiner Mittagsmahlzeit verabreicht werden müssen. Schneller aber noch als diese Zahlen lernt der Rekrut die Tatsache kennen, dass es mit den „Spatzen“ eine ganz eigentümliche Bewandtnis hat.

Kriegt man überhaupt einen, so will er mit Vorsicht gegessen werden. Ein unvorsichtiges Schlucken und das winzige Fleischstückchen ruht schon wohlbehalten im Magen, ehe der Esser seinen Geschmack erprobt hat. In den meisten Fällen aber ist das „Spatzenkriegen" eine Seltenheit.

Die jüngst erst von den heimatlichen Fleischtöpfen gekommenen Rekruten müssen begreiflicherweise die olla potrida [Eintopf, Bouillon mit Fleisch und Gemüse], welche die beiden Gehilfen des Küchenunteroffiziers in dem großen Kompaniekessel zurechtbrauen, erst genießen lernen; mit anderen Worten, sie müssen oft die Wahrheit des alten Satzes, dass Hunger der beste Koch sei, an sich selbst erproben. In der ersten Zeit haben die kleinen fetten Fleischstückchen mehr Anziehungskraft für sie, als eine Riesenblechschüssel voll Erbsensuppe. Auf dem kleinen schwarzen Brettchen in dem Küchensouterrain, auf welchem mit Kreide der Menagezettel vermerkt ist, heißt es ja deutlich: heute Erbsensuppe und Schweinefleisch (85). Die 85 bedeutet die Anzahl von Gramm, welche der „Spatzen" wiegen – soll, notabene, denn nachwiegen tut ihn doch niemand unter all' den Hunderten von Empfängern.

Der Unteroffizier du jour, der die Mannschaften zum Essen führt, überzählt seine in zwei Reihen aufgestellten hungrigen Gäste, lässt sich vom Küchen-Unteroffizier die gleiche Anzahl Spatzen abzählen und lässt nun die Leute im Einzelmarsch mit ihren Essnäpfen an sich vorübermaschieren. Klatsch! fliegt bei jedem einzelnen der Spatz in die Schüssel. Nun sollte man denken, jeder bekäme seine Fleischration, wenn anders Küchenunteroffizier und Unteroffizier du jour sich nicht verzählten! Und doch behaupten jedesmal fünf oder sechs der „dümmsten" Rekruten klagend, sie hätten keinen „Spatz" bekommen, bis der Küchen-Unteroffizier sie mit einigen wohlgezielten Besenhieben aus seinem Rayon treibt und die armen Teufel zu ihrer Suppe anstatt des begehrten Fleischhäppchens ein paar mehr oder weniger fühlbare Püffe eingeheimst haben.

Ein alter Unteroffizier kennt die Ursachen, welche das plötzliche Fehlen der Spatzen zur Folge haben, sehr wohl. Bei ihm wird die Zahl derselben auch nur eine kleine sein. Wehe aber dem armen Einjährig-Gefreiten oder funkelnagelneuen Rerserve-Unteroffizier, der zum ersten Mal du jour hat – rettungslos sieht er sich plötzlich zwanzig, dreißig Jammernden gegenüber, die ihm die „Spatzen" abverlangen. Und er hat doch die richtige Anzahl vom Küchenunteroffizier bekommen, der jetzt grinsend seiner Hilflosigkeit sich freut.

Die „alten Leute", jene im dritten Jahre dienenden Mannschaften, haben in ihrer Kasernenpraxis alle Schliche, denen einst sie selbst in ihrer Rekrutenzeit zum Opfer fielen, wohl gemerkt. Das Verschwinden der Spatzen hat durchaus nichts Rätselhaftes. Irgend einer der alten Burschen, die sich naturgemäß einer größeren Protektion seitens der Unteroffiziere erfreuen als die erst Neueingetretenen, tritt zum Fleischempfang an das große Brett heran, auf welchem in Reihen zu je zehn Stück die „Spatzen" liegen. Der Unteroffizier wirft ihm ein Stück in den Essnapf. Jetzt beginnt folgende Unterhaltung:

„Ach, bitte, Herr Unteroffizier – nicht so fett! Da liegt ein schönes mageres – wenn ich das haben könnte!" Dabei legt der Schalk das fette Stück hart an die Kante des Brettes und greift, dem Unteroffizier einen treuherzigen Blick zuwerfend, nach dem bezeichneten.

„Na – meinetwegen!"

Schwapp! ist das magere in der Essschüssel und diese wird noch einmal, zum Beweise, dass der Betreffende nicht aus Versehen zwei Fleischstücke gefasst hat, dem Unteroffizier hingezeigt. Dieser nickt und unser geriebener Bursche huscht pfiffig lächelnd an den großen Suppennapf, den fetten Spatz hat er längst im – Ärmel; der Unteroffizier aber flucht nachher wie ein Heide, von den so sorgsam gezählten und behüteten „Spatzen" ist wieder einer verschwunden. Andere verfolgen eine etwas veränderte Praxis. Sind die vor ihnen in der Reihe stehenden Mannschaften Rekruten, so „hetzen" sie: „Man rasch, Dösköppe! Immer flink, hier geht's nich langsam!" Und jedem dieser antreibenden Worte lassen sie die Tat folgen, indem sie drängen, schieben und stoßen, bis die Rekruten mit einer Eile, deren Gefahr sie erst später erkennen sollen, sich an dem Fleischbrett vorüberschieben, die dem überwachenden Unteroffizier eine scharfe Kontrolle unmöglich macht. Nun operiert der „Hetzer" folgendermaßen: Dicht hinter seinem letzten Rekruten-Vormann stehend, schiebt er, sobald der Unteroffizier eins der Fleischstücke ergreift, seine offene Hand unter dem Arm des Vordermannes hindurch, fängt das für diesen bestimmte Stück auf, schiebt den Getäuschten mit einem Ruck vor und präsentiert dem Fleischausteiler mit der treuherzigsten Miene von der Welt seinen leeren Essnapf. Kommt der betrogene Rekrut nun klagend zurück, so sind ihm ein halbes Dutzend der saftigsten Grobheiten aus dem Munde des Unteroffiziers, der ihm ja eben noch das Fleischstück in die Hand gedrückt zu haben glaubt, sicher. Einen „Spatz" aber bekommt er gewiss nicht.

In den weitaus meisten Fällen aber sind die zum Küchendienst abkommandierten Unteroffiziere Schuld an der reglementswidrigen Kleinheit der Spatzen. Manche von ihnen bleiben ganze Jahre in der Küche und wenn sie wieder zur Kompanie kommandiert werden, so haben sie das Doppelte ihres früheren Körperumfangs aufzuweisen und nicht selten ein hübsches Sümmchen auf die Sparkasse gebracht, da sie von ihrer Löhnung wenig oder nichts gebrauchen. Und das alles verdanken sie den „Spatzen". – Zuweilen aber erscheint Frau Nemesis [Rachegöttin] auch in dem spärlich erhellten Kasernensouterrain, in dem sich die Bataillonsküchen befinden, und dann fliegt nicht selten ein Küchenunteroffizier aus der Küche schleunigst heraus und in einen Wochen umfassenden Arrest hinein.

Das ist dann die Rache der „Spatzen".

In der ersten Korporalschaft der vierten Kompanie eines im Norden Deutschlands garnisonierenden Regiments waren nur zwei Rekruten; die anderen dreizehn Mann waren Dreijährige, die nach dem Manöver zur Reserve entlassen werden mussten. Es waren „ausgetragene" Burschen, wie man zu sagen pflegt, Kinder aus der Lüneburger Haide, die hinter einer scheinbaren Einfalt eine gute Portion Mutterwitz verbargen und vor irgend einem dummen Streiche in keiner Beziehung gefeit waren.

Es war um die Osterzeit, als der alte Sergeant, der zwölf Monate hindurch die Küche des ersten Bataillons zur großen Zufriedenheit seiner Vorgesetzten, denen natürlich eine Klage nur äußerst selten zu Ohren kommt, und zur leidlichen Zufriedenheit der Mannschaften versehen hatte, wieder zur zweiten Kompanie zurückkommandiert wurde. Die vierte Kompanie hatte den neuen Küchenunteroffizier zu stellen, und ein junger Chargierter, der vor einem halben Jahre erst aus der Unteroffiziersschule gekommen war, wurde vom Hauptmann zu dieser fetten und einträglichen Würde bestimmt.

Dürbig, so hieß der neue Küchenunteroffizier, gehörte zu jenen Elementen des Unteroffizierstandes, die diesem keinerlei Ehre machen. Stolzer auf seine Tressen, als ein General auf seine breiten roten Hosenstreifen, „biss" er den Vorgesetzen den Mannschaften gegenüber in einer Weise heraus, welche die vollste Missbilligung der alten wackeren Unteroffiziere und Sergeanten herausforderte.

„Nun werden wir erst was erleben!" meinten die alten Mannschaften.

Sie sollten Recht behalten.

In den ersten vier Wochen ging die Sache. Dürbig fühlte sich noch nicht so recht sicher und heimisch in seinem neuen Wirkungszweige. Dann aber liefen allerhand seltsame Gerüchte durch die Kompanie.

„Er brät jeden Morgen die schönsten Beefsteaks für sich und seine Freunde, den Kantinier und dessen Sohn!" hieß es.

„Na, jetzt weiß ich, woher der alte Schuft in der Kantine seine billigen Eier bekommt!" wusste ein anderer zu berichten.

„Die Spatzen kann man mit bloßem Auge gar nicht mehr sehen!" sagte ein Dritter.

„Wartet's nur ab, es wird noch schlimmer werden!" meinte ein Pessimist.

Und auch der sollte Recht behalten.

Es ging unten tatsächlich nicht mit rechten Dingen zu. Wenn der Lieferant das Fleisch oder die Wurst für das Mittagessen von 120 Mann brachte, erhielten die beiden zur Küche abkommandierten Leute allemal kleine Aufträge, die sie auf einige Zeit von der Küche fernhielten.

Gab es mittags Klöße, so schlug der Unteroffizier die Eier selbst in den Teig, während er die Leute am Herde beschäftigte. Kurz, man munkelte von manchem und wusste von nichts etwas Gewisses.

Zu den Ohren der Vorgesetzten drangen diese Gerüchte natürlich nie. Wer hätte auch einen Unteroffizier anklagen mögen! Die Chargierten speisten im Unteroffiziers-Versammlungszimmer* und die bekamen ihre richtigen Quantitäten, sonst hätte es gleich beim ersten Male Alarm gegeben. Aber die armen Mannschaften! Das Essen wurde von Tag zu Tage schlechter und nur, wenn einmal Revision angemeldet war – denn unangemeldete Revisionen gab es wunderbarerweise nicht –, dann hatten die Spatzen gewiss ihr volles Gewicht. Aber das hatte auch seinen Nachteil für den Halunken Dürbig, denn nun sahen auch die dümmsten Rekruten mit eigenen Augen, was ihnen zukam und konnten es mit dem vergleichen, was sie wirklich erhielten.

Die erste Korporalschaft, von welcher oben die Rede war, fluchte und schimpfte auf ihrer Stube, natürlich, wenn der Unteroffizier nicht zugegen war. Die beiden Rekruten, die natürlich nicht zu hören brauchten, was „alte Leute" reden, wurden in solchen Fällen einfach aus der Stube geworfen.

„Hört!" meinte der Eine, den wir das „Ross" nannten, weil sein Kopf einem Pferdekopf nicht so ganz unähnlich sah. „Wir müssen was gegen den Küchenunteroffizier unternehmen. Aber wir beraten nichts. Das wäre ein Komplott, verstanden! Seht einmal zu, was ich heute Mittag mache."

Am Mittag rührte das „Ross" seinen Spatzen, der wieder von der traurigsten Beschaffenheit war, gar nicht an, sondern brachte ihn mit auf die Stube.

„Ich gehe heute Mittag zum nahen Schlächter und lasse mir das Stück hier wiegen!" sagte er mit listigem Augenzwicken. „Nachher schicke ich es mit der Post an einen ‚Gewissen', eigene Angelegenheit des Empfängers, Soldatenbrief."

Und so geschah es.

Dürbig bekam am anderen Morgen einen recht fettigen Brief. Als er ihn öffnete, rollte ein entsetzlich aussehender „Spatz" heraus. Auf einem Zettel standen die Worte: „17 Gramm zu wenig."

Dürbig schleuderte Spatz und Papier in das Herdfeuer.

Am folgenden Morgen lag auf dem Küchentisch ein zweiter an den Küchenunteroffizier adressierter Brief.

Misstrauisch betrachtet Dürbig denselben und riss ihn endlich auf.

Natürlich lag wieder ein Stück Fleisch vom gestrigen Tage darin und auf dem Begleitzettel standen die Worte „16 Gramm zu wenig" und das Datum.

Dürbig wurde heiß und kalt vor Wut.

Am dritten Tage lag der eingewickelte Spatz, mit Datum und Gewicht versehen, auf dem Bette des Unteroffiziers, am vierten fand er ihn in einem Stiefel, am fünften hing er an seiner Säbelkoppel, sorgfältig mit einem Bindfadenrest daran festgebunden.

Dürbig schäumte vor Wut.

Die erste Korporalschaft aber lachte sich ins Fäustchen. Das ging bis zum dreizehnten Tage. Da beging Dürbig den dümmsten Streich seines Lebens. Er klagte dem Feldwebel seine Not. Aber dieser schien zu seinem Erstaunen durchaus nicht so eilig mit der Eruierung des schändlichen Komplottes, sondern meinte vielmehr kalt:

„Ich werde die Sache prüfen!"

Er prüfte auch. Das heißt, er ließ sich jeden Mittag durch einen Soldaten einen Teller Menage [Verpflegung] und einen Spatz heraufholen. Das Essen schüttete er fort, den Spatz wog er.

Das ging eine Woche so.

Eines Morgens, Dürbig saß gerade mit dem Kantinier bei einem duftenden Beefsteak, trat der Hauptmann in die Küche. Er sah auf die Teller und nickte nur.

„Unteroffizier Dürbig!"

„Herr Hauptmann?"

„Sie melden sich sofort zum Stubenarrest. Nehmen Sie Ihre Bücher und Belege mit und schließen Sie ab. Der Feldwebel wird Ihnen dabei helfen!"

Dem Unteroffizier sanken die Arme am Leib herunter. Bleich meldete er sich zum Stubenarrest, dem gar bald ein längerer Arrest folgte. Die Küche bekam er nie wieder zu sehen.

Das war die Rache der „Spatzen".

Der Genius von „48".

§ei nicht ängstlich, lieber Leser, dass ich Dir Ereignisse aus dem Jahre „48", jener Zeit glühender Begeisterung und zugleich Verirrung erzählen will, wie es der Titel dieser kleinen Humoreske anzudeuten scheint.

„48" ist vielmehr eine ehrsame Mannschaftsstube, im zweiten Flur der großen Infanteriekaserne zu C. . . , gerade über dem Hauptportal gelegen, und, wie der gedruckte Zettel, der an die Tür geklebt ist, anzeigt, belegt mit 1 Unteroffizier, 1 Spielmann und 14 Gemeinen.

Da sehe ich mich jedoch gleich in die traurige Notwendigkeit versetzt, diesen von dem Stubenältesten, Unteroffizier Knollstiebel, eigenhändig und zwar mit Buchstaben, welche den Regeln der Schönschreibekunst schnurstracks zuwiderlaufen, unterzeichneten Zettel der direkten Lüge zeihen zu müssen. Denn Stube 48 enthielt außer den zahllosen niederen Wesen, die man gemeiniglich mit dem Titel „Ungeziefer" zu bezeichnen pflegt, ein zur Mitzählung berechtigtes höheres Wesen mehr, wenn es auch in keine der drei auf dem Zettel angegebenen Kategorien von Unteroffizieren, Spielleuten und Gemeinen passte – einen großen, feisten, gelb und schwarz getigerten Kater. Natürlich war er Eigentum und Liebling Knollstiebels – der zur Zeit, wo diese wahrhafte Geschichte spielt, noch nicht verheiratet war – und zugleich der einzige Bewohner von „48", bei welchem dieses Biedern [Einschmeicheln] schwielige Rechte statt der gewohnten „schlagfertigen" Ausübung ihres Berufes eine neue Tätigkeit entwickelte und zwar die des sanften liebkosenden Tätschelns und Kraulens.

Poll, wie der dicke Kater von seinem Herrn genannt wurde, – unter den Leuten der Kompanie war er unter dem etwas unehrerbietigen Titel „Das Vieh" bekannt – war auf „48" für sacrosanct erklärt, weniger durch seinen Besitzer selbst, als durch die Stubenmannschaften, denen er schon oft als Blitzableiter einer schlechten Laune ihres etwas jähzornigen Vorgesetzten gedient hatte.

Diese wie wir leider anzunehmen berechtigt sind, – unbewusste vermittelnde und versöhnende Tätigkeit Polls hatte einst einen etwas satirisch angehauchten Einjährigen der Kompanie bewogen, ihm den klingenden Namen „Genius von 48" beizulegen, eine Bezeichnung, die ich ihres poetischen und moralischen Grundgedankens wegen zur Überschrift dieser ebenso wahren wie für Kommilitonen [Genossen] Polls lehrreichen Geschichte wählte.

Musketier des
Infanterieregimentes Nr. 77

Der Leser dürfte nun vielleicht erwarten, dass die übrigen Eigenschaften Polls jener oben geschilderten entsprächen; allein ich muss leider der Wahrheit gemäß bekennen, dass Poll einige Charaktereigenschaften besaß, die einem Soldaten neben dem Verlust der Kokarde gewiss ausreichende Gelegenheit verschafft hätten, die Tragfähigkeit der Schiebkarren an einzelnen schönen Orten, wie z. B. Spandau oder Magdeburg, aus eigener Anschauung kennen zu lernen. *

Poll hatte in seiner Jugend eine etwas mangelhafte Erziehung genossen und da es ihm trotz seines halb militärischen Charakters als Kompaniekater leider versagt war, die Instruktionsstunden zu besuchen, so war ihm von den Begriffen „mein" und „dein" nur der erstere verständlich. Eine seinem Fassungsvermögen angepasste Serie von Vorlesungen aus „Knigge's Umgang mit Menschen" würden seiner Moral entschieden bessere Dienste geleistet haben, als seinem Körper die großen Wurstportionen, da diese ihn nur noch fauler machten und den letzten Schimmer jeder edleren Gefühlsregung in ihm erstickten.

Ad vocem [Zu dem Wort] Instinkt oder Überlegung muss ich für Poll entschieden die Fähigkeit der letzteren in Anspruch nehmen. In der Tat zeigten seine meisten schlechten Streiche eine Überlegung, welche mit so vollendeter Bosheit gepaart war, dass sie jedem Exemplar der Gattung homo sapiens vollste Ehre gemacht hätte.

Oder war es nicht eine Folge boshafter Überlegung, dass der Tambour Kreikemeyer, der eines Nachmittags vor Beginn des Dienstes in einer Anwandlung schlechter Laune durch einen wohlgezielten Fußtritt Poll zu Sprüngen begeistert hatte, die sonst ganz außerhalb seiner Sphäre lagen – war es nur der Zufall, fragen wir, dass eben dieser Kreikemeyer einige Stunden später beim Anblick seines aufgeschlagenen Bettes in ein wahrhaft indianisches Wutgeheul ausbrach, sich eine ganze Stunde mit besagtem Bette beschäftigen musste und obendrein den Schmerz hatte, wegen der dabei entwickelten Miasmen [üblen Gerüche] aus der Stube geworfen zu werden? Noch ein Beispiel möge zeigen, welcher Art Polls Charakter war. Unter der Stubenmannschaft befand sich ein Pole mit einem ebensowenig schreib- wie aussprechbaren Namen, ein Mensch, der die drei Eigenschaften der Dummheit, Faulheit und

Gefräßigkeit auf das glücklichste in seiner Person zu vereinigen wusste.

Dieser Pole fühlte sich durch seine unverkennbare Ähnlichkeit mit Poll lebhaft zu diesem hingezogen, was ihn jedoch nicht abhielt, eines Tages, als Poll mit einem großen Stück Wurst zwischen den Zähnen gemütlich in die offene Tür hineintrollte, in völliger Nichtachtung jeglicher Freundschaft sich dieses anzueignen und zu verspeisen.

Zwar entschädigte er sich später bei Poll, indem er diesem, dessen grüne Augen ihn mit unverhohlener Verachtung angrinsten, beruhigend zuflüsterte: „Wurst nix gut für Poll, gut für Pollack!" – allein Poll, in seinen heiligsten Empfindungen gekränkt, legte die Ohren flach an den Kopf zurück, drückte die grünen Augen zu einer schmalen waagerechten Linie zusammen und fauchte seinen ci-devant [bisherigen] Freund so grimmig an, dass dieser es vorzog, sich schleunigst aus seiner Nähe zu entfernen.

Aber damit war für Poll die Sache nicht abgetan. Trotzdem er bei der Befehlsausgabe nicht zugegen war, musste er in Erfahrung gebracht haben, dass am anderen Morgen im sechsten Anzug exerziert werde. Für meine nicht militärischen Leser muss ich hier bemerken, dass man unter sechstem Anzug ein Konglomerat von zundermürben Flicken versteht, das noch auf den prätentiösen [stolzen] Namen „Uniform" Anspruch macht, den Soldaten täglich zu den extravagantesten Flick- und Stopfübungen begeistert und die permanente Herzensqual jedes ehrliebenden Korporalschaftsführers bildet.

Genug, die Korporalschaft Knollstiebels verließ am anderen Morgen die Stube, und der Pole, als Stubendujour [Soldat vom Dienst] der letzte, war gerade damit beschäftigt, den Schlüssel vom Haken zu nehmen, als Poll, unter der Maske heuchlerischer Freundschaft, sich an der hinteren Front des unglücklichen Polen schmeichelnd emporstreckte und dem Unglücklichen zwei zwar ganz symmetrische, aber mit den Vorschriften des Dienstes unvereinbare Löcher in die sechste Hose riss.

Es ist zu bedauern, dass Poll keine Memoiren hinterlassen hat, ich kann daher nur über die äußeren Folgen dieser Untat, wie sie sich später dem Auge darboten, Bericht erstatten. Und diese äußerten sich nach dem Wiedereinrücken der Mannschaft in einer ganz entsetzlichen Prügelszene zwischen Knollstiebel und dem Polen, in welcher letzterer in durchaus anerkennungswerter Weise die Rolle des Geprügelten, Knollstiebel die des Prügelnden darstellte, und die mit dem dramatischen Knalleffekt schloss, dass der Pole die ihm vom Hauptmann zudiktierten drei Tage Mittelarrest sofort antrat.

Der Wurstdiebstahl war glänzend gerächt!

Die Julimittagssonne brannte so sengend auf den weiten, baumlosen Exerzierplatz vor der Kaserne herab, dass der Posten vor dem großen Portal seine Wanderung auf den sieben glühenden Granitplatten umstellte, und, in dem spärlichen Schatten des Schilderhauses Schutz suchend, sanft eingenickt wäre, wenn ihn nicht von Zeit zu Zeit ein vorüberkommender Offizier seiner Schlaftrunkenheit entrissen hätte.

Die Manöverzeit war nicht mehr fern und die Appells in Manöverutensilien und Anzügen begannen allmählich. So war denn auch auf heute Nachmittag 4 Uhr Kompanieappell im Manöveranzuge angesetzt, zu welchem der Herr Bataillonskommandeur selbst sich einfinden wollte. Nun waren die scharfen Augen des Majors, die mit geradezu übernatürlicher Scharfsichtigkeit da Mängel entdeckten, wo gewöhnliche Sterbliche vom Hauptmann abwärts, die Unmöglichkeit, solche zu entdecken, bekennen mussten – im tiefsten Innern natürlich, denn öffentlich pflichteten sie mit gerunzelter Stirn dem Vorgesetzten pflichtschuldigst bei!

Diese scharfen Majorsaugen waren zu sehr bekannt, um nicht bereits in den frühesten Morgenstunden jeden Korporalschaftsführer zur fieberhaftesten Tätigkeit im Nachspüren solcher mutmaßlichen Mängel anzuspornen.

Knollstiebel hatte noch am Mittag seine sämtlichen Leute einer peinlichen Generalmusterung unterzogen, alles in Ordnung gefunden und sah nun dem Appell mit der sicheren Ruhe eines Mannes entgegen, der sich bewusst ist, in ausgedehntester Weise seine Pflicht getan zu haben.

Armer getäuschter Knollstiebel! Ärmerer Poll!

Die Kompanie hatte noch vor dem Appell eine Stunde Turnen und Bajonettieren. Die Stube Nr. 48 war also leer bis auf Poll, der mit der zufriedensten Miene von der Welt im offenen Fenster mitten in der Sonne lag, und mit souveräner Verachtung auf die unter seinem Fenster im Schweiße ihres Angesichts turnenden Soldaten herabschaute.

Dicht über seinem Kopfe hingen an einer quer durch die Fensteröffnung gespannten Schnur sämtliche frischgewaschenen Handschuhe Knollstiebels im letzten Stadium des Trocknens. Knollstiebel besaß neben verschiedenen merkwürdigen Eigenschaften auch die, auf eine schneeweiße Bekleidung seiner Hände bedeutendes Gewicht zu legen, und mit schmutzigen oder gar ohne Handschuhe zum Dienst zu kommen, wäre für ihn gleichbedeutend gewesen mit einer außerordentlichen Befleckung seines dienstlichen und moralischen inneren Menschen.

Wir sind indes überzeugt, dass Poll sich dieser Tatsache nicht bewusst war.

Poll gelangte in seinem behaglichen dolce far niente [süßem Nichtstun] gar bald zu der Erkenntnis, dass ein großer Brummer, der seine Nase zum Mittelpunkt seiner konzentrischen Kreise erkoren zu haben schien, in das Programm einer erfolgreichen Siesta durchaus nicht hineinpasse. Als besagter Brummer trotz der dringenden Aufforderung, sich möglichst rasch zu entfernen, die in Polls halb zugekniffenen schläfrigen Augen deutlich lag, sein heiteres Spiel unbekümmert fortsetzte, fuhr plötzlich eine von Poll's krallbewehrten Pfoten so haarscharf vor ihm vorbei, dass das Insekt einer plötzlichen Ohnmacht nahe, ganz erschrocken auf einem der Handschuhe sich niederließ.

Aber hierin erblickte Poll keine ausreichende Genugtuung für seine gekränkte Katerehre. Mit einem Sprunge, der an Elastizität dem eines seiner jüngsten Enkel gewiss nichts nachgab, hatte er sich in gänzlicher Nichtachtung des offenen Fensters und der sauberen Handschuhe seines Herrn und Gebieters in die Höhe geschnellt und mit den beiden anderen Krallen jenen unschuldigen Handschuh gepackt, auf welchem der Brummer sich niedergelassen. Im nächsten Augenblick sah man diesen mit höhnischem Summen aus dem Fenster fliegen, während sich auf dem Fußboden der Stube Kater Poll und die ganzen an der Schnur befestigten Handschuhe in hoffnungslosem Durcheinander herumwälzten.

Als Poll sich mit einem ebenso ungraziösen wie schreckhaft behenden Hechtsprunge von der Unglücksstelle entfernen wollte, vermehrte es den Schrecken, den seiner eigenen feisten Glieder Gepolter und das Rascheln der trockenen Handschuhe auf dem Fußboden in ihm verursacht hatten, um ein ganz bedeutendes, als er die ganze Reihe derselben den gleichen Hechtsprung mitmachen sah, wobei ihm gerade das größte Paar derb auf die zierliche, rötlich schimmernde Nase fiel.

Im ersten Augenblicke fühlte Poll sich versucht, den armen, unschuldigen Handschuhen die Kraft und Intelligenz wirklich lebender Wesen zuzuschreiben.

Wäre Poll noch jung gewesen, so hätte er diesem ersten Sprunge eine Reihe anderer folgen lassen, vermutlich mit demselben Erfolge; aber bei ihm hatte sich zu der Würde des Alters auch die reifere Erfahrung hinzugesellt und Poll handelte deshalb den Prinzipien eines alten vernünftigen Katers ganz entsprechend, als er stillstand, zur eigenen Beruhigung zweimal nieste, die vor ihm liegenden Handschuhe ernst und prüfend besichtigte, sie mit der rechten Vorderpfote ein weniges vor- und zurückschob und sie endlich beroch.

Bei diesen Manipulationen schien ihm die Wesenlosigkeit der unglücklichen Handbekleidungsstücke genügend einzuleuchten, denn ohne sie noch eines Blickes zu würdigen, drehte er sich majestätisch um und entfernte sich langsam. Allein schon nach wenig Schritten zwang ihn ein lautes Rascheln, stillzustehen und sich umzudrehen. Die Handschuhe, die noch soeben ein weißes Knäuel gebildet, hatten sich wieder zu einer langen Reihe entwickelt und schienen durchaus entschlossen, ihm zu folgen.

Poll schüttelte verdutzt den Kopf und begann zu laufen, musste aber nach einigen Sprüngen zu seinem Schmerze einsehen, dass die rätselhaften Handschuhe auch an Schnelligkeit ihm durchaus ebenbürtig seien. Und jetzt entdeckte er endlich, was ein vernünftiger Kater, und für einen solchen hielt er sich doch, längst hätte entdecken sollen, dass nämlich das eine Ende der Schnur, an welcher die Handschuhe befestigt waren, sich um seine rechte Hinterpfote gewickelt und, wahrscheinlich beim Herabspringen von der Fensterbank, zu einem unlöslichen Knoten sich verschlungen hatte.

Man wird es Poll nicht verdenken, wenn es mit seiner so schwer geprüften Geduld jetzt zu Ende war. Die nächsten Minuten benutzte er dazu, um in Sprüngen, die lebhaft an die Bewegungen eines mit dem Veitstanz Behafteten erinnerten, durch die Stube zu rasen, über Tische und Schemel, Mannschaftsbetten und Kohlenkasten hinweg, bis ein etwas zu kurz geratener Sprung über den Schmutzeimer diesen zum Umfallen und zur vollsten Tätigkeit brachte, indem er Poll und sämtliche, bei der stürmischen Reise durch die Stube schon etwas schadhaft gewordenen Handschuhe mit einer breiten Flut schmutzigen Spülwassers und übelriechender Speisereste überschüttete.

War es eine Folge dieses plötzlichen Gusses oder hatte Poll eingesehen, dass auch mit Gewalt hier nichts auszurichten sei, genug, er gab seine wilde Jagd auf, um sich und die triefenden Handschuhe, wohl in Folge einer dunklen Erinnerung, in – Kreikemeyers erst am Morgen frisch überzogenes Bett zu legen.

Kaum hatte es halb vier geschlagen, so eilten die Mannschaften hastig die breiten Steintreppen herauf, um die noch übrige halbe Stunde zum Anlegen des zu besichtigenden Anzuges zu benutzen.

Knollstiebels scharfer Blick entdeckte sofort das Fehlen seiner Lieblinge. Eine furchtbare Ahnung schien ihn zu durchblitzen – mit einem Satz war er hinter seinem Verschlage hervorgesprungen und rief nun ein gellendes: „Poll! Wo ist Poll?" unter die verdutzt die Mäuler aufreißende Mannschaft.

Aber sein verzweifelter Ruf fand ungeahnten Widerhall in einem übermenschlichen Wutgebrüll Kreikemeyers, das den unter dem Fenster Posten stehenden Rekruten dermaßen erschreckte, dass er schon den Mund aufsperrte, um die Wache herauszurufen, als ein dem Gebrüll folgendes furchtbares Gelächter ihn zum Glück daran verhinderte.

Während auf „48" Kreikemeyer unter Wutränen sein entsetzlich zugerichtetes Bett betrachtete, seine Kameraden sich vor Lachen die Seiten hielten und Knollstiebel, ebenfalls beinahe weinend, eins über das andere Mal: „Poll!" und „Meine Handschuhe!" rief, fand es der Veranstalter dieser unleugbar malerischen Szene für geratener, heimlich durch die offene Tür zu verschwinden, und, selbst noch immer platschnass, mit seinem triefenden Annexe das Werk des Trocknens in der Sonne des Kasernenhofes fortzusetzen.

Ich kann dem seinetwegen etwa beunruhigten Leser versichern, dass er ungefährdet sein Ziel erreichte, aber nicht ohne sich einen neuen Todfeind in Gestalt eines jungen Leutnants erworben zu haben, gegen dessen mit prachtvoll leuchtenden Sommerhosen versehene Beine er anprallte und der sich in Folge dessen wut-schnaubend veranlasst sah, seine im vierten Stock gelegene Woh-nung noch einmal behufs Wechselung seiner Unaussprechlichen aufzusuchen.

Für Knollstiebel verrannen kostbare, unwiederbringliche Minuten. Alles war ihm jetzt klar. Ein Soldat hatte Poll mit einem Schmutzknäuel hinter sich, fast wie ein Bündel entsetzlich schmutziger Handschuhe aussehend, über den Flur laufen sehen; dies in Verbindung mit dem umgestürzten Schmutzeimer und Kreikemeyers Bett, in welchem außer einem riesigen Fleck noch ein paar schier gespenstische schwarze Hände abgedrückt waren, er-klärte ihm alles.

Er musste handeln und er handelte. Nach fünf Minuten hatte er sämtliche Stuben der Kompanie durchlaufen, eine zahllose Menge von Fußzehen dabei breitgetreten, ein Dutzend Leute voll-ständig umgerannt und als Resultat aller dieser Mühen von allen seinen Kameraden die niederschmetternde Antwort empfangen, dass sie gerade ihr letztes reines Paar zum heutigen Appell selbst anziehen müssten.

Während er, auf seine Stube zurückgekehrt, mit Windeseile die Uniform wechselte, drängte in seinem fiebernden Hirn ein Ge-danke den andern. „Knollstiebel!" würde der Herr Major sagen, „warum tragen Sie keine Handschuhe, Knollstiebel? Dass ich sol-che Nachlässigkeit bei Ihnen nicht wieder sehe, Knollstiebel!"

Ein ellenlanger Fluch Knollstiebels schloss diese ungespro-chene Majorsrede und mit der Verzweiflung jedes hoffnungslos Suchenden, der allemal gerade da zehnmal nachsieht, wo bei ruhi-ger Überlegung das Verlorene gar nicht sein kann, raste Knollstie-bel, fertig angekleidet, an seinen ebenfalls fertig angekleideten Leuten vorüber, ohne sich jedoch seinem Ziele, einer weißen Handschuhbekleidung, auch nur im geringsten zu nähern.

Da, in dem Augenblicke der höchsten Not, fiel sein Blick

zufällig auf den irdenen Topf, in dem die Leute den geriebenen Ton zum Anstreichen des weißen Lederzeuges mit Wasser anmengten. Ein Gedanke, wie ihn nur die Verzweiflung eingeben kann, durchblitzte sein Hirn. In der nächsten Sekunde hatte Knollstiebel den Topf ergriffen, seine Hände bis an das Gelenk in die dickflüssige Masse getaucht und eilte nun mit vorsichtig ausgestreckten Händen zum Fenster, um diese den noch immer heißen Sonnenstrahlen auszusetzen.

Während die Stubenmannschaft, mit Ausnahme des ganz in Schmerz versunkenen Kreikemeyers, in diesem blitzschnellen Vorgange wieder einmal die verblüffende Geistesgegenwart ihres Herrn und Meisters erkannte und bewunderte, blickte dieser mit vor Angst Generalmarsch trommelndem Herzen auf seine Finger, die sich zusehends mit einer dünnen, schneeigen und schnelltrocknenden Tonschicht bedeckten.

Ob in dem flehend zum Himmel gerichteten Auge ein rührendes Dankgebet oder die stumme Bitte ausgedrückt lag, aus seinem linken Auge ein eben hineingeflogenes Insekt zu entfernen, das lasse ich dahingestellt, bitte den freundlichen Leser vielmehr, mich auf den Kasernenhof zu begleiten, wo mit dem Schlage 4 die Kompanie zu drei Gliedern, mit je sieben Schritt Abstand, die Unteroffiziere hinter der Front, aufmarschiert steht.

Die Unteroffiziere, welche Knollstiebel um Überlassung eines reinen Handschuhpaares gebeten hatten, sahen ihn zu ihrem größten Erstaunen mit solchen nahen, welche die ihrigen an leuchtender Weiße tief beschämten; ehe sie indes dem Gedanken weiter nachhängen konnten, ertönte schon das Kommando: „Stillgestanden!" denn der Major war soeben im Kasernenportale sichtbar geworden.

Ich glaube mich keiner Übertreibung schuldig zu machen, wenn ich kühn behaupte, Knollstiebel hätte in diesem Augenblicke lieber mutterseelenallein im Feuer von einem Dutzend Geschütze des größten Kalibers gestanden, als mit seinen übertünchten Händen hinter der Front der Kompanie, angesichts der drohenden Okular-Inspektion des Herrn Majors.

Er ertappte sich mehr als einmal bei dem fluchwürdigen Verbrechen, während noch „Stillgestanden" kommandiert war, den Kopf um ein ganz bedeutendes vorgebeugt zu haben, um einen angstvoll schielenden Blick auf seine beiden möglichst hoch in die Ärmel heraufgezogenen Hände zu werfen, die bereits eine bedenkliche Anzahl kleiner Risse und Spalten aufwiesen und die Dauerhaftigkeit ihres Überzuges in berechtigte Frage stellten.

Jetzt – sein Herz schlug, dass er glaubte, die ganze Kompanie müsse es hören – jetzt hatte der Major das dritte Glied abgeschritten und bog um dessen rechten Flügel, um auch die Reihe der Unteroffiziere einer kurzen Inspektion zu unterwerfen. Keine Muskel zuckte in Knollstiebels Antlitz, er fühlte sein letztes Stündlein herannahen, als der Blick des Majors prüfend über ihn wegglitt. Aber was war das? War es denn möglich? Fast hätte er laut aufgeschrien vor Entzücken, der Major war mit kurzem Kopfnicken an ihm vorübergeschritten.

Da – Knollstiebel war's, als habe ihm eine eiserne Faust einen tüchtigen Schlag auf seine spitze Nase gegeben, und doch war's nur ein unschuldiger Regentropfen, der jetzt langsam über seine Nase hinwegrann, unten daran hängen blieb und dort schimmerte wie ein Tautröpfchen an dem Kelche einer Rosenknospe. Es war gewissermaßen der Signalschuss eines beginnenden Regen-Vorpostenfeuers, denn es fielen nur vereinzelte große Tropfen, die indes den Herrn Major zu größerer Eile in seiner Besichtigung anspornten. Er trug ja auch ganz neue Feldachselstücke, der Herr Major!

Allein der weithin hörbare Seufzer der Erleichterung, den Knollstiebel ausstieß, als auch das kleine Regengeplänkel aufhörte, sollte zu einer herzbeklemmenden Serie von ungehörten Seufzern werden, als plötzlich ein solcher Gewittersturm losbrach, dass die

Kompanie, Knollstiebel eingeschlossen, in einer halben Sekunde total nass war, trotz des schnellen Retirierens [Rückzuges] in den großen, gerade unbenutzten Exerzierschuppen.

Obwohl die Kompanie auch dort sich wieder rangierte, wartete man nur das Ende des Regens ab, um wieder in die Kaserne einzurücken. Der Major sprach mit den Offizieren in der Tür des Schuppens, die Mannschaften rührten sich und die Unteroffiziere hatten hinter der Front, bis auf Einen, wie auf Kommando eine Faust in den Mund gesteckt, um nicht in ein schallendes Gelächter auszubrechen. Denn dieser Eine, möge Knollstiebel es mir verzeihen, dass ich diesen entsetzlichen Moment seines Lebens zu schildern wage, dieser Eine stand mit grimmig ausgestreckten zebraartigen Händen da, von denen langsam ein Tropfen nach dem anderen auf den Asphalt des Schuppens hernieterträufelten.

Und wie sah Knollstiebels Uniform aus! Neben der roten vorschriftsmäßigen Hosenbiese zeigte sich eine viel breitere und ganz unvorschriftsmäßige weiße, und auf dem Oberschenkel war deutlich eine Zeichnung in Tonmanier angebracht, in welcher man mit einiger Phantasie den Daumen, Zeige- und Mittelfinger einer menschlichen Hand erkennen konnte.

Armer Knollstiebel! Unglückseliger Poll!

Der Regen hörte auf, plötzlich, wie er gekommen, und die Sonne, die inzwischen sich hinter einigen grauen Wolken versteckt, brach wieder hell und glänzend hervor. Ach! Auch auf Knollstiebels Zügen hatte es stets wie heller goldener Sonnenschein gelegen, wenn der Dienst zu Ende war; aber heute zeigte sein Antlitz solche dräuenden Gewitterwolken, dass seine Kameraden, die ihn kannten, ihre Neckereien auf spätere Stunden verspürten und sich in respektvoller Entfernung von ihm hielten.

Der Appell war zu Ende. Der Major hatte sich entfernt. Die Korporalschaften wurden formiert und rückten einzeln ab.

„Unteroffizier Knollstiebel!" erscholl da mit einem Male eine etwas näselnde Stimme.

„Herr Hauptmann!" rief der Unglückliche und eilte auf den Rufer zu, der in dem Augenblicke, wo Knollstiebel „die Hacken zusammennahm", den formellen Abschiedsgruß der beiden Leutnants erwiderte, die wenige Schritte vor der Schuppentür noch eine kleine Weile plaudernd stehen blieben.

Der Hauptmann fragte Knollstiebel achtlos nach einigen Nebensachen in Bezug auf einen Mann seiner Korporalschaft, der sich ein kleines Versehen hatte zu Schulden kommen lassen, und wollte sich schon entfernen, als er plötzlich bemerkte, dass etwas von Knollstiebels linker Hand herabträufelte. Schärfer hinblickend, malte sich erst eine gewisse Betroffenheit in seinen Zügen, es schien, als wolle er eine hastige Frage tun, aber er brachte nur ein beängstigendes Gurgeln heraus, und, kirschbraun im Gesicht sich abwendend, machte er dem in diesem Augenblick einer Mumie, wenigstens an Gesichtsfarbe, täuschend ähnlichen Knollstiebel ein Zeichen, sich zu entfernen.

Und dies tat dieser denn auch in solcher Eile, dass er in weniger als einer halben Minute das Kasernenportal erreicht hatte und die Treppe hinaufeilte – hinter ihm drein schallte das furchtbare Lachen des Hauptmanns, in welches die beiden Offiziere, die noch Zeugen des Vorfalles gewesen waren, mit einstimmten.

Es war ein Glück für Knollstiebels Korporalschaft, dass sie sich nicht auf der Stube, sondern unten in der Kantine befand, um ihren Kaffee heraufzuholen, denn ich bin überzeugt, der erste hätte mit seiner Faust eine Bekanntschaft gemacht, die ihm im Nu sämtliche Regenbogenfarben auf den Rücken gezaubert hätte.

Knollstiebels erstes Werk war, die Tür hinter sich abzuschließen, sich auf einen Schemel zu werfen und verzweifelnd die Hände vor das Gesicht zu schlagen, um – im nächsten Augenblick mit einem grässlichen „Pfui Deibel!" wieder aufzuspringen und mit der ersten besten Bettdecke die über sein Gesicht rinnenden Tontropfen abzuwischen. Seine Brust hob und senkte sich stürmisch, seine Augen rollten nach allen Seiten, um irgendein Wesen zu entdecken, an dem er seine Wut, die ihn zu ersticken drohte, auslassen konnte und dazwischen keuchten seine Lippen ein heiseres „Poll, wo ist Poll?"

Und siehe da – den langen Schwanz lustig schlenkernd, den breiten Kopf gemütlich an der Wand reibend, kam der unglückliche, harmlose Poll hinter Knollstiebels Verschlage hervor und trollte mit hoch erhobenem Schweife auf seinen Herrn zu, um an dessen Beinen sein schmeichelndes Kopfreiben behaglich schnurrend fortzusetzen.

Was sich in den nächsten Sekunden auf Stube 48 begab, ist für die Welt ein unaufgelöstes Rätsel geblieben und wird es ewig bleiben. Ein Soldat wollte um diese Zeit ein furchtbares Miauen und ein Geräusch gehört haben, als würden mit kräftiger Hand ein Dutzend Teppiche ausgeklopft – dann sei alles wieder still gewesen.

Tatsache ist jedoch das Folgende: Gegen die fünfte Nachmittagsstunde ließ der Posten vor dem Kasernenportale, über welchem sich Stube 48 befand, plötzlich sein Gewehr fallen und griff, in die Knie sinkend, mit beiden Händen nach seinem Helme, der im Verein mit einer plötzlich von oben daraufgefallenen Masse lebendig geworden zu sein schien und mit einem grauen, haarigen Gegenstande polternd zur Erde fiel.

Als der Posten sich und seine Sachen zusammengerafft und seine Begriffsfähigkeit wiedererlangt hatte, sah er wenige Schritte vor sich, auf drei Beinen forthinkend und nach allen Seiten entsetzlich fauchend – den „Genius von 48", Knollstiebels Kater!

 Von dieser Stunde an war und blieb Poll verschwunden. – Nie hat man ihn wieder gesehen!

Füsilier Säuglings Rache.

eldwebel!" rief der Hauptmann nach der Paroleausgabe schon von weitem der dicken Kompaniemutter zu, „Feldwebel!"

Eilig, mit geöffneter Briefmappe, den gespitzten Bleistift in der Rechten, sprang dieser dem Kompaniechef entgegen, dessen gerötetes Gesicht und in Falten gelegte Stirn nichts Gutes verhießen.

„Feldwebel! Notieren Sie! Der Füsilier Säugling erhält drei Tage Mittelarrest, weil er gestern beim Sonntagskonzert der Regimentskapelle alle Konzertnummern mitgepfiffen und dadurch Störung verursacht hat. Lassen Sie den Schwerenöter sofort abführen!"

„Zu Befehl, Herr Hauptmann!" Der dicke Feldwebel trug mit eiliger Hand die Verfügung des Hauptmanns in seine Brieftasche ein, machte aber zugleich dabei ein so verwundertes Gesicht, dass der Hauptmann, halb ärgerlich noch, halb lachend fortfuhr:

„Der Kerl, der Säugling, ist ja ein wahrer Himmelhund! Ich bitte Sie, Feldwebel, was ist der Mensch eigentlich! Es steckt ein Talent in dem Kerl, wenn ihn nur der Satan nicht immer zur Ausübung desselben an unrechter Stelle triebe!"

„Er ist als ‚Brotloser' eingetreten, Herr Hauptmann" erwiderte respektvoll der Feldwebel. „In seinem Nationale [Personennachweis] ist er als Schauspieler bezeichnet."

„Darum auch!" sagte der Hauptmann. „Müssen ein scharfes Auge auf den Windhund haben, Feldwebel!"

„Der Säugling ist sonst ein guter Soldat –" wagte der Feldwebel einzuwerfen.

„Weiß ich!" nickte der Kompaniechef. „Stramm und propper, dabei voller toller Streiche. Stellen Sie sich vor: Gestern im Volkskonzert, sobald unser Kapellmeister den Stock hebt, fängt ein unsichtbarer Pfeifer die Melodie der betreffenden Nummer zu pfeifen an, völlig richtig und so laut, dass man's bei jedem Adagio durch den ganzen Garten hört; und dabei immer um einen ganzen Takt voraus – der Kapellmeister – na, Sie kennen ihn ja, war wütend und ruhte nicht eher, als bis er den Pfeifer ermittelt hatte und richtig, es war der Säugling. Na, seine drei Tage Mittel hat er weg, vielleicht helfen sie!"

Eine Stunde später wurde dem Wachkommandanten der Hauptwache, in welcher sich die größte Anzahl der in der Garnison vorhandenen Arrestzellen befand, ein Arrestant gemeldet. Es war der Füsilier Säugling, der mit stoischem Gleichmute, sein halbes Kommissbrot unterm Arme, seine „drei Tage Mittel" antrat.

Die kleinen Formalitäten waren schnell erledigt und alsbald hatte der Arrestant sein ihm zudiktiertes „Sommerlogis". Aber weder die kahlen Wände der engen Zelle, noch deren Halbdunkel, noch endlich die wenig Hoffnung auf ruhige Nächte erweckende hölzerne Pritsche konnten seinen Gleichmut stören.

„Na, da wären wir ja im gelobten Lande," begann er mit lächelnder Resignation, indem er sich auf die niedrige Lagerstatt setzte und den Kopf in die Hände stützte. „Geschieht Dir ganz recht, Du aus den Windeln herausgewachsener Säugling! Was zum Kuckuck fiel mir gestern nur ein, mich im Kunstpfeifen zu üben! Aber das verdutzte Gesicht dieses langen Kapellmeisters – nein, es war doch ein ausgezeichneter Spaß!" Und dabei lachte der Arrestant so vergnügt auf, dass aus der angrenzenden Zelle, in der ein weniger zum Lachen aufgelegter Philosoph saß, ein wütender Schlag an die Zellenwand und ein zorniges: „Halt's Maul, Du Esel!" herübertönte.

Aber das war genau das unrichtige Mittel, den Füsilier Säugling, den Tunichtgut der elften Kompanie, zur Ruhe zu bringen, denn die derbe Apostrophe aus der Nebenzelle hatte nur den Effekt, dass der neu Inhaftierte sich ganz auf die Pritsche setzte und mit Aufgebot seiner ganzen Stimmmittel anfing:

> In diesen heil'gen Hallen
> Kennt man die Rache nicht.
> Und ist der Mensch gefallen –

„Will der verfluchte Kerl auf Nr. 10 den Rand halten!" donnerte in diesem Augenblicke der Wachthabende draußen und der Nachbar in der Nebenzelle sekundierte ihm mit einem unartikulierten Naturlaute.

„Ach so – " bemerkte der unverwüstliche Füsilier, „auch hier ist Ruhe Bürgerpflicht. Übrigens hat mich der biedere Sergeant draußen an der einzig passenden Stelle unterbrochen, denn ‚nicht Liebe' hat mich hier ‚zur Pflicht geführt', sondern mein edler Korporalschaftsführer. Der Brave hat auf dem ganzen Wege mir eine einzige Moralpredigt in einem Atem vorgeflucht – Gott stärke seine Lunge und behüte sein Schimpfregister vor allzu großer Einbuße! Na, wenn's hier mit dem Singen nichts ist, so wird doch das Pfeifen wenigstens erlaubt sein – der Kapellmeister sitzt ja nicht in einer dieser Zellen!"

Und alsbald pfiff er einen so gellenden Triller, dass der Mann in der Nebenzelle mit beiden Fäusten an der Wand zu trommeln begann und ein kannibalisches Fluchen anhob.

„Zum Teufel!" sagte der talentvolle Füsilier etwas verdutzt, „hier ist ja eine zartbesaitete Gesellschaft ‚injespunnt'; singen können sie nicht vertragen, pfeifen auch nicht – vielleicht sind sie mit meinem Schnarchen zufriedener." Und, als wäre die harte Pritsche ein weiches Daunenbett, streckte sich der Philosoph in der Arrestzelle lang aus, faltete die Hände über dem Bauch und schlief so ruhig ein, als hätte er das beste Gewissen als Kopfpolster und ein Dutzend guter Taten als sanfte Unterlage.

Füsilier im Dienstanzug

Zwischen dem langen Kapellmeister des Regiments und dem windigen Füsilier herrschte eine Art unbewusster Feindschaft. Der Kapellmeister hatte vielleicht etwas von einer komischen Figur an sich. Lang, vornübergebogen und mit übermäßig langen Füßen versehen, erfreute er durch sein Ansehen nicht eben ein soldatisches Auge. Aber desto besser verstand er die Musikfreunde zu erfreuen, denn der lange Kapellmeister war wirklich ein meisterhafter Dirigent und hatte seine Kapelle stramm im Zuge. Fuchsteufelswild konnte er werden, wenn die geringste falsche Note geblasen oder gepfiffen wurde und die Störung einer Konzertnummer war gleichbedeutend mit einer mehrere Tage anhaltenden Störung seines Seelenfriedens. Wer weiß, durch welchen Zufall der gute Leiter der Regimentskapelle auf den windigen Füsilier aufmerksam wurde, aber das fatale Lächeln auf den Zügen desselben missfiel ihm gründlich. Und als eines Tages der

Füsilier, als auf dem Kasernenhofe das erste Bataillon unter den Klängen der just am Füsilierflügel der Kaserne aufgestellten Regimentsmusik Parademarsch übte, mit diesem fatalen Lächeln fortwährend den Kapellmeister anstarrte, da hätte dieser vor Wut und Ärger fast den Takt unrichtig angegeben. In dem Füsilier Säugling zuckte der Schalk mächtig empor, wenn er den Kapellmeister sah. Er fühlte den brennenden Trieb, diesem guten Menschen und noch besseren Musikanten eins auszuwischen. Das nächste Resultat dieses wenig edlen Triebes war das Pfeifkunststück im Volkskonzert. Die Sühne blieb freilich nicht aus, wie wir gesehen haben.

Die Sonne scheint bekanntlich durch den trübsten Tag und die Stunden fliehen, wenn auch dem Anschein nach bedeutend langsamer, auch durch drei Tage Mittelarrest. Säugling war entlassen, hatte noch ein scharfes Wörtlein vom Hauptmann, ein dito vom Feldwebel zu hören und – sann auf den nächsten Possen, den er dem Kapellmeister spielen könnte.

Die Gelegenheit dazu sollte nicht lange auf sich warten lassen. Eines schönen Tages durchlief die Kunde, dass der Kommandierende General eine Inspizierung des Regiments am kommenden Sonnabend vornehmen werde, die ganzen militärischen Kreise der kleinen Garnison. Und nun ging ein Putzen und Klopfen, ein Drillen und Schuhriegeln los, dass es seine Art hatte.

Der Herr Inspizierende pflegte stets am Abende vor dem großen Tage einzutreffen und im „Römischen Ochsen" Quartier zu nehmen. Ebenso stand fest, dass an diesem Abende punkt ein halb neun Uhr die Regimentskapelle ihm ein Ständchen brachte. Das Ständchen sollte Säugling die Gelegenheit zur Rache an dem verhassten Kapellmeister bieten.

Dieser sah diesmal dem Kommen des kommandierenden Generals mit freudigem Hoffen entgegen.

Er hatte einen Marsch komponiert, der den Namen des hohen

Militärs tragen und demselben gewidmet werden sollte. Diese Widmung wurde von dem General aber nur erst dann entgegengenommen, wenn derselbe den Marsch gehört hatte. Das wusste der Kapellmeister sehr wohl, und deshalb sollte das erste bei dem traditionellen Ständchen gespielte Stück sein Marsch sein.

Der Kapellmeister war kein verschlossener Mensch und antizipierte [nahm vorweg] gern seine Triumphe. So kam es, dass man in der Kaserne schon von dem wirklich melodiösen Marsche wusste. Säugling trug Sorge, ihn rechtzeitig kennen zu lernen. Als eines Morgens die elfte Kompanie auf Wache und er selbst dienstfrei war, schlich er sich an den großen, leer stehenden Exerzierschuppen, in dem die Kapelle probierte und hörte sich die Geschichte an.

„Warte, Kapellmeister!" frohlockte er nachher. „Du büßt mir für die drei Tage Mittel!"

Säuglings Stubengenossen wunderten sich, dass er jetzt alle Abende nach dem Dienste eine entfernte einsame Ecke des Kasernenhofes aufsuchte und dort, scheinbar in tiefes Sinnen versunken, sich erging. Wären sie näher herangekommen, so hätten sie zu ihrem Erstaunen den Schall deutlicher menschlicher Worte gehört, trotzdem Säugling den Mund anscheinend fest geschlossen hielt.

Mit jedem Abende war Säuglings Gesicht fröhlicher. „Ich habe die alte Bauchrednerkunst noch nicht verlernt!" frohlockte er am Nachmittage des Ständchentages, und ging hinab in die Kantine, um einen „großen Rum" sich aus lauter Anerkennung für sich selbst zu Gemüte zu führen.

Auf dem breiten roten Antlitz des Kapellmeisters lag schon die helle Siegesfreude, als er abends um 8 Uhr seine kunstgeübte Schar auf dem Kasernenhofe sammelte. Er sah schon den General sich in das geöffnete Fenster legen und aufmerksam der Komposition lauschen, die seinen Namen tragen sollte. Er sah ihn dann gnädig winken und sich selbst hochklopfenden Herzens zum Gewaltigen hinaufbegeben. Und wie Sphärenklang scholl es schon in sein Ohr: „Gut, recht gut, lieber Kapellmeister! Nehme natürlich die Widmung an und na – der ‚Königliche Musikdirektor' wird Ihnen ja am Ende auch nicht ausbleiben!"

So jubelte der Kapellmeister schon, als er die Kapelle aufstellte und noch einmal ihr die größte Achtung auf seinen Dirigentenstab anempfahl. Dann trat er hiernach zu der Abteilung der Mannschaften, welche zum Laternentragen kommandiert waren. Eine fatale Empfindung malte sich auf seinem Antlitze, als er in der ersten Reihe den Säugling sah. Wütend trat er an ihn heran.

„Wenn Er heute pfeift, Er Himmelhund, so sorge ich dafür, dass Er auf die Festung kommt!"

„Ich pfeife nicht, Herr Kapellmeister, gewiss und wahrhaftig nicht!" erwiderte der Füsilier mit treuherziger Miene.

Aber trotz dieser Versicherung wollten die Züge des Kapellmeisters den früheren freudigen Ausdruck nicht wieder gewinnen. Seine Zuversicht war plötzlich dahin. Schon wollte er den die Abteilung führenden Offizier bitten, den Säugling auszuscheiden, als das Kommando „Stillgestanden" ertönte. Nun musste es gehen, wie es wollte. –

Im „Römischen Ochsen" war die erste Etage hell erleuchtet. Eine dichte Menschenmenge hielt die Straße besetzt und umlagerte im dichten Kreise die Musikkapelle, die soeben Aufstellung genommen hatte und die Instrumente erhoben, nur auf das Zeichen des Kapellmeisters wartete.

Kaum waren die ersten Töne verhallt, als der Herr General oben am Fenster erschien. Der Oberst hatte ihn darauf aufmerksam gemacht, dass das „seine" Piece sei, und huldvoll hatte seine Exzellenz geruht, das Musikstück anzuhören. Des Kapellmeisters Auge leuchtete auf und behend schwang er den Taktstock, mit leisen Worten den einzelnen Instrumenten kurze Weisungen gebend.

Da, in dem Augenblicke, wo die Melodie nur noch von den Holzbläsern weiter geführt wurde und die lärmenden Blechinstrumente pausierten, erschallte es plötzlich neben dem Kapellmeister: „Miserables Machwerk!"

Der Kapellmeister zuckte zusammen und blickte seitwärts. Neben ihm stand Säugling, ruhig und ernsthaft, aber in demselben Augenblick, in welchem des Dirigenten Augen auf seinem Antlitz ruhten, tönte es wieder laut und vernehmlich: „Pfuscher-Arbeit!"

Des Kapellmeisters Arm ragte wie erstarrt in der Luft, sein Stab machte keine Taktbewegung mehr, ihm selbst war, als dringe eine Ohnmacht auf ihn ein. Und dieser Moment war für die Direktion des Marsches gerade von Wichtigkeit. Denn nun hatten alle Instrumente die Melodie wieder aufzunehmen und die Leute blickten nach ihm, um mit dem Einsatz zurecht zu kommen.

„Na vorwärts doch!" klang es jetzt so gedämpft, wie der Kapellmeister seine Direktiven zu geben pflegte, zur Posaune herüber und diese schmetterte nun ihre Melodie allein los. Das andere „Blech" wollte nachkommen, aber da einzelne Leute auf den völlig fassungslosen Kapellmeister blickten und auf sein Zeichen zum Einsetzen warteten, so entstand ein gräuliches Stimmengewirr, darüber die Musiker selbst so sehr erschraken, dass sie die Instrumente absetzten, nur der Paukenschläger und eine Klarinette machten noch ein paar Takte.

Ein Höllengelächter brach unter den Zuschauern los, das Musikstück war total verunglückt. Bleich, keines Wortes mächtig, nach Atem ringend, stand der Kapellmeister da, seine hervorquellenden Augen auf das unschuldig lächelnde Antlitz Säuglings gerichtet.

Oben ward hastig das Fenster geschlossen. Der General hatte sich sehr indigniert von demselben zurückgezogen.

Eine Minute später stand der Regimentsadjutant neben dem Kapellmeister.

„Um Gotteswillen, was machen Sie denn? Exzellenz ist empört. Er will Sie selbst sprechen. Der Korpsälteste soll das Stänrt chen weiter dirigieren. Kommen Sie, na, einen derben Abputzer wird's setzen!"

Als der bleiche Kapellmeister oben vor dem gestrengen Herrn General stand, da lautete die Rede, die er schon zu kennen glaubte, doch anders, und zwar so:

„Nichtswürdige Dirigiererei! Habe Ihnen 'was zugetraut – habe mich geirrt! Schmeißen Sie Ihren Jubelmarsch ins Feuer! Wenn Sie meinen Namen darauf setzen, stecke ich Sie in Arrest. Hatte schon an den Musikdirektortitel für Sie gedacht – wird nichts damit. Abtreten!"

Der Kapellmeister schlich die Treppe hinab. Draußen spielte seine Kapelle, ihm selbst gellte noch die disharmonische Anrede des Generals in den Ohren.

Säugling ward nicht von ihm angeklagt. Er hatte kein Mittel, ihn zu überführen. Hatte er doch selbst gesehen, dass Säuglings Mund geschlossen blieb, als sein eigenes Ohr die rätselhaften Worte vernahm.

Das war des Füsilier Säuglings Rache.

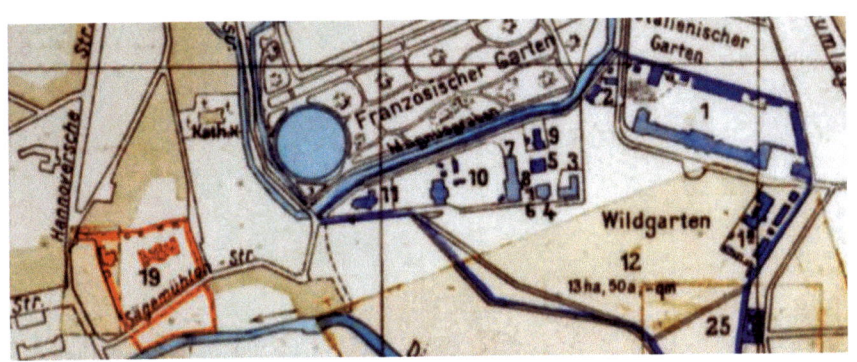

Kasernengelände:
1 Infanteriekaserne mit Exerzierhalle, 10 Casino,
11 Garnisonkirche, 19 Lazarett

Kantinenwirts Töchterlein.

abenschwarze Locken wallten von einem Scheitel her-
nieder, der an leuchtender Weiße selbst das glänzendste
Elfenbein beschämte; Perlenzähne blinkten verstohlen durch das
Rosentor ihrer Lippen, und Augen, unergründlich wie die Nacht,
blitzen unter den dunklen Wimpern hervor – so etwa würde ich
meine Schilderung beginnen, wäre ich ein moderner Ro-
manschriftsteller und nicht ein harmloser Humorist, der seinen
Lesern am liebsten die nackten Tatsachen schildert.

Und wenn ich ehrlich sein will, so muss ich bekennen, dass
Kantinenwirts Töchterlein statt der rabenschwarzen Locken – flüs-
siges Gold, – im Volksmunde nennt man die Farbe bekanntlich
fuchs- oder brandrot – auf dem Scheitel hatte, dass ihr Teint leider
ein punktiertes Muster dem einfarbigen Stoffe vorgezogen hatte und
dass endlich ihre Zähne leider jeder Pflege entbehren mussten.

Aber trotz alledem war Kätchen, so hieß unseres alten Kantiniers holdseliges Töchterlein, immerhin ein stattliches Mädchen,
vielleicht etwas zu hoch aufgeschossen und zu voll, um gerade mit
den Grazien in erfolgreiche Konkurrenz treten zu können, aber, wie
gesagt, ansehnlich genug, um alle unverheirateten Unteroffiziere
des Bataillons, dessen Kantine ihr Vater inne hatte, unter die Schar
ihrer Bewunderer zählen zu können.

Es war jedenfalls nur boshafter Neid, wenn einzelne Feld-
webel- und Unteroffizierfrauen behaupteten, diese Bewunderung
ihrer persönlichen Reize geschehe nur in den „letzten neun Tagen";
mit anderen Worten: die Bewunderung von Seiten der jüngeren

Unteroffiziere sei abhängig von der Größe des Kredits, den die Schöne ihnen gewähre – aber was verstehen Unteroffizierfrauen von körperlichen Reizen – sie waren eben neidisch, das war das Ganze.

Vater Langhans, so hieß der biedere Inhaber der einladenden Schenkstube unten im Souterrain, musste von der Tüchtigkeit seines Töchterchens übrigens vollauf überzeugt sein, denn er ließ sie als Herrin – seine Frau hatte vor einigen Jahren das Zeitliche gesegnet – schalten und walten.

Sein Amt war mit zunehmenden Jahren ein immer mehr menschenfreundliches und humanitäres geworden. Er musste sich doch durch eigene Probe immer wieder davon überzeugen, ob der helle Kümmel noch seinen würzigen Geschmack, der köstliche „Gilka" * nichts von seinem Aroma verloren und ob gar die edle Gottesgabe, das Bier, auch stets die richtige Temperatur habe.

Vater Langhans war wirklich aufrichtig besorgt um die Verdauungswerkzeuge und Kehlen seiner Gäste – und da wollte die böse Welt noch behaupten, er „trinke"!

Vater Langhans war frühmorgens ganz bestimmt nüchtern, das kann ich aus eigener Anschauung versichern.

Gegen Mittag wurde er etwas angeregter, schlief dann ein paar Stunden und begann alsdann sein menschenfreundliches Werk von neuem.

Dass dieses ihn schließlich begeisterte, dass er dann in seiner Begeisterung zuweilen einen Umgangston seinen Gästen gegenüber anschlug, den man ganz treffend „saugrob" bezeichnet, und dass er endlich von Kätchen, die in diesem Liebeswerk gewöhnlich noch von einem Stammgaste unterstützt wurde, in seine kleine Kammer hineinbugsiert werden musste, störte uns in unserer hohen Achtung für ihn nicht im geringsten – er war und blieb unser alter, prächtiger Papa Langhans!

Der Einjährige Meier war ein häufiger Gast in dem kleinen

Schenkstübchen hinter der eigentlichen Kantine, welche letztere nur den Mannschaften geöffnet war.

Das kleine Zimmerchen war für höhere Gäste, vom Feldwebel abwärts bis zum Unteroffizier bestimmt, die hier, zum größten Ärger ihrer Frauen, an den meisten Abenden gemütlich beim Bier saßen.

Auch den Freiwilligen war der Eintritt in dies Heiligtum gnädigst gestattet.

Das kleine Gemach, welches mit der Kantine durch ein schmales Türchen verbunden war, machte einen anheimelnden Eindruck.

Ein paar einfache, aber stets saubere Eichenholztische, mit hochlehnigen Bretterstühlen umstellt, eine mächtige Wanduhr, mit einer entsetzlich dicken blühenden Rose bemalt, und endlich ein nicht großer, eintüriger Kleiderschrank bildeten das Mobiliar.

Am Tage herrschte eine ewige Dämmerung, denn das durch die breiten, vergitterten Souterrainfenster, die beinahe unter der Decke lagen, hereinströmende Licht erhellte den kleinen Raum nur notdürftig; abends aber, wenn die gerade über dem Tisch hängende Lampe angezündet war und einen milden, freundlichen Schein über das Schenkstübchen goss, dann war es ein gar gemütliches Plätzchen und selbst jüngere Offiziere verschmähten nicht, hier einen Augenblick einzusprechen und sich von dem roten Kätchen ein Glas Bier kredenzen zu lassen.

Das Bier war gut beim alten Papa Langhans; darüber herrschte nur eine Stimme.

Ob es aber nur der frische Trunk war, der Meier veranlasste, manche Stunde dort unten zu sitzen, oder ob seine Kameraden Recht hatten, wenn sie behaupteten, zartere Bande hielten ihn dort unten gefesselt, ich wage es nicht zu entscheiden.

Ein beliebter Gast war er dort, soviel stand fest, denn Fräulein Kätchen hatte stets ein freundliches Wort für ihn und sein Konto in dem kleinen abgegriffenen Büchelchen umfasste stets eine ganze Reihe von Seiten.

Heute Abend war Papa Langhans nicht bei Laune. Das Bataillon hatte am Tage einen größeren Übungsmarsch in die Haide gemacht und seine Stammgäste lagen schon seit Beginn der Dämmerung in ihren Betten und schliefen.

Er hatte niemanden, dem er seine alten Schwänke erzählen konnte, und das gehörte doch zu seinen Bedürfnissen.

Missmutig saß er in einer Ecke in dem braun gepolsterten Lehnstuhl und starrte trübselig die Flasche an, welche vor ihm stehend durch ein goldglänzendes Etikett ihre Abstammung aus der weitverzweigten Familie „Derer von Gilka" verriet.

Die Uhr schnarrte ihr eintöniges Tick-Tack; unter dem Kleiderschrank raschelte eine Maus und auch die Lampe brannte heute trüber als gewöhnlich. Sein Lieblingsgetränk schien ihm auch den Geschmack verloren zu haben, er musste heute viel häufiger kosten als gewöhnlich und der flüssige Inhalt der weitbauchigen Flasche war schon unter das Niveau des Etiketts gesunken, als er – gerade als die Uhr zum zehnten Schlage aushob – schwerfällig aufstand, die Flasche draußen im Schenkstand auf den Tisch stellte und seinem Töchterchen zurufend: „er käme bald wieder," den schwach erleuchteten Gang hinab und die auf den Kasernenhof führende Steintreppe emporschritt.

Kätchen sah ihm schweigend nach und machte sich daran, die Laden vor dem Schenkstande herabzulassen.

Von den Mannschaften kam jetzt keiner mehr und von den Gästen des Hinterstübchens ließ sich heute niemand sehen, selbst der treue Meier nicht.

Der lag inzwischen ebenso missmutig wie der alte Kantinenwirt und sein Töchterchen oben in der Wachtstube auf der harten Pritsche und schimpfte im Stillen darüber, dass das Schicksal in Gestalt seines Feldwebels ihn gerade heute zu dem interessanten

Geschäft des Postenstehens ausersehen habe. Es war ein ungemütlicher Aufenthalt, die Wachtstube der Kasernenwache!

Ein kleines Öllämpchen über dem Tische des Wachthabenden verbreitete ein schwaches, ungewisses Licht; die Luft war schwül und drückend und das monotone Geräusch, welches die mehr oder minder schwachen Atemzüge von einem Dutzend Füsiliere hervorbrachten, war nicht zum Aushalten.

Mit wehmütigem Lächeln gedachte er des freundlichen, stillen Gemaches unten im Souterrain, des kühlen Trunkes, den das rote Kätchen ihm mit freundlichem Blick kredenzte, und ein rascher Einfall schien ihn plötzlich zu durchblitzen.

Er sprang auf und sah nach der Uhr. Es war ein Viertel nach Zehn. Er kam erst um zwei Uhr wieder auf Posten und die Ronde kam gewiss nicht vor Mitternacht.

Er trat zu dem Wachthabenden, der an seinem Tische saß und den Kopf auf beide Arme gestützt schlief, und weckte ihn.

„Was gibt's denn?" fragte dieser, sich gähnend empor richtend.

„Ich bitte austreten zu dürfen!"

„Darum hätten Sie mir ooch nich zu wecken brauchen," brummte der Unteroffizier und legte sich wieder in seine bequeme Stellung zurück. „Meinshalben jeh'n Se zum Deibel!"

Meier lachte bei diesem frommen Wunsche still vor sich hin, legte sein Seitengewehr ab und trabte vergnügt aus dem Zimmer.

Kätchen hatte die Laden vorgelegt und wollte schon das Licht hinten im Stübchen auslöschen – es kam ja doch niemand mehr – als leise Schritte im Korridor hörbar wurden.

Sie nahm das kleine Lämpchen von der Wand und trat vor die Kantinentür, um im Scheine des hochgehaltenen Lichts den Näherkommenden zu erkennen.

Die Tritte waren verhallt, aber dafür tönte es aus einer dunklen Ecke ihr flüsternd entgegen:

„Sind noch Gäste da, Fräulein Kätchen?" Und zugleich kam Meier, den Helm noch auf dem Kopfe, in den Bereich des Lichtes.

„Nein, Herr Meier!" sagte das Mädchen, das ihn sofort erkannt hatte, und ihr großer Mund verzog sich zu einem breiten, vergnügten Lachen: „Kommen Sie nur herein, ich bringe Ihnen sogleich Bier!"

In der nächsten Minute saß Meier auf einem der alten Holzstühle, der Helm flog auf den Tisch, und als Kätchen gleich darauf mit einem schäumenden Seidel kam und vor ihm am Tische Platz nahm, um ein wenig mit ihm zu plaudern, pries Meier in begeisterten Worten den köstlichen Einfall, für seine Person die Wachtstube in Vater Langhans' kühles Schenkstübchen verlegt zu haben.

Das Bier war frisch, Kätchen plauderte fröhlich, und Meier, der leichtsinnige Meier dachte an alles, nur nicht daran, dass die Stunde nur 60 Minuten hat und dass selbst Kantinenuhren den Einfall haben können, stillzustehen.

Und selbst das nüchtern-praktische Kätchen schien die späte Stunde ganz vergessen zu haben und plauderte munter und fröhlich in den Tag oder vielmehr in die Nacht hinein.

Meier war heute rein des Teufels – jetzt hatte er plötzlich den wunderlichen Einfall, durchaus das rote Kätchen küssen zu wollen, was diese, die blaue Küchenschürze vor das Gesicht haltend, verlegen zurückwies. Sie war über und über rot geworden und der heimliche Gedanke, Meier könne vielleicht ernste Absichten haben, gewann plötzlich in ihrer Seele Raum und nistete sich mit unglaublicher Schnelligkeit darin fest.

Seinen Anstrengungen, die Schürze von ihrem Munde zu entfernen, setzte sie immer schwächeren Widerstand entgegen, und als er endlich sein Ziel erreicht hatte und seine Lippen auf ihren breiten Mund drückte, legte sie plötzlich, schnell wieder die Schürze vor das Gesicht haltend, ihr rotgelocktes Haupt an Meiers Brust und flüsterte verschämt:

„Aber wir kennen uns ja noch so wenig, Herr Meier!"

Meier blickte verblüfft auf Kätchen nieder und ein dunkles Vorgefühl, eine ungeheure Dummheit gemacht zu haben, begann in ihm aufzudämmern, als plötzlich ein gellendes: „Wache – Herr – aus!" des Postens vor Gewehr ihn aus allen seinen Himmeln riss und ihn erschreckt emporfahren ließ.

„Heiliger Gott! die Ronde – und ich bin hier!" stammelte er. „Wenn der Leutnant nur nicht merkt, dass ich fehle – –"

Das aus ihrem süßesten Traume aufgeschreckte Kätchen schlang die derben Arme wie schützend um den geliebten Meier und beide lauschten mit angehaltenem Atem den Tönen, die laut durch die stille Nacht drangen.

„Gewehr auf!" hallte es wieder und nach einer kurzen Pause kam das Kommando: „Gewehr ab! – Weggetreten!"

Dann war alles still.

Meier atmete hoch auf, trank den Rest des Bieres und legte das Zahlgeld auf den Tisch. Er hatte jetzt keine Ruhe mehr und wollte gehen.

„Da kommt jemand!" flüsterte Kätchen plötzlich. „Vielleicht ist das mein Vater – da können Sie gleich – o Meier!" unterbrach sie sich und wollte an seine Brust sinken, aber Meier, gar nicht auf ihre Worte achtend, stand schon draußen an der Tür und blickte auf den langen Korridor hinaus.

Herr des Himmels! Dort kam – in Helm und Schärpe der Rondeoffizier, der das Licht durch die Fenster hatte schimmern sehen und, bevor er in seine Wohnung oben im dritten Stock hinaufging, erst noch ein Glas Bier trinken wollte.

Einem Steinbild ähnlich stand Meier eine Sekunde regungslos da. Blitzschnell zogen die Folgen seines Leichtsinns an seinem Geiste vorüber; Arrest war ihm sicher, wenn er hier betroffen wurde.

Er kannte den Offizier, einen noch jungen, aber sehr strengen

Leutnant gut genug, um zu wissen, dass dieser ihn ohne Gnade und Barmherzigkeit melden würde.

Verstecken? Wo? Mit einem Sprunge stand er an Kätchens Seite und teilte ihr in zwei Worten die drohende Gefahr mit.

Gefahr im Verzug für ihren Meier – der Gedanke schien plötzlich ihren langsamen Geist mit elektrischem Schlage zu beleben. Ein Ruck – und die Tür des Kleiderschrankes flog auf – eine Sekunde, und Meier stand wie eine Bildsäule, den schnell aufgegriffenen Helm in der Hand, mitten unter Papa Langhans' Sonntagsgewändern, und in dem nämlichen Augenblick, in dem der Offizier draußen die Kantinentür öffnete, schloss Kätchen den Schrank und steckte den schnell abgezogenen Schlüssel in die Tasche.

Der Offizier sah sich forschend um, als er den kleinen Raum betrat. Er hatte doch Stimmen hier gehört und schon deshalb umkehren wollen, da er vermutete, es seien noch Unteroffiziere darinnen.

Es dauerte eine ganze Weile, ehe Kätchen mit der Flasche Bier wieder hereinkam. Sie hatte sich draußen erst von dem Schreck erholen müssen.

„War nicht eben jemand hier?" fragte der Leutnant, während er sein Glas voll goss. – „Mir war's, als hörte ich hier unten sprechen."

„Da müssen der Herr Leutnant sich geirrt haben!" antwortete Kätchen ruhig, machte sich aber zugleich an einem der nächsten Tische zu schaffen, um ihr Gesicht nicht sehen zu lassen, das jetzt in hellem Rot strahlte.

„Aber hier liegt ja noch eine brennende Zigarre," fuhr der Leutnant fort und wies auf den unglücklichen Stummel, den Meier keine zwei Minuten vorher auf den Tisch gelegt hatte.

„Gehört meinem Vater," sagte Kätchen, ohne aufzublicken. – „Er ist nur auf den Hof hinausgegangen."

Damit trat sie in den Schenkstand hinaus und machte sich dort an den Flaschen zu schaffen.

Der Offizier griff nach einer Zeitung, die auf dem Tische lag und blickte hinein.

Ein leises Geräusch, wie von knisterndem Holze, das aus der Ecke, wo der Kleiderschrank stand, herzutönen schien, ließ ihn aufblicken und dort hinüberschauen, aber das Geräusch wiederholte sich nicht und er las weiter.

„Es ist wirklich unheimlich hier" – sagte er nach einer kleinen Pause, wieder aufblickend zu sich selbst. – „Ich hätte darauf wetten mögen, hinter der Uhr dort im Winkel habe soeben jemand geseufzt." Wieder war alles still, – da tönte ein dumpfes Gepolter von dem Schranke her, das auch Kätchen ängstlich zusammenfahren machte – der unglückliche Meier hatte seinen Helm aus der Hand gleiten lassen.

Der Offizier war aufgestanden und sofort auf den Schrank zugetreten.

„Es polterte etwas hier im Schranke!" rief er Kätchen zu. „Was war das?"

Kätchen hatte sich schnell wieder gefasst.

„Es steht der alte Säbel meines Vaters drin -- der wird wohl umgefallen sein."

Der Leutnant zuckte die Achseln. Was ging ihm auch das Gepolter in einem alten Kleiderschrank an?

Ein Mensch konnte doch nicht gut darin verborgen sein – er ging zum Tisch zurück, trank sein Bier aus, zahlte und schritt mit flüchtigem Gruße hinaus.

Kätchen lauschte, bis die Schritte oben auf der Steintreppe verhallt waren.

„Ist er endlich fort?" schallte es dumpf aus dem Schranke.

„Ja," erwiderte Kätchen, „aber ich hatte furchtbare Angst, er könnte 'was entdecken."

„Ich auch!" brummte es wieder aus der Ecke. „Aber machen Sie auf, ich kann es vor Hitze nicht mehr aushalten, und überdies scheint mir der Boden, auf dem ich stehe, nicht ganz echt zu sein."

Wie zur Bekräftigung seiner Worte knisterte es laut in den Holzbrettern des Bodens.

„Ich mache schon auf" – versicherte Kätchen und fuhr in die Tasche, um den Schlüssel hervorzuholen. – „Ja, wo ist er denn nur?"

„Was denn?" tönte es ungeduldig aus dem Schranke.

„Der Schlüssel! Ich habe ihn doch hier in die Tasche gesteckt und nun kann ich ihn nicht finden –"

„Himmelkreuzdonnerwetter!" fluchte der Schrankinsasse und trat dabei heftig mit dem einen Fuße auf, bereute aber schon im nächsten Augenblicke, dies getan zu haben, denn die dünnen Bretter krachten ganz gewaltig und drohten einzubrechen.

Kätchen hatte inzwischen verzweiflungsvoll ihre Tasche durchsucht und den Schlüssel nicht gefunden. Jetzt wendete sie die ganze Tasche um – kein Schlüssel war zu finden, aber in der einen Ecke der Tasche zeigte sich ein großes Loch.

Meier fluchte schrecklich, als ihm der Tatbestand mitgeteilt wurde, während Kätchen den Boden absuchte, um den Schlüssel, der durch ihr Kleid geglitten sein musste, wieder aufzufinden.

„Nur noch eine Minute Geduld, Lieber!" flüsterte Kätchen in den höchsten Schmeicheltönen „noch eine Minute und ich helfe Dir aus dem Gefängnis heraus."

Meier war plötzlich merkwürdig still geworden. War er denn noch Meier und jenes Mädchen außen das rote Kätchen? Sie nannte ihn ja „Du" und „Lieber" obendrein.

Mit erschreckender Deutlichkeit trat es plötzlich vor seine Seele. Kätchen hatte seine spaßhafte Schäkerei und einen harmlosen Kuss, der ihm obendrein verteufelt schlecht geschmeckt hatte – für Ernst gehalten, deshalb auch dies zarte Armumschlingen, deshalb die Bereitwilligkeit, sich auch noch weiter küssen zu lassen, deshalb auch — —

„O verflucht!" unterbrach er plötzlich seinen Gedankengang, während das der Verzweiflung nahe Kätchen unter alle Stühle und Tische kroch, um den Schlüssel zu suchen. „Verflucht! Jetzt müsste nur noch der Alte dazukommen und mich in dieser Situation entdecken, das gäbe eine hübsche Geschichte!"

Da polterten dumpfe Tritte die zum Souterrain führende Steintreppe herab und ein Mann näherte sich langsam mit schweren Schritten der Kantine.

Kätchen horchte auf, sie kannte diese schweren Schritte.

„Mein Vater kommt!" rief sie und sprang hastig auf, während sie die Hände verzweifelnd über ihrem brandroten Haupte zusammenschlug, „– mein Vater – wenn er entdeckt – o, mein lieber Meier!"

„Teufel!" knurrte es wütend aus dem Schranke hervor, und Meier machte den Versuch, sich gegen die Tür zu werfen, um diese zu sprengen, bog sich aber schleunigst wieder zurück, denn der Schrank schien große Lust zu haben, vornüber zu kippen.

„Was sagtest Du?" fragte die zärtliche Schöne.

„Nichts, aber ich breche die Türe auf, wenn ich nicht so herauskomme!" rief Meier verzweifelnd. „Und wenn jetzt auch noch Ihre Großmutter käme, mir ist's egal!"

Aber Kätchen hatte die letzten Worte gar nicht mehr gehört, sie war dem Vater, der bedenklich schräg auf sie zukam, entgegen gegangen.

Vielleicht war es noch möglich, ihn in seine am andern Ende des Korridors gelegene Kammer zu spedieren, ohne dass er das Hinterzimmer betrat.

Aber sie hatte heute einen schweren Stand. Vater Langhans war drüben beim Büchsenmacher, der auch eine kleine Schenkstube hielt, in die Hände einer lustigen Gesellschaft vom ersten Bataillon geraten und in einem Zustande der hochgradigsten Begeisterung.

„Aber in drei Teufelsnamen, bist Du verrückt, Mädel?" schrie er Kätchen an, als er wankend, an den Türpfosten gelehnt, vor ihr stand. „Glaubst Du, das Öl koste kein Geld?"

„Waren noch Gäste da, Vater!" sagte Kätchen ruhig, die Ursache genug hatte, den Vater heute nicht böse zu machen. „Komm, ich will Dich in Deine Kammer bringen."

„Danke!" lachte der Alte. – „Will mir erst noch frischen Schnupftabak holen. Meine Dose steckt noch im Kleiderschrank."

„Im Kleiderschrank?" wiederholte Kätchen erbleichend. „Lass doch nur bis morgen früh!"

„Nicht raisonniert, Mädel!" lachte Papa Langhans und schritt an seinem Töchterchen vorüber in das Hinterzimmer, gerade auf den Schrank zu, in welchem Meier Folterqualen ausstand.

Seine Hand tastete nach dem Schlüssel, den er natürlich nicht fand. Dabei war er mit dem Kopfe hart am Schlüsselloche und Meier fühlte in demselben Augenblick ein dringendes Bedürfnis zu niesen.

„Wo ist denn der Schlüssel, Trine?" fragte der Alte, indem er sich nach dieser, die mit klopfendem Herzen und gefalteten Händen hinter ihm stand, umwandte.

„Ach, Vater!" begann diese kläglich, aber jetzt konnte sich Meier nicht länger halten.

„Hatzi! Hatzi! Hatziii!"

„Gesundheit!" brummte Papa Langhans gewohnheitsmäßig. „Aber was zum Teufel kracht denn so im Schranke und wer niest überhaupt hier?"

„Vater!" bat Kätchen, „so höre mich doch nur einen Augenblick an, Vater! Es ist ja –"

Aber ehe sie noch ausgesprochen, machte der Alte einen erschreckten Satz nach rückwärts und das junge Mädchen schrie vor Entsetzen auf; ein donnerähnliches Krachen und Brechen wurde hörbar und zwei Männerstiefel blickten urplötzlich unter dem

Schranke hervor.

Meier war durch den dünnen Bretterboden gebrochen!

„Es steckt ein Dieb im Schranke!" rief Papa Langhans, „ein Dieb, ein Mörder – warte nur, mein Junge! Den Schlüssel her, Mädchen, schnell!"

Mit diesen Worten war der Alte auf den Schrank zugetreten und der arme Meier fühlte plötzlich, wie sich ein schwerer Fuß mit merklichem Nachdruck auf die große Zehe seines linken Fußes stellte.

„Au! Auuh!" klang es halb erstickt aus dem Schranke. „Aber bester Herr Langhans, Sie treten ja auf meinen Fuß!"

„Der kennt mich?" rief Papa Langhans erstaunt. „Hierher, Mädchen, wer steckt in dem Schranke?"

„Aber Väterchen, es ist ja nur Meier, mein M – "

„Wer? Meier? der verflixte, leichtfüßige Einjährige? Und der steckt darin? Na wartet!"

Aber jetzt hielt Meier sich nicht länger. Mit einer Kraft, wie sie nur die äußerste Verzweiflung eingeben konnte, stemmte sich Meier gegen die verschlossene Tür; ein dumpfer Krach, die Tür flog auf und ein Haufe von Kleidungsstücken, in ihrer Mitte unser Meier, fielen dem Alten buchstäblich vor die Füße.

Kaum stand er wieder auf den Füßen, als auch schon Kätchen an seine Seite eilte und zärtlich den kräftigen Arm um ihn legte, aber jetzt brach Meiers lang unterdrückte Wut aus.

„Fort von mir, Weib!" schrie er, während er nach dem Helm griff, um das Weite zu suchen, aber der Alte versperrte ihm die Tür.

„O, der schlechte, schlechte Mensch!" schluchzte, aus allen ihren Himmeln gerissen, Kätchen. – „Erst hat er zärtlich mit mir getan und mich geküsst und mir gesagt, dass er mich lieb habe –"

„Lüge!" schrie Meier dazwischen.

„Dass er mich lieb habe, und als die Ronde kam, habe ich ihn da verborgen, und nun, und nun ich dachte, er wollte mich heiraten!" setzte sie endlich weinend hinzu.

„Ich Sie?" rief Meier in grenzenloser Verachtung, „ich Sie heiraten?"

Papa Langhans war bei dieser letzten Szene ein zwar stiller, aber durchaus nicht gleichgültiger Beobachter gewesen. Jetzt aber trat er in Aktivität. Meier fühlte sich sanft emporgehoben, die vordere Tür flog auf und in kühnem Schwunge, zu dem er selbst nicht das Geringste beigetragen hatte, flog er hinaus auf den Korridor, raffte den Helm, der ihm dabei aus der Hand glitt, auf und eilte, unbekümmert um die seine Schienbeine in Gefahr bringenden Pfeilerecken, hindurch und die Treppe hinauf, bis er atemlos und keuchend wieder in der Wachtstube ankam.

Der wachthabende Unteroffizier ging hier ruhelos auf und ab; kaum aber hatte er Meier erblickt, als er mit der Mut eines Panthers auf ihn zu schoss.

„Millionenschock! Wo stecken Sie denn, Einjähriger? Die Ronde ist dagewesen, in einer halben Stunde müssen Sie auf Posten ziehen. Herr, zum Henker, wissen Sie, dass ich Sie melden werde?"

„Hat die Ronde nach mir gefragt?" stöhnte Meier.

„Natürlich hat sie's," brummte der Unteroffizier. „Ich habe Sie als ausgetreten gemeldet."

„Gott sei Dank!" atmete Meier auf.

„Wo haben Sie denn gesteckt?"

„Beim Teufel!" seufzte Meier. „Sie schickten mich ja selbst dorthin. Nein, Scherz bei Seite –" fuhr er fort, als er den fragenden Blick des Unteroffiziers bemerkte. „Ich war auf die Latrine gegangen und dort eingeschlafen."

Der Unteroffizier wandte sich ab. Meier aber warf sich mit einem so frohen Gefühl, wie er es seit Stunden nicht gekannt, auf die harte Holzpritsche.

Als er am nächsten Mittag abgelöst war und seine Wohnung wieder betrat, warf er sich auf sein Sofa und atmete leicht und froh auf; die Ereignisse der letzten Nacht waren folgenlos geblieben, sie schienen ihm wie ein wüster, schwerer Traum, aus dem er glücklich erwacht war.

Aber eine kleine Erinnerung daran sollte ihm nicht erspart bleiben. Ungefähr acht Tage später brachte ein Bursche eine Rechnung, deren Inhalt in den wenigen Worten bestand: „An Reparatur eines zerbrochenen Kleiderschrankes 32 Mark," und darunter stand in den schwerfälligen Buchstaben von Papa Langhans' Hand: „Bitte sofort zu zahlen!"

Seit jenem Tage hat Meier hoch und teuer verschworen, je wieder ein Mädchen, und wäre es das hässlichste auf Erden, zu küssen. Zu den größten Leiden, die er während seiner Dienstzeit durchzumachen hatte, zählt er sein zärtliches Tête-á-tête mit

Kantinenwirts Töchterlein!

„Ick bün bal' wedder da!"

Der Sekondeleutnant von R. war vor etwa einem halben Jahre von einem schlesischen Regimente zu dem unsrigen gekommen. Meine Kompanie war so glücklich, ihn zugeteilt zu bekommen. Dies „Glück" war freilich etwas fragwürdiger Art, denn noch ehe vier Wochen vergangen waren, hatte es der junge Offizier mit allen gründlich verdorben. Er war eine Leutnants-Karikatur im Stile der Fliegenden Blätter: Mehr hager als schlank, mit lederfarbenem Teint, einigen blonden Bartborsten und mit jener seltsamen Verbissenheit in den Zügen, die man im Tierreiche sonst nur noch bei den Bullenbeißern findet.

Bei einem Offizierskorps, wie bei dem unseres Regimentes, das zumeist aus Bürgerlichen bestand, war es nicht angebracht, den Adelsstolzen zu spielen. Leutnant von R. beging diesen Fehler. Das Resultat war, dass seine jüngeren Kameraden seinen Umgang nicht aufsuchten und dass die älteren Offiziere ihn zur Zielscheibe ihres immerhin gutmütigen Spottes machten.

Ganz und gar unbeliebt war er bei den Mannschaften. Unser Regiment, das sich größtenteils aus Landessöhnen, derben, ehrlichen und leicht zu leitenden Kindern der Lüneburger Heide rekrutierte, hat im großen Ganzen gutes Material, das bei humaner Behandlung sogar zu trefflichem leicht heranzubilden war. Für alle ihre andern Offiziere wäre die Kompanie durchs Feuer gegangen, als aber Leutnant von R. bei uns eingetreten war und die Quintessenz seiner Offizierstätigkeit in rohem Schimpfen und Fluchen und gelegentlicher „Nachhilfe mit dem Degengriff" suchte, da dauerte es keine Woche und der „Bullenbeißer" – so hatten ihn die Mannschaften gar bald getauft – war der Zielpunkt des Hasses und heimlicher Witzeleien aller „Alten" in der Kompanie.

Leutnant von R. litt an einer Krankheit, die man im Ganzen nur selten bei Infanterie-Regimentern findet – an der „Burschennot". Kein Bursche hielt es bei ihm über eine gewisse kurze Zeitspanne hinaus aus und er selbst es mit keinem. Der „Bullenbeißer" hatte eine sogenannte „lockere Hand" und war zudem ein Knauser ärgster Sorte. Kein Wunder, wenn die Burschen, die bei ihm keine gute Stunde hatten, alsbald auf Revanche sannen und dem „Bullenbeißer" allerhand Possen spielten. Der Effekt war immer der nämliche. Nachdem sie ihre Untaten durch einen derben Fußtritt oder ein paar klatschende Ohrfeigen gesühnt hatten, verzichtete der Offizier auf ihre ferneren Dienste und die Leute kehrten freudig in die Kompanie zurück, um hier den Legendenkreis, der sich um den „Bullenbeißer" gebildet hatte und der keineswegs Schmeicheleien für denselben enthielt, durch die mit redlichem Eifer noch besonders ausgeschmückten eigenen Erlebnisse zu vermehren.

Seltsam! Der gewandteste „Mann" wurde dumm und einfältig, sobald er Bursche beim Leutnant von R. war. Längst hatte der „Bullenbeißer", der eine der Offizierswohnungen im dritten Stock des rechten Flügels unserer Kaserne innehatte, auf den Gebrauch eigenen Kaffeegeschirres verzichten müssen. Die Tassen hatten stets an der Fallwut gelitten und die Kaffeekanne war eigentlich nur an dem Tage ganz, an welchem sie aus dem Porzellanladen geholt war. Seitdem Leutnant von R. aber eines Morgens statt des Zuckers auf dem Boden seiner Tasse ein Stückchen – Seife entdeckt hatte und ihm nun die Lösung der Frage, warum in letzter Zeit der Mokka immer einen rätselhaften Beigeschmack gehabt habe, dringend nahe gelegt war, verzichtete der „Bullenbeißer" überhaupt auf Selbstkochen des Kaffees und ließ ihn sich gegen mäßiges Entgelt von der Frau Feldwebel mit bereiten.

Seltsame Geschichten kursierten über den „Bullenbeißer" und

seine Burschen in der Kaserne. Der eine, sonst die Pünktlichkeit selbst, verschlief von Stund an die Zeit, natürlich der Leutnant mit ihm. Ein zweiter hatte eine Ohrfeige des „Bullenbeißers" damit quittiert, dass er den Kadaver eines toten Kätzchens unter dem Bette seines Herrn platzierte, bis der fürchterliche Gestank zur Entdekkung und zum Hinauswerfen des Übeltäters führte. Der unglückliche Leutnant hatte allen Grund, die Vorräte der Kantine als „scheußlich an Qualität" zu bezeichnen; er ahnte ja nicht, dass, wenn er sich Wurst oder Käse zu seinem frugalen Abendbrote heraufholen ließ, sein jeweiliger Bursche sich an eine Kantinenordonnanz mit folgenden Worten wandte: „Du, Krischan, hest' nich 'n End' ganz wat slechte Worst – 't is vör'n ‚Bullenbeißer'!" Das Endresultat solcher Einkäufe mag der geneigte Leser sich selbst ausmalen.

Zu jener Zeit diente in der Kompanie ein strammer Bursche aus der Heide; treuherzig und doch nicht ohne gesunden Mutterwitz, gewandt und anstellig. Fritz Cordes war der Sohn eines Heidebauern und die drallen runden Würste, die er zweimal im Monat „von to Huus" empfing, hatten ihm die Freundschaft seiner Stubengenossen, und, einem gänzlich unverbürgten on dit [man sagt] zufolge, auch die Zuneigung des Herrn Feldwebels gewonnen. Nachdem in dem Zeitraum eines halben Jahres sechs Burschen den „häuslichen Frieden" des „Bullenbeißers" gründlich zerstört hatten, fiel dessen Blick eines Tages auf Fritz Cordes.

Der Feldwebel stand eines schönen Mittags am Kasernenportale, als er sich plötzlich angerufen hörte:

„Ah! Fäldwäbäl!"

„Zu Befehl, Herr Leutnant!" machte, stramm auf dem Absatz sich herumkehrend, unsere Kompaniemutter.

„Fäldwäbäl", näselte der „Bullenbeißer" – „habän da dän Cordäs in där Kompanie! Brauchbarär Mänsch! Häh? Wie?"

„Zu Befehl, Herr Leutnant!" replizierte der Feldwebel kurz.

„Wärd's mal mit däm als Burschän versuchän! Zu dummä Kärls hier in där Provinz! Schickän Sie dän Mann mal zu mir!"

Das dritte „Zu Befehl, Herr Leutnant!" kam etwas brummig aus dem Munde des Feldwebels, der, sich abwendend, um Fritz Cordes dem Leutnant zu schicken, auf den Kompanieflur kam und beim Weiterschreiten durch die Zähne murmelte: „Nun nimmt Der einem auch noch die besten Leute aus der Kompanie! Hol's der –"

„Cordes!" schrie er gleich darauf, die Tür zur Stube aufrei-ßend, in den Raum hinein.

„'t' Befehl, Herr Feldwebel!" klang es breit und laut zurück und mit einem Sprunge stand der Gerufene, die Hände straff an den Hosennähten, vor dem Feldwebel.

„Sollen 'mal zum Leutnant von R. ins Portal hinunterkom-men, Cordes. Sollen Bursche werden – na, freut er sich nicht, Kerl?" sagte der Feldwebel ingrimmig.

Das fröhliche Gesicht des breitschulterigen Burschen verän-derte sich plötzlich; der ziemlich groß geratene Mund öffnete sich wie vor Schreck und die Rechte fuhr höchst vorschriftswidrig von der Hosennaht bis zum Kopfe, um dort ein paar kratzende Bewe-gungen auszuführen. Zugleich fuhr es aber aus ihm heraus:

„Ach, man jo nich, Herr Feldwebel!"

„Ja, ich kann Ihnen nicht helfen, gehen Sie nur hinunter und sehen Sie, wie Sie mit ‚dem da' fertig werden."

Trübselig schlich Cordes auf den Gang hinunter. Auf dem kurzen Wege überlegte er sich die Sache. Ablehnen – o weh! Er stand in von R.'s Zuge und hätte dann beim Exerzieren keine gute Stunde mehr gehabt. Aber annehmen? Plötzlich spitzte sich sein Mund und ließ einen leisen langgezogenen Pfiff hören, und zugleich schlug er sich aus den Schenkel, dass es laut schallte: „Ach watt – hei schall heilfroh sinn, den Cordes wedder lostowieren!"

Über Leutnant von R.'s verbissenes Antlitz schien ein Schimmer von Freude zu fliegen, als er Fritz Cordes' Zusage vernahm. Der Feldwebel aber schaute ärgerlich drein, als Cordes sich als Bursche beim Herrn Leutnant von R. bei ihm meldete und er wollte gerade dem lächelnd vor ihm Stehenden ein „Schafskopf!" zurufen, als dieser zuversichtlich meinte:

„Ick bün bal' wedder da, Herr Feldwebel!"

„Wer's glaubt!" murmelte dieser. „Leutnant von R. müsste – (hier hustete der Feldwebel) sein, wenn er Dich sobald wieder losließe!"

Auf Cordes' Stube gab's ein großes Hallo, als der Bursche, pfiffig lächelnd, seine Erhebung zum von R.'schen Burschen mitteilte. Aber er besänftigte alles mit dem einen, siegesgewiss gesprochenen! Satze:

„Ick bün bal' wedder da!"

Am Nachmittag schon stand er oben in der Kammer seines neuen Gebieters und putzte mit zufriedener Miene die Stiefel desselben.

Leutnant von R. hatte nur einen sehr geringen Zuschuss zu seiner Leutnantsgage und musste sich demnach einschränken. Er verstand auch ganz wohl, seine Lebensbedürfnisse auf wenig kostspielige Art zu befriedigen. Auf seinem kleinen Kochapparat bereitete er sich in den letzten zwanzig Tagen des Monats höchst eigenhändig das Abendbrot, das zwischen einigen Spiegeleiern, einem kleinen Kotelett oder gar simplen Kartoffeln in der Schale abwechselte. Eine einzige Passion hatte er, und eine im ganzen genommen liebenswürdige dazu: Die Damen des Offizierskorps bei passenden Gelegenheiten, Geburtstagen etc. mit hübschen Bouquets zu erfreuen. Die Wahrheit zwingt mich allerdings zu gestehen, dass er bare Auslagen für diese seine Passion noch nicht gemacht hatte, dass aber dafür sein Konto in dem ersten Blumengeschäft der kleinen Garnisonstadt bereits zu einer kleinen Summe ausgelaufen war, die den Händler schon zu einer verblümten, ergo völlig resultatlosen Mahnung veranlasst hatte.

Als der „Bullenbeißer" am Abend heimkam und das Menü für sein Souper entwarf, erinnerte er sich, dass die gestrige Opulenz in Gestalt eines Koteletts heute Abend notwendig das Kartoffel-Souper fordere. Er entnahm die nötigen Exemplare der nahrhaften Knollenfrucht seinem kleinen Vorrate, ließ sich von dem erstaunt dreinblickenden Cordes Wasser in das Kesselchen des Apparates füllen, den Tisch decken und vertrieb sich die Zeit bis zum Garwerden der Kartoffeln mit der Schießinstruktion.

Als das laute Brodeln im Topfe anzeigte, dass der ersehnte Augenblick nahe sei, erhob sich der „Bullenbeißer" und sah zu seinem Erstaunen Cordes' Augen mit so neugierigem Ausdruck auf den Topf mit den Kartoffeln gerichtet, dass er etwas wie Lust zum Lachen spürte und mit seltener Herablassung meinte:

Infanterie-Leutnant im Dienstanzug

„Na – Du weißt wohl nicht, was das ist?"

Prompt, mit keiner Wimper zuckend, gab Fritz Cordes zur Antwort:

„Jawohl, Herr Leutnant – Swienfutter!"

Der „Bullenbeißer" fuhr auf, als habe ihn jemand auf die große Zehe getreten und seine Rechte zuckte empor, als trage sie lebhaftes Verlangen nach Fritzens Ohrläppchen. Aber der schaute seinen neuen Herrn so treuherzig an, als habe er ihm soeben die willkommenste Botschaft gebracht, dass der Leutnant mit einem: „Schär Dich hinaus, Du Esäl!" sich begnügte, eine Aufforderung, der Cordes mit erstaunlicher Eilfertigkeit nachkam.

„Fabälhaft dummä Leute hier!" murmelte der „Bullenbeißer", als er sein frugales Nachtmahl begann. „Schweinfut – äh! Unglaublich!"

Die beiden folgenden Tage vergingen zur beiderseitigen Zufriedenheit. Am dritten Tage war die Kompanie früh zum Felddienst ausgerückt. Als gegen elf Uhr der Rückmarsch zur Kaserne angetreten wurde, und die Offiziere plaudernd neben dem zu Pferde sitzenden Hauptmann an der Tête der kleinen Kolonne einhergingen, fiel dem letzteren plötzlich das finster umwölkte Antlitz des Leutnants von R. auf.

„Na, Herr Leutnant," begann er jovial, „Sie haben mir ja jetzt den besten Kerl aus der Kompanie zum Burschen genommen. Die Misere hat jetzt wohl ein Ende, wie?"

– „Ah – äntschuldigän där Härr Hauptmann" – gab der Angeredete mit augenscheinlichem Ärger zur Antwort – „Kärl ist ein Esel wie allä andärän – nur noch dümmär!"

„Ah!" machte der Hauptmann offenbar erstaunt, „Sie müssen sich irren, Herr von R.!"

„Kann mit einär Probä aufwartän, Herr Hauptmann!" erwiderte der „Bullenbeißer". „Sagä däm Mänschän gästärn, är solltä mir zu heute die Kartä där Umgägänd einstäcken – was macht dar Kärl? – mit fünf Stäcknadäln hat är sie in där Taschä fästgästäckt, dass ich Handschuh und Fingär aufreißä, als ich sie härausnähmän will!"

Der Premier brach in ein helles Lachen aus, der jüngste Leutnant trat einen Schritt zurück, um sein helles Ergötzen zu verbergen und der Hauptmann beugte sich vornüber auf den Hals seiner braunen Liese, dieselbe tätschelnd. Als er sich wieder aufrichtete, war er kirschbraun wie von verhaltenem Lachen.

Leutnant von R. aber quittierte, als er sein Zimmer betrat, wo Fritz Cordes in aller Unschuld gerade aufräumte, den zerrissenen Handschuh und die „eingesteckte" Karte mit einer gesalzenen Ohrfeige.

Sonderbar – seitdem Fritz Cordes diese empfangen hatte, schien sein Begriffsvermögen völlig gestört zu sein. Eine Stunde später bearbeitete er die feinbronzierten Knöpfe an dem besten Waffenrocke seines Herrn mit Knopfgabel * und Putzkalk und hätte sie gründlich zerstört, wenn nicht der entsetzte Leutnant den Rock ihm entrissen und ein paar Mal um die Ohren geschlagen hätte. Am Nachmittage stolperte er plötzlich gegen das Tischchen, auf welchem der Petroleumkocher stand – der Effekt war ein großer Fleck auf dem Teppiche. Und wer weiß, was an diesem verhängnisvollen Tage noch weiter sich ereignet haben würde, hätte der erboste Eigentümer des Zimmers, des Waffenrockes und des Petroleumkochers unsern Cordes nicht zum Tempel hinausgejagt.

Als am anderen Tage Cordes mit dem fröhlichsten Gesicht von der Welt durch das Revier der Kompanie ging, stieß er auf den Feldwebel, der, von seiner heiteren Miene geärgert, ihm zurief: „Na, das Burschen-Lungerleben scheint Dir zu gefallen, Cordes." Da lachte der pfiffige Bursche leise und verschmitzt: „Ick bün ja bal' wedder da, Herr Feldwebel!"

Noch zwei Tage waren vergangen. Die Offiziere, die im Kasino * speisten, hatten ihr Diner schon begonnen, als – just mit dem Auftragen des zweiten Ganges – Leutnant von R. mit einem so bedenklich gerötetem Antlitz erschien und nach kurzer Verbeugung gegen den Tischältesten mit solchen Zeichen einer Verstimmung sich an seinen Platz begab, dass der präsidierende Premier seinen Nachbarn zuraunte: „Wenn dem R. nicht wieder sein Bursche einen Streich gespielt hat, esse ich wahrhaftig noch eine Portion von den schauderhaften sauren Linsen, mit denen wir heute wieder einmal regaliert [bewirtet] werden!"

Der Premier sollte Recht behalten. Der Ärger, dem von R. ausgesetzt gewesen, war augenscheinlich zu groß gewesen, um ihn zu verschweigen. Seine Tischnachbarn ließen es zudem an kleinen Sticheleien nicht fehlen und so erreichten sie denn, dass der „Bullenbeißer" beim Dessert das Erlebnis, das seinen Ärger verursacht hatte, preisgab.

„Schaudärhaft, diesä Dummheit meinäs Burschän, meinä Härrän!" brach er endlich los. „Diesär Cordäs ist das mänschgäwordänä Rinozäros! Där Kärl muss eingäspärrt wärdän, sonst richtät är noch das ganzä Rägimänt mit seinär Dummheit zu Grundä! Lassä mir da einän neuän Wäckär kommän, weil Burschän allä verschlafänä Subjäktä – kostät zwölf Mark, das Dings – wie ich heutä Dings probirä, gibt där Wäckär keinän Ton von sich! Hat das Urkamääl, där Cordäs, das Schlagwärk abgädräht, damit ‚äs mich nicht störä'! Kärl muss in Zoologischän Gartän!"

Die ganze Tafelrunde wollte bersten vor Lachen. Der Tischälteste aber flüsterte seinen Nachbarn zu: „Ich wette eine Flasche echten Port gegen unsern miserablen Bowlenwein, dass dieser Cordes der durchtriebenste Strick im ganzen Regiment ist!"

Der Sonnabend kam. Er war ein Sonnabend wie alle anderen für die Mannschaften: vormittags Dienst, nachmittags Stubenscheuern, abends putzen. Nur für die Offiziere hatte dieser Sonnabend etwas vom anderen voraus, denn er brachte den Geburtstag der Frau Obristin; den wievielten? wusste nur sie selbst, nicht einmal ihr jovialer Gemahl. Natürlich hatte Leutnant von R. bereits am Tage zuvor bei seinem Bouquetlieferanten schriftlich – eine unbestimmte Ahnung hielt ihn ab, dies mündlich zu tun – einen schönen

Strauß bestellt. Nun sollte sich am heutigen Sonnabend Mittag der neue Bursche bewähren und zugleich durch eine gelungene Tat so viele misslungene ausgleichen. Seit einer Stunde hielt sein Herr Probe mit ihm ab. Die Requisiten waren eine in ein Couvert gesteckte Visitenkarte des Leutnants und eine das Bouquet darstellende alte Handschuhschachtel. Cordes begriff anscheinend alles vortrefflich. Er nahm aus den Händen des den Blumenhändler spielenden Leutnants das Bouquet, recte [richtiger] Schachtel, entgegen, steckte das Couvert mit Visitenkarte hinein, ging zu der das Haus des Obersten darstellenden Kammertür, machte dort vor dem jetzt die Zofe der gnädigen Kommandeuse darstellenden Offiziere mit gebührendem Anstand Front und schnarrte herunter: „Eine schöne Empfehlung vom Herrn Leutnant von R. und er bäte, dies der gnädigen Frau zu überreichen." Nachdem Fritz Cordes dies ein halbes Dutzend Mal wiederholt hatte, schien Leutnant von R. befriedigt und sein Bursche trollte los, mit dem noch einmal wiederholten Auftrage, zunächst beim Blumenhändler das bestellte Bouquet abzuholen, das mitgenommene Couvert hineinzustecken und beides dann mit der einstudierten Phrase im Hause des Regimentskommandeurs abzugeben.

Der Inhaber des Blumengeschäftes zog kein allzu freundliches Gesicht, als ein Soldat seinen Laden betrat und das von Herrn Leutnant von R. bestellte Bouquet forderte.

„Hat Ihnen der Leutnant das Geld mitgegeben?" fragte er.

Cordes antwortete mit seinem breitesten „Nee!", gleichsam verwundert, wie man eine solche Frage an den Burschen des „Bullenbeißers" richten könne.

„Warten Sie einen Augenblick – ich werde Ihnen die Rechnung für Ihren Herrn mitgeben –," sagte mit umwölkter Stirn der Händler und entnahm dem Pulte eine schon ausgefüllte Rechnung, unter welche er mit fliegender Hand noch ein paar Zeilen warf. Dann steckte er das Papier in ein unbeschriebenes Couvert, verschloss dasselbe und gab es mit dem bereits fertigen Bouquet dem Burschen.

Vor der Ladentür nahm Fritz Cordes mechanisch das erhaltene Couvert und steckte es, dem erhaltenen Auftrage gemäß, zwischen die duftenden Blüten.

„Himmeldunnerslag!" rief er plötzlich, den geschehenen Irrtum nach ein paar Schritten bemerkend und hastig Halt machend: „Dat's jo de falsche Breef –" und schon wollte er aus der Tasche seines Waffenrockes das richtige Couvert mit der von R.'schen Visitenkarte hervorziehen, als es mit einem Male auf seinem Antlitz zu wetterleuchten begann.

„Wat harr ick seggt? Ick bün bal' wedder da!" kam es wie ein unterdrückter Jubelruf aus seinem Munde und die Rechnung ruhig im Bouquet, das Couvert seines Herrn unbetastet in der Rocktasche lassend, schritt er behenden Schrittes dem Wohnhause des Regimentskommandeurs zu. –

Leutnant von R. machte sich inzwischen, sichtlich zufrieden, bereit, in der herrlichen Nachmittagsluft einen kleinen Spazierbummel zu unternehmen und den niedlichen Bürgerstöchtern des kleinen Städtchens dabei nach Möglichkeit zu imponieren. Es gab keinen Zweifel, seine Aufmerksamkeit musste der Frau Oberstin und sowohl auch dem Herrn Oberst gefallen; vielleicht winkte ihm für den morgigen Sonntag eine Einladung, und im Vorgefühl dieses stolzen Ereignisses schritt er pfeifend die Treppen hinab.

Unten am Kasernentor traf er auf Fritz Cordes, der erhitzt vom eiligen Gang, weit mehr aber noch vom Schuldbewusstsein, grüßend an ihm vorübereilen wollte. Ein Zuruf des Leutnants brachte ihn zum Stehen.

„A–bäsorgt? Richtig bäsorgt?"

„Zu Befehl, Herr Leutnant! Die gnädige Frau lassen schönstens danken!"

Der Nachsatz war eine Erfindung des pfiffigen Burschen.

Aber er passte in den Augenblick hinein, denn Leutnant von R. erkannte daraus die richtige Ausführung des wichtigen Auftrages.

„Es ist gut!"

Aber nun regte sich in Fritz Cordes der Wunsch, die Schuld möglichst auf der Stelle zu sühnen. Er stotterte deshalb: „Der Blumenhändler hat – mich – mich – die Rechnung –" und dabei zog er des Leutnants Couvert aus der Tasche.

Aber bei dem Worte „Rechnung" hatte sich jener schnell abgewendet, „Schon gut! Später!" Und dahin schritt der „Bullenbeißer", stolz ausgerichtet, während Fritz Cordes mit dem unbehaglichen Gefühl, das wir empfinden, wenn wir eine Katastrophe, die sicher eintreffen muss, hinausgeschoben sehen, in die Kaserne schlich.

In seinem freudigen Gefühl hatte Leutnant von R. heute sogar Kneipgelüste, kam deshalb erst spät nachts heim und wälzte sich erst gegen zehn Uhr aus den Federn. Fritz Cordes war nicht sichtbar.

Endlich kam er, mit einer Jammermiene, die jedem aufgefallen wäre. Nur Leutnant von R., schöner Hoffnungen voll, bemerkte sie nicht. Mehrfach schien der Bursche reden zu wollen, aber er schwieg im entscheidenden Augenblicke immer wieder. So nahte die Zeit der Parole-Ausgabe.

Jetzt musste Cordes mit der Sprache heraus.

„Herr Leutnant – hier is – hier is – de Rechnung!" begann er endlich stotternd.

„Auf dän Tisch!" dekretierte [ordnete an] sein Herr lakonisch, aber Cordes gehorchte nicht. Mit einem schweren Seufzer hielt er dem Leutnant das eigene Couvert so beharrlich entgegen, bis dessen Blick endlich auf dasselbe fallen musste.

„Mänsch – Mänsch – das ist ja mein – mein –" die Stimme versagte ihm.

„Jo," meinte Cordes kleinlaut, „ick glöw, ick heww mi irrt!"

Ein Wutschrei kam aus von R.'s Munde, da ward nach

schnellem Pochen die Tür geöffnet und ein Kamerad zeigte sich auf der Schwelle.

„Hurtig, von R., es ist die höchste Zeit, der Oberst ist schon auf dem Kasernenhofe!"

Bleich, dem unglücklichen Burschen einen hasserfüllten Blick zuwerfend, eilte von R. seinem Kameraden nach.

Des Obersten Antlitz verfinsterte sich, als er den Verspäteten erblickte, der umsonst sich bemühte, den Blicken des gestrengen Kommandeurs sich zu entziehen.

„Ach, Herr von R.! Einen Augenblick, bitte!" Der Arme erbebte, aber es half nichts. In der nächsten Sekunde stand er salutierend vor dem Obersten, der ein paar Schritte mit ihm zur Seite trat.

„Herr von R. – Sie haben gestern meiner Gattin zu ihrem Namenstag Blumen gesandt – "

„Zu Befehl!" hauchte der junge Offizier.

„Meine Frau fand dies darin –" fuhr der Oberst fort, ein zusammengefaltetes Papier hervorziehend und dem Fassungslosen überreichend. „Sie lässt Ihnen trotzdem für Ihre Aufmerksamkeit danken. Ich aber, Herr von R., ersuche Sie, in Zukunft dahin zu wirken, dass ein Offizier meines Regimentes nicht mehr solche Mahnbriefe empfängt. Ich danke Ihnen!" Als zehn Minuten später der Oberst die Offiziere verabschiedete, schlich Leutnant von R. vernichtet zu seinem Zimmer hinauf. Das Papier brannte in seiner Hand. Im ersten Stockwerk angekommen, trat er in eine Nische und öffnete es. Es war die Rechnung des Blumenhändlers über alle dort bestellten Bouquets, welcher folgender Nachsatz hinzugefügt war.

„Ehe nicht diese Nota bezahlt ist, kann ich Ihnen nichts weiter liefern!"

Wütend zerriss Leutnant von R. das Papier in hundert kleine Fetzen. Wütend stürzte er die letzten Treppen hinauf –

Eine halbe Stunde später stand mit verlegenem Grinsen und

einer etwas aufgeschwollenen hochroten Backe Fritz Cordes vor dem Feldwebel und meldete sich zur Kompanie zurück mit den Worten:

„Ick bün wedder da, Herr Feldwebel!"

Casino Celle
Offizierspeiseanstalt des Infanterieregimentes 77.
Das Gebäude war im Frühjahr 1876 fertig gestellt.

Manöverbilder.

Rauchlose Soldatengeschichten

von

C. Crome - Schwiening.

Erstausgabe:
Schkeuditz – Leipzig : Deutscher Volksverlag.
Verlagsdruck von E. Bartels, Berlin-Weißensee, Generalstraße 8-10

Neu gesetzt, illustriert und herausgegeben
von
Barbara und Harald Pinl

Altencelle 2023

Inhalt der Manöverbilder

Personen und militärische Einheiten

Crome-Schwiening, Carl : Einjährig-Freiwilliger
Holm : Einjährig-Freiwilliger
Hünfeld, von : Hauptmann
Johann : Kutscher
Kessel, Albert von : Oberst, Regimentskommandeur (1881-1886)
Knekke : Hauptmannsbursche, Pferdebursche
Koch : Sergeant
Meier : Einjährig-Freiwilliger
Otto : Einjährig-Freiwilliger
Ploetz, Rudolf von : Oberst, Regimentskommandeur (1876-1881)
Reichert : Kapellmeister, Stabshoboist (1866-1889)
Schmid, von : Hauptmann (Inf.-Rgt. 77, 2. Btl.)
Schneider : Putzer von Einjährig-Freiwilligen
Schulze : Stubenkamerad, Einjährig-Freiwilliger
Wettern, von der : Leutnant

2. Hannoversches Infanterie-Regiment Nr. 77, Celle und Lüneburg
2. Hannoversches Dragoner-Regiment Nr. 16, Lüneburg
Braunschweiger Husaren-Regiment Nr. 17, Braunschweig

Orte

B … : Manöverort Bergen an der Wümme

Celle : Provinzialstadt mit Regiment

L … : Regimentsstandort Lüneburg

Lüchow : Manöverort und Standort des Proviantamtes

W … : Manöverort Wolfenbüttel

Fahnenträger-Sergeant
mit Seitengewehr
Infanterieregiment Nr. 77
Celle, um 1905

Meiers Taschentuch.

Er war eigentlich nicht schön, trotzdem wir ihn den „schönen" Meier nannten. Wer ihm dieses Epitheton [Beinamen] gegeben, weiß man nicht mehr. Tatsache ist, dass er fast vom Tage seines Eintritts an von allen Einjährigen * so genannt wurde. Ob es Ironie war, will ich dahingestellt sein lassen, denn die Sommersprossen in seinem kleinen, rundlichen Gesicht und die halb zugekniffenen Augen, unter denen eine nicht gerade antike Nase – die meisten hielten sie insgeheim für die Nachahmung einer Kartoffel – stolz in die Welt hinaus ragte, machten ihn eigentlich nicht häßlich genug, um eine solche zu rechtfertigen.

Genug, schön oder nicht, Freund Meier stand bei der vierten Kompanie, bei welcher außer ihm und meiner Wenigkeit noch zwei andere Einjährige, Holm und Otto, dem Dienste „mit Lust und Eifer" oblagen.

Die erste Manöverwoche war vorüber und die größeren Detachements-Übungen * begannen. Unser nächstes Kantonnement * war ein Dörfchen B.; und als eines Morgens nach vierstündigem Manövrieren gegen einen markierten Feind die bekannten vier langgezogenen Töne „das Ganze" signalisiert hatten, rückte unsere Kompanie auf einem miserablen Feldwege, in dessen Sande wir bis in die Knöchel versanken, unserem fernen Ziele zu.

Wenn auch auf dem Heimmarsche noch immer streng auf Marschordnung gehalten wurde, drückten die Offiziere doch ein Auge zu, wenn wir vier an die Queue eilten, um hier gemeinsam in dem schrecklichen Sande weiterzutappen, über alles auf das reglementwidrigste zu raisonieren und ebenso gemeinsam den Inhalt unserer Feldflaschen einer stillen, aber nichtsdestoweniger ernsten und würdigen Prüfung zu unterziehen.

Meier war heute merkwürdig still. Holm wollte wissen, in seinem Brotbeutel habe beim Rendezvous, an Stelle des mitgenommenen großen Stückes Schinken, ein sauber eingepackter toter Fisch gelegen; Otto glaubte den Grund seines Schweigens in einem Anschnauzer unseres Hauptmanns suchen zu müssen und ich – nun ich zuckte die Achseln und schwieg. Holm, der neben Meier marschierte, brach das Schweigen zuerst.

„Hast Du ein Stückchen von Deinem Schinken, Meier?" fragte der Schelm so harmlos wie möglich.

„Halt's Maul!" knurrte Meier und trat wie zur nachdrücklichen Bekräftigung seiner Worte seinem Vordermann, einem unglücklichen Rekruten, so derb auf die Ferse, dass dieser laut schimpfend sich umdrehte. Otto erkundigte sich teilnehmend, ob der Hauptmann, als er ihn heute Morgen zur Seite gerufen, ihn etwa zu einem Bierskat eingeladen habe; erhielt aber nur einen wahren Strychninblick als Antwort.

Ich für meinen Teil schwieg – ich durfte Meier heute nicht ärgern, hielt er mich doch für den Urheber seiner schlechten Laune, unschuldig, wie ich daran war.

Meier war entsetzlich misstrauisch und besonders gegen mich. Es rührte dies noch von einer kleinen Episode aus den ersten Tagen unserer Dienstzeit her. Meier hatte damals von militärischen Dingen nicht die leiseste Ahnung und das benutzte ich, teuflisch genug, ihn eines schönen Sonntags gehörig hineinzulegen. Meier hatte mich besucht und war gerade im Begriff, aufzubrechen, als es ziemlich heftig zu regnen begann.

Scherzend bot ich ihm meinen alten Schirm an und erst, als er – gar nicht an seine neue Stellung denkend – diesen freudig akzeptierte, reifte in mir der höllische Gedanke, den armen Meier in voller Uniform mit Helm und Seitengewehr, einen Regenschirm tragend, der guten Stadt L... , in welcher unser Regiment lag, zu präsentieren. Auf seine misstrauische Frage, ob es auch erlaubt sei, in Uniform mit einem Regenschirm auszugehen, antwortete ich mit dem treuherzigsten „Ja" und erbot mich sogar, ihn bis zu seiner Wohnung zu geleiten, wusste ich doch bestimmt, dass der etwas egoistische Meier diesen Vorschlag ablehnen würde, um für sich allein das schützende Dach über sich zu haben. Und richtig – der Unglückliche trollte, den Schirm stolz mit der weißbehandschuhten Hand über sein behelmtes Haupt haltend, fort und seiner Wohnung zu, während ich in konvulsivischen Lachkrämpfen mich auf dem Sofa wälzte, bis meine alte Wirtin erschreckt in mein Zimmer trat, in dem festen Glauben, mir sei etwas Entsetzliches zugestoßen. Noch an demselben Abend erfuhren wir, dass der Ärmste, von einem Tross Gassenjungen gefolgt, unserm Major begegnet sei und von diesem eine donnernde Philippika [Strafrede] gegen das Ungehörige des Schirmtragens im allgemeinen und gegen seinen Schirm insbesondere – er war schon etwas abgenützt und fadenscheinig – auf offener Straße habe anhören müssen.

Am anderen Tage würdigte er mich natürlich keines Blickes und von jener Zeit ab blieb ein unbesiegbares Misstrauen gegen alles, was ich sagte, in seiner Seele zurück, wenn auch der kleine Riss, der durch die Affäre in unserm freundschaftlichen Verkehr entstanden war, bald wieder vernarbte.

Seine heutige schlechte Laune, an der ich wieder die Schuld tragen sollte, verdankte einem ganz harmlosen Umstande ihre Existenz. Meier hatte die Tierarzneischule besucht; wir nannten ihn deshalb scherzweise oft „Doktor", was er sich auch, namentlich in Gegenwart der Bauern, bei denen wir im Quartier lagen, gern gefallen ließ. War es nun meine Schuld, dass, als ich ihn am gestrigen Tage im Dorfkruge Doktor titulierte, auch sämtliche dort anwesenden Bauern dies taten? War es meine Schuld, dass ein junger Bauer ihm verschmitzt zuflüsterte: „er könne diese Nacht vielleicht noch etwas zu tun bekommen – war es endlich meine Schuld, dass er gegen elf Uhr aus dem Bette gepocht und von jenem jungen Bauer im Sturmschritt nach dessen Hause entführt wurde – um nach wenigen Minuten atemlos und wie ein Heide fluchend zurück zu kommen und mich Ahnungslosen mit einer Flut von Vorwürfen zu überschütten, ohne mir den Grund zu einem solchen Gebühren auch nur anzudeuten?

Am folgenden Morgen erfuhr ich durch Zufall, – denn er selbst verweigerte hartnäckig jede Auskunft – „Doktor" Meier sei von jenem Bauer zu der Entbindung seiner – jungen Frau geholt und habe nur durch einen raschen Sprung aus dem Fenster sich einer furchtbaren Tracht Prügel von Seiten des sich gefoppt glaubenden Ehemannes entziehen können.

Meiers Stimmung wurde durch den langen, beschwerlichen Marsch nicht besser; er warf sein Gewehr bald auf die rechte, bald auf die linke Schulter, rückte an seinem Tornisterriemen herum und stampfte, ab und zu eine leise Verwünschung vor sich hin knurrend, verdrossen weiter.

Da bog die Spitze von dem Wege ab auf ein kleines, schattiges Wäldchen zu und eine rasche Bewegung lief durch die Reihen. Man hatte hinter den ersten Büschen Helme blitzen sehen – die Fouriere waren da * – nun konnte unser Ziel nicht mehr weit entfernt sein.

„Halt!" tönte es von der Tête [Kopf, Spitze] her. Wir sprangen schnell an unsere Plätze. Die Gewehre wurden zusammengesetzt und die Mannschaften traten korporalschaftsweise zusammen, um die Quartierbillets in Empfang zu nehmen. Die zweite Korporalschaft, zu welcher Meier und ich gehörten und ein Teil der dritten, unter welcher sich Holm befand, bekamen Quartier in einem großen Gehöfte, welches einige hundert Schritt vom Dörfchen entfernt lag. Mit klingendem Spiel – soweit unsere zwei Tambours und zwei Hornisten dies hervorzubringen imstande waren – zogen wir in das Dörfchen ein, an dessen Eingang uns die gesamte Dorfjugend neben einem halben Dutzend räudiger Dorfköter erwartete.

Einer der letzteren schien unseren Einzug mit besonders ungnädigen Augen anzusehen, denn er sprang bellend und mit den weißen, wolfsartigen Zähnen fletschend an unseren Reihen auf und nieder, bis ihm endlich der wütende Meier, der seine Attacken auf die Fersen seiner Vordermänner als zu gefährlich aufgegeben zu haben schien, einen so wohlgezielten Fußtritt versetzte, dass der Hund vor Überraschung eine Sekunde lang sogar das Bellen vergaß.

Ich hatte die kleine Episode lächelnd mit angesehen, als ich aber jetzt einen Blick auf den Hund zurückwarf, überraschte mich der Ausdruck, der in seinen Augen lag. Hätte ein menschliches Wesen den armen Meier mit solchen Augen nachgeblickt, ich hätte darauf geschworen, dass in diesem Augenblicke ein wohlberechneter, teuflischer Plan sein Hirn durchkreuzte. Der Hund folgte uns nicht mehr und im nächsten Augenblick hatte ich die Sache vergessen.

Der Hauptmann richtete noch einige Worte an die Kompanie, ehe dieselbe auseinanderging. Der nächste Morgen sollte uns mit Tagesgrauen wieder auf den Beinen sehen, ein Ausruhen sei deshalb geboten. Urlaub, das Dorf zu verlassen, bekomme niemand, und die Wache, die in dem kleinen Spritzenhause alsbald ihr Domizil aufschlug, sei gehalten, darauf besonders streng zu sehen, dass um 9 Uhr alles im Quartier sei.

Der Nachmittag verging ohne weitere bemerkenswerte Ereignisse; nur fand Meier beim Auspacken seines Tornisters unter seinen Sachen ein paar handgroße, schwere Kieselsteine, die er mit einem wütendem Blicke Holm vor die Füße schleuderte, was aber auf den hartgesottenen Sünder nicht den geringsten Eindruck zu machen schien, denn er hob sie bedächtig auf und fragte, sie von allen Seiten aufmerksam betrachtend, harmlos:

„Famose Exemplare, Meier! Seit wann bist Du denn Mineralog geworden?"

Aber er hielt es doch für geraten, keine Antwort auf seine Frage abzuwarten, sondern sich mit einem prächtigen Hechtsatze durch die offene Tür zu salvieren [retten], zu seinem Glücke, denn der Stiefel, der augenblicklich hinter ihm drein flog, traf nur ein unschuldiges Huhn, welches uns eine wohlmeinende Antrittsvisite abstatten wollte, und bei solchem unsanften Empfang mit lautem Gekreisch auf die breite Tenne zurückflog.

Ich hatte mir meine kurze Manöverpfeife angebrannt und schritt in leichter Drillichjacke, die Feldmütze auf dem Kopfe, auf den Hof hinaus, während Meier noch wütend in der Kammer, welche uns dreien allein eingeräumt war, herumhantierte.

Vor der breiten Doppeltür, die ich passieren musste, lag ein großer, gelbgrauer Hund, der aber durchaus keine Miene zum Aufstehen machte, sondern mich nur mit einem halbverächtlichen Blicke maß, ob ich es etwa wagen würde, ihn von seinem Platze zu vertreiben. Ich erkannte ihn sofort an den scharfen, blinkenden Eckzähnen, welche wie lauernd durch seine schwarzen Lefzen hindurchblinkten. Es war derselbe Hund, den Freund Meier heute so unsanft begrüßt hatte. – Armer Meier!

Er ließ es geduldig geschehen, dass ich über ihn hinwegstieg und sah ohne besonderes Interesse zu, wie ich mich an einem schattigen Plätzchen auf eine Wagendeichsel setzte und lustig in die schöne Nachmittagsluft hineindampfte. Holm wollte Otto aufsuchen und war schon seit einiger Zeit verschwunden.

Endlich kam auch Meier über die breite Diele geschritten. Auch er war im Hausanzuge und ging gleichgültig auf den Hund los. Ich fürchtete eine Erkennungsszene zwischen beiden und sprang auf, um bei der Hand zu sein, sobald der Hund Miene machen sollte, sich zu rächen.

Aber seltsam, kaum hatte dieser den breiten Kopf zur Seite gewandt und seinen Widersacher erkannt, als er auch schon ruhig aufstand, einige Schritte weiter von der Türe sich ein sonniges Plätzchen suchte und sich ebenso ruhig wieder niederlegte.

Meier war wie umgewandelt. Seine böse Stimmung schien verschwunden; er scherzte und lachte sogar. Aber in seinen Augen glänzte und leuchtete es so triumphierend, dass es mir nicht entgehen konnte.

Es war klar, Meier hatte einen Racheakt und noch dazu einen solchen, von dem er sich besonderen Effekt versprach, gegen einen von uns ausgeheckt. Wer von ihm betroffen wurde, das musste die nächste Zukunft lehren. Ich nahm mir jedenfalls vor, auf meiner Hut zu sein.

Es mochte gegen sieben Uhr abends sein, als Holm und Otto auf den Hof gestürmt kamen und uns aufforderten, mit ihnen zu kommen. Sie wollten das kaum zwanzig Minuten entfernte Nebendorf aufsuchen, in dem noch ein paar Kameraden von uns im Quartier lagen und dort einen gemütlichen Schoppen tranken. In unserem Dorfe war das mit einigen Umständen verknüpft, denn im Kruge hatte der Hauptmann sein Quartier aufgeschlagen und wir hätten uns dort nicht frei genug gefühlt.

Ich erklärte mich sofort zum Mitkommen bereit, sah aber gleich darauf erstaunt Meier an, als dieser sich ebenfalls dazu bereit erklärte. Meier, der sonst so ängstliche Meier, wenn es galt, die kleinen Vorschriften des Dienstes einmal zu übertreten, er wollte sich der immerhin vielleicht folgenschweren Expedition anschließen? Das hatte etwas zu bedeuten!

Holm und Otto waren in Tuchhosen und Waffenrock erschienen – die weiße Drillichuniform leuchtete zu weit – und Meier und ich wechselten ebenfalls schnell unsere Kleidung. Dann schlichen wir uns um den Hof herum, an der Lisiére * des Dorfes entlang in den kleinen Wald, durch den ein Fußweg direkt zum nächsten Dorfe hinüber führte.

Wir waren lustig und aufgeräumt. Wir wussten, dass drüben im Dorfe nur ein Zug unter dem Kommando eines uns bekannten jungen Offiziers, von dem wir keine Entdeckung zu befürchten hatten, einquartiert lag. Aber was uns schier unerklärlich vorkam, – der heiterste in unserer kleinen Schar war – Meier!

Wir wussten, dass wir unsere Kameraden in dem kleinen

Dorfwirtshause finden würden und lenkten unsere Schritte dahin. Bald hatte sich dort ein kleines, gemütliches Symposion etabliert und unter Plaudern, Trinken, Rauchen verging die Zeit, als ob sie heute doppelt schnelle Schwingen an den Schultern trüge.

Wir waren längst die letzten in der kleinen Gaststube. Der lustige Holm erzählte einen Schwank nach dem andern und ein Krug Bier nach dem anderen wanderte auf den Tisch, bis wir endlich an den Aufbruch dachten und nun mit Schrecken gewahrten, dass wir die Urlaubsstunde schon um zwei ihrer Schwestern überschritten hatten. Wir nahmen schnell Abschied von den Freunden und wanderten, jetzt die breite Chaussee benutzend, fröhlich singend unseren Quartieren zu.

Wir hatten kaum den Eingang des Wäldchens wieder erreicht, als Holm plötzlich mitten in der Strophe innehielt, sich erschreckt umsah und uns zuflüsterte: „Hört Ihr nicht das Hufgeklapper? Das ist der Alte! Das gibt eine schöne Geschichte, wenn der uns hier findet!"

Wir standen still und lauschten. Die Nacht war zu dunkel, um etwas Anderes, als eine dunkle Gestalt in der Ferne entdecken zu können. Aber jetzt trat die schmale Sichel des Mondes sekundenlang hinter einer grauen Wolke hervor und jetzt erkannten wir deutlich die Gestalt des Hauptmanns, der in raschem Trabe auf die Stelle zu sprengte, wo wir uns befanden. Es war klar, er hatte uns gesehen und wollte sich nun überzeugen, wer von seinen Leuten dem ausdrücklich gegebenen Befehl nicht gehorcht hatte.

„In die Büsche, schnell!" flüsterte Otto und sprang über den Graben in den Wald hinein. Wir folgten. Jeder arbeitete sich auf gut Glück allein durch das dichte Unterholz weiter, in der Richtung des Dorfes zu. Holm und ich waren dicht beisammen geblieben, die beiden anderen hatten wir verloren. Wir mochten ungefähr fünfhundert Schritt gelaufen sein, als Holm stehen blieb und horchte.

„ Ich will mein Lebtag Kommissbrot essen, wenn der Alte jetzt nicht zur Wache reitet und uns eine Patrouille entgegenschickt!" brummte er. „Aber wir müssen weiter!"

Schon lag das Gehöft dicht vor uns, als Holm mich am Arm zurückriss und sich hinter einen Steinhaufen werfend, auf eine Patrouille deutete, welche soeben am Ausgange des Dorfes sichtbar wurde.

„Sagt' ich's nicht?" flüsterte er. „Still, um Gotteswillen! Der Teufel ist los, wenn der Alte entdeckt, dass wir es gewesen sind, die ihm auskniffen."

Die beiden Leute waren bis auf etwa fünfzig Schritt herangekommen; jetzt blieben sie stehen, sahen sich eine kleine Weile um und gingen dann wieder zurück.

Unsere Kammer zu erreichen war nicht schwierig. Wir hatten die inneren Fensterriegel so gestellt, dass wir die Fenster von außen öffnen konnten. Ich fürchtete nur, der Hund würde Lärm machen, sobald wir den Hof betraten.

Aber der blieb unsichtbar. Ein großes Loch in der Hofumzäunung gestattete uns, unbemerkt an das Haus heranzukommen; Holm riss die Fenster auf und im nächsten Augenblick standen wir hochaufatmend in unserer kleinen Kammer, in welche der jetzt wieder hervortretende Mond ein schwaches Licht warf.

Wo war Meier?

Wir hatten ihn nicht mehr gesehen, als wir uns bei dem eiligen Rückzuge durch den Wald trennten. Der Gedanke, dass er vielleicht gefasst sei und damit wir alle einer Strafe entgegensehen konnten, quälte uns etwas, als wir uns entkleideten, um uns müde auf unsere Betten zu werfen.

Da fiel mir plötzlich Meiers übernatürliche Fröhlichkeit ein. Ein paar Worte verständigten Holm und mit Hilfe eines kleinen Taschenfeuerzeuges, welches dieser bei sich trug, entdeckten wir bald, dass unsere Betten uns in dieser Nacht kein ganz weiches

Lager geboten hätten. Unter dem Betttuche eines jeden von uns befanden sich, sorgsam und geschickt verteilt, eine reichliche Menge trockener, spitziger Tannenzapfen, unter Holms Kopfkissen aber als Gratisbeigabe jene zwei faustdicken Kieselsteine, welche Meier ahnungslos im Tornister geschleppt hatte.

Es kostete uns nicht große Mühe, eine Dislokation der brauchbaren Tannenzapfen vorzunehmen, eine Arbeit, in der Holm besonders erfahren zu sein schien, denn er machte sich noch an Meiers Bett zu schaffen, als ich schon längst in dem meinigen lag.

Plötzlich hörten wir rasche Tritte auf dem Hofe und gleich darauf erschien ein Kopf und dann ein menschlicher Oberkörper in dem offenen Fenster.

„Meier, bist Du's?" rief ich freudig und richtete mich schnell im Bette empor.

„Seid Ihr schon da?" gab er leise zurück. „Mich hätte eine Patrouille beinahe gefaßt. – Nun –" – er vollendete nicht, sondern begann mit einem Male mit den Beinen zu zappeln, und zugleich wurde dicht am Fenster das heisere Knurren des Hundes laut.

„Helft mir doch!" rief er laut und erschreckt, während er sich bemühte, sich in die Kammer zu schwingen, aber das war unmöglich – eine unsichtbare Kraft schien ihn festzuhalten, und als ich jetzt aufsprang, um ihm behilflich zu sein, bemerkte ich den großen Hund, der mit seinen Zähnen fest und sicher Meiers Hosenboden gefaßt hielt und dumpf knurrend die verschiedenen wütenden Stöße, welche Meiers zappelnde Füße ihm in die Weichen versetzten, durch ein energisches Ziehen nach rückwärts vergalt.

Ich sprang zurück, riss mein Seitengewehr aus der Scheide und holte zum Schlage aus, um den Hund zum Loslassen zu bewegen. Bei dem Blitzen der Klinge drängte der Hund nach hinten und ehe noch ein Schlag geführt werden konnte, riss und knackte es, und Meier stürzte kopfüber in die Kammer hinein, während draußen der Hund einen großen Fetzen schwarzen Tuches mit seinen Zähnen bearbeitete.

Ich konnte mich eines lauten Lachens nicht erwehren, als ich den armen Meier wieder auf die Beine gebracht und bei dem Scheine eines Streichhölzchens den Schaden untersuchte. An der wichtigsten Stelle der Tuchhose fehlte ein handgroßes Stück, und das klägliche Gesicht, welches Meier dazu machte, war nicht geeignet, mich zu beruhigen und Holm, der in seinem Bette an Lachkrämpfen zu ersticken drohte, zum Schweigen zu bringen.

„Es ist nicht schlimm, Meier," tröstete ich ihn. „Wir treten ja überdies morgen früh in Drillichhosen an und morgen nach dem Dienst kannst Du den Schaden in aller Ruhe ausbessern lassen. Und nun – gute Nacht!"

Und damit war ich mit einem Satze in meinem Bette, zog mir die Decke über die Ohren und wartete das Folgende ab, wusste ich doch, dass die Kette der Leiden für den armen Meier noch nicht ihr Ende erreicht hatte. – Der Schelm von Holm aber warf sich in seinem Bette hin und her, knurrte und brummte über sein hartes Bett, über Stechen und Prickeln und machte Meier dadurch so sicher, dass er sich ebenfalls auf sein Bett warf, um im nächsten Augenblick fürchterlich fluchend wieder emporzuspringen und einen blechernen Gegenstand voller Wut nach Holms Kopfkissen zu schleudern. Der Ärmste hatte sich in das – blecherne Waschgeschirr gesetzt.

Holm und ich hielten uns unter den Decken wohl verborgen und konnten auf diese Weise dem Hagel von trockenen Tannenzapfen, der gleich darauf auf uns herniederprasselte ruhig entgegensehen. Die Kiesel unter dem Kopfkissen lagen aber am nächsten Morgen noch ruhig an ihrem Platze.

Am nächsten Morgen – o weh! Schwere graue Wolken hingen am Himmel und ein feiner, anhaltender Regen strömte auf die Erde herab. „Tuchhosen anziehen!" rief im nämlichen Augenblicke die Stimme unseres Korporalschaftsführers durch die halbgeöffnete

Tür. – „Schnell – machen Sie sich fertig, in zehn Minuten steht die Korporalschaft draußen!"

Tuchhosen! Holm und ich sahen uns einen Augenblick stumm an, als besännen wir uns gleichzeitig auf etwas, Meiers Gesicht aber war bleich geworden. Seine Augen irrten verzweiflungsvoll über das unglückliche Kleidungsstück hin, dessen bester Teil dem Hunde zum Opfer gefallen war.

„Schnell, Meier" drängte Holm. „Mach' Dich fertig, die Korporalschaft tritt an!"

„Um Gottes Willen!" jaminerte dieser. „Meine Ho – hosen sind ja –"

„Unsinn, wir flicken das zusammen! Zieh' sie nur erst an!" rief ich.

Meier zog mit wehmütigem Lächeln seine schauderhaft zugerichteten inexpressibles [Unaussprechlichen] an, während wir schon unser Gepäck überwarfen. Es war in der Tat keine Zeit zu verlieren.

„Lasst mich nicht im Stich!" jammerte Meier. – „Hat denn keiner von Euch Nadel und Faden?"

„Dazu ist keine Zeit mehr!" rief Holm, der bereits umgeschnallt und sein Gepäck übergehängt hatte.– „Komm, hier sind Stecknadeln; die Tuchhose ist weit genug, ich hefte Dir das Loch zusammen –".

„Sieht man es auch nicht?" fragte Meier ängstlich, als das große Werk endlich beendet war. „Nimm lieber noch ein paar!"

„Es hält!" versicherte Holm tröstend. „Sei nur vorsichtig, wenn Du Dich hinsetzt. Die Dinger sind merkwürdig spitz!"

Meier gab keine Antwort mehr und hätte auch wohl kaum noch Zeit dazu gehabt, denn schon im nächsten Augenblick ertönte das Signal zum Sammeln und die Korporalschaft eilte auf den Sammelplatz.

Der Hauptmann ritt heran und musterte kurz und schweigend seine Mannschaft. Er sah finster genug aus; er hatte die Schuldigen nicht entdecken können, trotzdem die Patrouille zwei ganze Stunden umher gelaufen war, ohne natürlich jemanden zu finden, da auch Otto glücklich sein Quartier erreicht hatte. —

Meier wurde abwechselnd bleich und rot, als der Hauptmann die beiden hinteren Glieder rückwärts richten ließ und nun jeden einzelnen von vorn und hinten einer Okularinspektion unterwarf. Sonderbar, hatte er bei Meier nur flüchtig hingesehen, oder war Holms Kunst in der edlen Flickerei wirklich eine so große – er sagte oder fand nichts und zehn Minuten später befand sich die Kompanie auf dem Marsche, um sich am Rendezvousorte mit den anderen Kompanien des Bataillons zu vereinigen.

Ich marschierte neben Meier, dem ein schwerer Stein vom Herzen gefallen war und der schon über den Unfall zu scherzen begann, als plötzlich ein sonderbares Zucken in seinem Antlitz mich aufmerksam machte und zugleich seine Füße den gewöhnlichen Marschtritt vergessen zu haben schienen, denn sie machten beim Weitergehen allerlei Kapriolen.

„Du," sagte er leise, „es ist eine Nadel losgegangen. Sie sticht fürchterlich."

„Zieh' sie heraus!" sagte ich. – „Holm hat genug hineingesteckt. Auf eine kommt es nicht an."

Meier zog eine Nadel heraus und warf sie fort. Aber schon nach einigen Minuten ging das Trippeln wieder an.

„O verflucht! Ich habe die falsche genommen. Es sticht ärger als je!"

Unglücklicherweise musste der Hauptmann in diesem Augenblick auch noch „Eilschritt" kommandieren, er hatte sich bei der Besichtigung seiner Leute zu lange aufgehalten und fürchtete, nicht zur rechten Zeit beim Rendezvousorte anzulangen.

„Nimm einmal mein Gewehr!" sagte Meier und biss dabei die

Zähne zusammen. – „Wenn ich die richtige nur erst fassen könnte – drei habe ich schon herausgezogen – da – das ist sie!"

Die unschuldige Nadel flog in den Straßenstaub und mit erhelltem Antlitz marschierte Meier weiter.

„Sie verlieren ja Ihr Taschentuch, Meier!" rief ihm plötzlich der Feldwebel zu, der an unserem Gliede vorüberlief, um zum Hauptmann zu eilen, der ihn gerufen hatte.

Meier fuhr mit der Hand in die hintere Schoßtasche.

„Na, wenn ich das verlieren soll, heiße ich auch Hans!" lachte er fröhlich. – „Ich habe es ja hier in der Hosentasche."

Der Hauptmann hatte dem Feldwebel einige Befehle gegeben und sprach noch mit ihm, als die Sektionen an ihm vorübermarschierten.

„So stecken Sie doch endlich Ihr Taschentuch ein, Einjährig-Freiwilliger Meier!" rief er diesem mit seiner schnarrenden Stimme zu. „Ich bin bei meinen Einjährigen gewöhnt, dass sie auch in solchen Kleinigkeiten proper und adrett sind."

Meier sah mich sprachlos an.

„Was haben die denn nur mit meinem Taschentuche?" sagte er endlich. „Sieh' doch auch einmal hin, siehst Du denn das ominöse Taschentuch?"

Ich willfahrte seinem Wunsche, aber schon die strahlenden Gesichter der hinter uns marschierenden Soldaten hätten mich eigentlich von der Beschaffenheit d i e s e s Taschentuches überzeugen müssen.

„Um Gotteswillen, Meier! Das Loch ist wieder aufgegangen!"

„Aber ich habe doch nur vier Stecknadeln herausgezogen!" stammelte der Ärmste»

„Ja, aber Holm hatte selbst nur fünf Nadeln – es ist nichts daran zu tun!" fügte ich bedauernd hinzu „Trag' Dein Schicksal wie ein Mann!"

Es blieb ihm nichts weiter übrig. Seine zitternde Hand versuchte zwar das eigentümliche Taschentuch an seine ursprüngliche Stelle zurückzudrängen, aber auch das half nur für kurze Zeit. Die frohe Laune vorüber, finster und schwarz gähnte die Zukunft ihn an. Der Rendezvousplatz war erreicht. Die erste und zweite Kompanie war schon zur Stelle, die dritte fehlte noch. Wir rückten auf unseren Platz, die Gewehre wurden zusammengesetzt und wir traten gerade aus den Gewehrgassen, als die Stimme unseres Hauptmanns folgendermaßen hörbar wurde:

„Einjährig-Freiwilliger Meier! Einjährig – Freiwilliger – Meier! Kreuzmillionenschockschwerenot! Habe ich Ihnen nicht gesagt, Sie sollten Ihr vermaledeites Taschentuch, das Ihnen eine halbe Elle lang aus der Tasche baumelt, wegstecken? Nun, wird's bald?"

Der Hauptmann war nach diesem Ausbruche abgestiegen und auf die Gruppe von Offizieren zugeschritten, die einige Schritte abseits von den Gewehrpyramiden standen.

Holm war unterdessen zu Meier getreten und hatte auf dessen flehentliche Bitte seine letzte Stecknadel geopfert, um das unglückselige „Taschentuch" endlich einmal zum Verschwinden zu bringen. Ob es aber Ungeschicklichkeit oder teuflische Berechnung war, ein Zipfelchen des Kleidungsstückes, welches Meiers jungfräulichem Körper am nächsten war, wie ein niedliches weißes Fragezeichen daraus hervorschauen zu lassen, weiß ich nicht, will aber zu Holms Ehre das erste annehmen.

Die Offiziere traten auseinander und zu ihren Kompanien. Der Hauptmann hatte gerade seinen Burschen herangewinkt, als sich Meier unglücklicherweise zufällig umdrehte und die Falkenaugen des „Alten" jenes neugierige Zipfelchen gewahrten. Jetzt hatte aber auch seine Geduld ein Ende.

„Meier!" rief er mit unheimlicher Ruhe, während die beiden Leutnants ihn erwartungsvoll anschauten, denn sie kannten die dicke rote Falte auf seiner Stirn gut genug, um zu wissen, dass etwas in seinem Innern kochte.

Meier stand mit stramm an die Hosennaht gelegten Händen vor ihm.

„Herr!" brach da der Alte los. „In drei Teufels Namen, habe ich Ihnen befohlen, Ihr nichtsnutziges Taschentuch einzustecken oder nicht? Keine Widerrede, Herr!" donnerte er, als Meier kleinlaut ein Wörtchen zu seiner Entschuldigung sagen wollte. „Ganzes Bataillon – kehrt!"

Die Hand des Hauptmanns fuhr nach dem verräterischen Zipfel, aber schon im nächsten Augenblick erschütterte ein so schallendes Lach-Terzett, in dem der Bass des Hauptmanns harmonisch mit dem Tenor des Premiers * und dem hohen Sopran des blutjungen Sekonde-Leutnants * zusammenklang, die Luft, dass die nächsten Offiziere aufmerksam wurden und neugierig herbeikamen.

Meier war auf einen Wink des Hauptmanns, glühend vor Scham und Zorn, in unsere Mitte zurückgeeilt, um hier natürlich vom Regen in die Traufe kommen.

Holm blieb von dieser Stunde an sein erklärter Feind; wir anderen aber lachten noch nach Jahren, wenn wir uns zufällig wiedertrafen, über

„Meiers Taschentuch".

Unteroffiziere und Gefreiter des Infanterieregimentes Nr. 77
in Ausgehuniform

Sein Geheimnis.

Der freundliche Leser hat gewiss mit tiefer Indignation die Schelmenstreiche verfolgt, mit denen Holm unsern armen Meier an den Rand der Verzweiflung gebracht hatte. Aber da man ja bekanntlich die Schelme im allgemeinen auch ihrem äußeren Aussehen nach kennen zu lernen wünscht, so will ich ihnen die Schilderung unseres Hauptschelmes Holm nicht vorenthalten.

Ich hätte der vorliegenden kleinen Skizze eigentlich ein Motto vorsetzen können, etwa wie: „Dem Guten wird hier stets sein Recht, dem Bösen aber geht es schlecht" – aber Humor und steife Moral passen etwa zusammen wie auf einem Maskenballe der buntscheckige Harlekin zur soeur grise *; und so will ich denn erzählen – etwaigen strengen Moralisten unter meinen Lesern Rechnung tragend – wie die furchtbare Rachegöttin, welche so lange finsteren Angesichtes die Heldentaten Holms in ihr großes Schuldbuch geschrieben, endlich ihre Bilanz zog und Holms Konto durch einen vernichtenden Racheakt beglich.

Holm war, wie man zu sagen pflegt, ein stattlicher Junge. Er hatte ein hübsches, offenes Antlitz, dem man eigentlich gar nicht ansah, dass es gewissermaßen das Firmenschild einer gehörigen Portion Schelmerei und Durchtriebenheit war. Seine Hauptzierde und sein Hauptstolz war aber der ziemlich kräftig sprossende, herrlich nussbraune Vollbart, welcher das Antlitz unseres Kameraden umrahmte.

Er hatte wohl Ursache, darauf stolz zu sein, denn das tiefe Braun desselben kontrastierte effektvoll mit dem rötlichblonden Haupthaar und erweckte blassen Neid in der Brust eines jeden Kameraden, dessen Oberlippe kaum von weichem Flaum überschattet war.

Holm war ein offener, lustiger Gesell, ein guter Kamerad und vorzüglicher Gesellschafter, nur etwas verbarg er allen, ein gewis-

117

ses etwas, dem wir keinen Namen zu geben vermochten, trotzdem wir von seiner Existenz felsenfest überzeugt waren, und das war – sein Geheimnis!

Dass er ein solches hatte, wussten wir; wir wussten sogar, dass es in der direktesten Verbindung mit einem kleinen, braunlackierten Kästchen stand, welches – stets auf das peinlichste verschlossen – einen Ehrenplatz in seinem Zimmer einnahm. Was es enthielt? – Die seltsamsten Vermutungen waren darüber aufgetaucht.

Einige hielten es für den Aufbewahrungsort schnöden Mammons, andere, vielleicht durch eigene Erfahrungen belehrt, hielten es für die sichere Gruft seiner sämtlichen unbezahlten Rechnungen, wieder andere, unter ihnen der poetisch angehauchte Schulze, wollten von einem ganzen, unglücklichen Liebesroman wissen und behaupteten, das Kästchen berge ein paar Locken, ein Pack Liebesbriefe und einige verwelkte Vergissmeinnicht, aber keiner von allen hatte den Inhalt jenes geheimnisvollen Blechbehälters gesehen und neugierige Fragen halfen hier auch nichts.

Holm hatte zuerst jedesmal das Gespräch auf einen anderen Gegenstand zu lenken gesucht, sobald ein Kamerad sich nach dem Kästchen erkundigte, schließlich aber erklärt, es berge ein Geheimnis – sein Geheimnis, und wir würden gut tun, wenn wir unsere Lungen nicht mit Fragen ermüdeten, auf die er zu antworten nicht im Stande sei.

Wir hatten das Kästchen und das furchtbare Geheimnis, welches es – das stand jetzt bei uns fest – bergen musste, sämtlich vergessen, als die Zeit der Manöver heranrückte und an einem schönen Augusttage das Regiment sich auf dem Marsche nach dem ersten Kantonnement befand. Bei dem großen Rendezvous, welches noch im Laufe des Vormittags gemacht wurde, durften wir das Gepäck ablegen.

Das Schicksal wollte, dass gerade, als Holm seine Feldmütze

aus dem Innern des Tornisters hervor holte, Otto hinzutrat und dieser mit einem besonders scharfen Blicke begabte Kamerad mit Blitzesschnelle unter den eingepackten Gegenständen auch jenes Kästchen entdeckte. Noch ehe der Abend herankam, war unter den Freiwilligen die Tatsache verbreitet, dass Freund Holm sein Geheimnis sogar mit ins Manöver genommen habe, und ich glaube, keiner von uns hat sich an jenem Abend auf sein hartes Lager gestreckt, ohne sich vorher selbst gelobt zu haben, dies Geheimnis, koste es was es wolle, aufzudecken.

Allein Holm war auf seiner Hut. Ahnte er etwas von unserm Vorhaben oder barg das Kästchen wirklich etwas, was keines anderen Sterblichen Auge schauen durfte – genug, er hütete es wie seinen Augapfel.

Wenn es irgend möglich war, suchte er ein Quartier für sich allein zu bekommen, und musste er, wie es meistens der Fall war, mit einem oder gar zweien von uns zusammen kampieren, so konnten wir mit mathematischer Gewissheit darauf rechnen, daß er nachmittags aus irgend einem Grunde uns auf ein halbes Stündchen los zu werden suchte und dann bei verschlossener Tür und verhängten Fenstern in seiner Kammer hantierte. Dass diese Zeit seinem Geheimnisse geweiht war, darüber herrschte nicht der geringste Zweifel.

Aber leider ist ein Tornister nicht verschließbar und selbst bei der größten Wachsamkeit konnte Holm nicht verhindern, dass wir während seiner gelegentlichen Abwesenheit dar mysteriöse Kästchen betasteten, befühlten, schüttelten und uns immer von neuem über den mutmaßlichen Inhalt stritten. Es klapperte etwas darin, wenn man er schüttelte, und dies Klappern rief wieder eine Reihe der sonderbarsten Vermutungen hervor.

Während Meier behauptete, es klinge wie ein paar aneinanderschlagende Glasflaschen und Holm habe sich zweifelsohne dem Laster des heimlichen Schnapssuffs ergeben, witterte der romantische Schulze, der immer wieder jene unglückliche Liebesgeschichte aufs Tapet brachte, irgend eine Mordwaffe darin und beschwor uns mit pathetischen Worten und fürchterlich neugierigen Augen, wir möchten doch, kraft unserer doppelten Vertrauensstellung als Freunde und Kameraden, das Kästchen einfach „ausspannen" und dann an irgend einem sicheren Orte unter Beobachtung aller nur möglichen Vorsichtsmaßregeln öffnen. Sein menschenfreundlicher Vorschlag fand jedoch bei uns keine Unterstützung und das Kästchen wanderte regelmäßig wieder an seinen Platz zurück – es gab einmal nicht das Geheimnis, welches es barg, heraus.

Es war ungefähr eine Woche nach Meiers unglückseliger Taschentuchgeschichte verflossen, als das gütige Geschick eines Tages uns alle vier zu einem wohlhabenden Gutspächter ins Quartier legte. Wir wurden auf das liebenswürdigste aufgenommen; im Manöver macht man sich überhaupt leicht bekannt, und wir waren erst einige Stunden da, als auch schon zwischen der ganzen Familie und uns Vieren das liebenswürdigste und freundlichste Band des geselligen Verkehrs geknüpft war.

Es war dies um so leichter, als zwei bildhübsche junge Mädchen in dem reizenden Alter von sechzehn und siebenzehn Jahren einen Hauptteil der Familie bildeten, was uns natürlich veranlasste, auf unsere im Manöver nicht so peinlich in Ordnung gehaltene Toilette ein mehr als sorgsames Auge zu haben

Selbst Meier, der nach dem schmerzlichen Ereignis, von dem der Leser das nötige weiß, herum gegangen war wie ein brüllender Löwe, aber niemanden fand, den er verschlingen konnte, selbst Meier schien diesem doppelten Augenpaar gegenüber seinen Schmerz zu vergessen. Der Nachmittag war dienstfrei, zum Überfluss war morgen Ruhetag, und so leuchtete uns die Zukunft freundlich genug, um ihr ebenfalls lachenden Auges und Herzens entgegenzutreten.

Wir hatten mit der Familie in der schattigen Laube des großen, parkähnlichen Gartens unter fröhlichem Geplauder den Kaffee eingenommen. Dann ritt unser Wirt aufs Feld hinaus, häusliche Geschäfte riefen die Mama ebenfalls ab und wir blieben mit unseren beiden Schönen allein. Natürlich entspann sich ein Wettstreit unter uns, seine eigenen Vorzüge den andern gegenüber in das hellste Licht zu setzen.

Holm, der Schwerenöter, schoss auch dieses Mal den Vogel ab. Otto blickte den Kameraden, der mit prächtigem Erzählertalent begabt war, mit still verhaltenem Ärger an und Meier schien die Gelegenheit günstig genug, um eine kleine boshafte Rache zu üben.

„Wissen Sie, meine Damen," begann er harmlos, „dass unser Freund Holm dort eigentlich ein ganz gefährlicher Mensch ist?"

Die beiden jungen Mädchen blickten ihn erstaunt an, während Holm, der nicht wusste, auf was Meier eigentlich hinaus wollte, denselben fragend ansah.

„Können Sie sich vorstellen," fuhr Meier ruhig fort, „dass dieser junge, schöne und liebenswürdige Mann mit dem offenen Antlitz und den klaren Augen ein tiefes, schwarzes, ja unergründliches Geheimnis mit sich herumträgt?"

„Meier!" fuhr Holm auf, während ein leichtes Rot auf seine Wangen trat.

„Bitte?" fragte dieser kühl zurück.

„Ein Geheimnis?" rief die Sechzehnjährige. „Ach, das ist ja allerliebst! Können Sie uns denn das nicht mitteilen?" wandte sie sich an Meier, der in dem hohen Gefühl der Wichtigkeit, welche er in den Augen der Damen soeben bekommen, ordentlich schwelgte.

„Aber Grete!" rief die Ältere verweisend.

„Ja, meine Damen," fuhr achselzuckend der unerbittliche Meier fort, „ich weiß selbst nicht mehr als Sie. – Ich kann Ihnen nur den Ort angeben, an dem sein Geheimnis begraben liegt. Denken Sie sich ein niedliches, braunlackiertes Kästlein, das stets verschlossen ist und nur auf das ‚Sesam öffne Dich' seines Besitzers diesem, aber auch nur diesem allein seinen kostbaren Inhalt zeigt."

„Nun worin besteht denn dieser Inhalt?" fragte die Naive wieder, welche beinahe atemlos Meiers Worten gelauscht hatte.

„Ja, wer das von uns wüsste! Holm hütet seinen Schatz mit Argusaugen. Aber was keinem von uns gelang, wird Ihnen, meine Damen" – hier machte Meier eine mehr gut gemeinte als gut ausgeführte Verbeugung – „gewiss mit leichter Mühe gelingen. Hier sitzt der Mann mit der eisernen Maske, wollte sagen, mit dem schrecklichen Blechkasten, bitten Sie ihn um Enthüllung seines Geheimnisses."

Ich hatte während des ganzen kleinen Gespräches forschend Holms Gesicht betrachtet. Es war klar, dass ihm diese Wendung des Gespräches aufs höchste missfiel. In seinen Augen funkelte es zuerst wie grimmiger Ärger, aber jetzt lag in denselben wieder soviel Schelmerei, dass ich, noch ehe er seine Lippen öffnete, besorgt Meier anblickte. Irrte ich mich nicht, so bereute dieser schon in der nächsten Sekunde, auf diesem Gebiete mit seinem alten Feinde angebunden zu haben.

„Ja," lachte Holm jetzt lustig. „Wenn ich auf solche Weise interpelliert [unterbrochen] werde, so muss ich wohl mit der Sprache heraus. Dass aber gerade Meier mich dazu drängt, ist mir unbegreiflich, denn mein Geheimnis steht zu ihm in der engsten Beziehung."

„Zu mir?" rief Meier erstaunt.

„Ja," nickte Holm. „Es ist eine lange Geschichte, meine Damen. Haben Sie schon von dem berühmten Taschentuche gehört, von Meiers Taschentuche?"

Otto und ich brachen in ein ungeheurer Gelächter aus, Meier aber sprang wütend empor:

„Sei ruhig, Holm!"

„Da sehen Sie es selbst! Erst drängt er mich dazu, unser Geheimnis preiszugeben, und nun ich seine Bitte erfülle, befiehlt er mir zu schweigen. Aber ich habe einmal begonnen, hören Sie also die Geschichte von Meiers Taschentuche."

„Ich bitte Dich, Holm, schweig' davon!" rief Meier noch einmal. Er wurde abwechselnd rot und bleich, denn wenn er sich auch nicht wohl denken konnte, dass Holm gerade diese Affäre vor Damen erzählen würde, so kannte er doch wieder Holm genug, um zu wissen, dass in dem, was er auch sagen würde, soviel Satire gegen ihn liegen würde, dass er einer gewissen Lächerlichkeit unter allen Umständen preisgegeben war.

„Ich bitte um Entschuldigung," wandte er sich an die beiden jungen Damen. „Ich habe meinem Putzer noch etwas mitzuteilen."

Holm sah ihm mit einem unendlich pfiffigen Antlitz nach, als er hastig nach kurzer Verbeugung aus der Laube und dem Hause eilte.

Die jungen Damen sahen uns erstaunt an. Sie hatten kein Wort von dem ganzen Gespräch verstanden.

„Und Ihr Geheimnis?" fragte die Jüngere endlich schüchtern.

„Existiert gar nicht!" lachte Holm seelenvergnügt. „Die Herren haben sich einen gehörigen Bären aufbinden lassen."

Die beiden jungen Damen schienen sehr enttäuscht. Holm aber, gewandt wie immer, wusste eine andere Affäre Meiers, die dieser mit der Tochter unseres Kantiniers einmal gehabt, so drollig zu erzählen, dass er damit reichlich den gewünschten Effekt erzielte.

Als er bei dem Knalleffekte derselben angelangt war, rauschte und knackte es in dem nahen Gebüsche. Die anderen achteten nicht darauf, ich trat aus der Laube heraus und sah Meier mit hastigen Schritten, seine kurze Gestalt hinter den niedrigen Büschen verbergend, dem Hause zueilen.

Mein Rauchvorrat war zu Ende. Ich hatte «och einige Zigarren im Tornister und ging auf das Zimmer, welches wir drei bewohnten, um sie zu holen. Ein furchtbares Lachen tönte mir entgegen, Meier saß auf dem Tische und schlug mit einem Gesichte, aus dem das hellste Vergnügen strahlte, mit den Hacken gegen die Tischbeine.

Erstaunt fragte ich ihn nach der Ursache seiner Fröhlichkeit. Er sah mich an, öffnete den Mund, um mir etwas zu sagen, brachte aber nichts heraus als: „Nein, das ist zu toll, das ist zu komisch!" und lachte wieder, dass ihm die Tränen in die Augen traten; er wartete auch keine weitere Frage ab, sondern stürzte noch immer lachend, und nach seinem Putzer rufend, der mit unseren Sachen auf den Hof gegangen war, um sie zu reinigen, aus dem Zimmer.

Als ich nach einer Weile die Treppe wieder herab kam, rannte mich Meiers Putzer, der vom Hof kam, fast um.

„Heda, Schneider, wohin laufen Sie denn so schnell?"

„Herr Meier schickt mich unten ins Dorf, ich soll für dreißig Pfennige Gummi arabicum * holen."

„Wozu braucht der denn Gummi und noch dazu in solcher Menge," brummte ich, aber andere Dinge lenkten bald darauf meine Aufmerksamkeit auf sich und ich dachte nicht mehr daran.

Beim Abendessen, an dem wir teilnahmen, erschien Meier ganz fröhlich und aufgeräumt. Eine gewisse Siegeszuversicht lag in seinen Augen und ein listiges Lächeln stahl sich über seine Züge, wenn er Holm, der ihm gegenüber saß, ansah. Meier hatte wieder ein Attentat gegen Halm versucht – welches, das sollte uns der nächste Tag lehren.

Unsere freundlichen Wirte wollten uns am nächsten Tage – es war Ruhetag – ein ganz besonderes Vergnügen bereiten. Die beiden jungen Damen hatten einige Freundinnen eingeladen, nachmittags sollte im Parke gespielt und abends im großen Esszimmer nach Entfernung der Stühle und Tische ein kleines Tänzchen das junge Volk entzücken.

Wir wurden beauftragt, nach eigner Wahl noch zwei bis drei unserer Kameraden aus dem nächsten Dorfe herbeizuholen und Holm war am anderen Morgen sofort bereit, um die Kameraden gleich zum Essen mitzubringen.

Meier war an diesem Morgen ungewöhnlich lange in unserem Zimmer. Einmal, als ich gerade hinauf kam, schien er bei meinem Eintritt etwas schnell zu verstecken und eine gewisse Verlegenheit malte sich in seinem Antlitze. – Ich fragte nicht weiter und ging.

Es wurde Mittag. Endlich kam Holm mit zwei Kameraden, welche der kleinen Gesellschaft vorgestellt wurden. Wir hatten uns schon in unsere besten Uniformen geworfen und warteten nur auf Holm, der gleich nach seiner Rückkehr auf sein Zimmer gegangen war, um die halbe Stunde vor dem Essen zu seiner Toilette zu benutzen.

Es schlug eins – das Essen sollte aufgetragen werden. Holm kam nicht herunter. Die Hausfrau sah immer häufiger nach ihrer Uhr, es wurde ein Viertel auf zwei – unser Kamerad ließ sich nicht sehen. Ich sprang endlich die Treppe hinauf, um den Säumigen zu größerer Eile anzutreiben.

Ich wollte hastig die Tür öffnen, prallte aber im nächsten Moment heftig dagegen an. Sie war verschlossen.

„Holm!" rief ich. „Mach' auf!"

Keine Antwort.

Ich rief noch einmal – wieder dasselbe Resultat.

„Mach' keinen Unsinn, Holm!" rief ich endlich. – „Du musst drin sein, die Tür ist ja von innen verriegelt. Beeile Dich doch, man wartet nur noch auf Dich."

Drinnen im Zimmer regte sich etwas.

„Geh' nur wieder hinunter und lass sie anfangen. Ich komme bald," tönte jetzt Holms Stimme, aber mit einem so trüben, melancholischen Tone, wie ich ihn bei dem fröhlichen Gesellen gar nicht kannte.

Ich ermahnte ihn noch einmal zur Eile und ging dann wieder hinunter.

„Holm hat noch eine Kleinigkeit zu besorgen" – entschuldigte ich den Freund. „Er bittet, durchaus nicht auf ihn zu warten. Er wird in einem Viertelstündchen unten sein."

Wir gingen zu Tische. – Der Braten wurde aufgetragen, noch immer fehlte Holm. Die Hausfrau winkte endlich dem Kutscher, der zugleich die Rolle des Bedienten spielte, flüsterte ihm etwas zu und dieser verließ das Zimmer.

Nach wenigen Minuten war er zurück und schien ebenfalls flüsternd eine Antwort zu bringen. Die Frau vom Hause wandte sich zu mir – ich saß ihr gegenüber – und sagte besorgt:

„Ihrem Freunde wird doch nichts zugestoßen sein? Johann sagt mir, er habe sich eingeschlossen und gebe auf mehrfaches Klopfen keine Antwort."

Ich hatte Holm nie krank gesehen oder auch nur über das geringste klagen hören.

„Er ist vielleicht unwohl geworden und hat sich niedergelegt. Ich werde gleich nach ihm sehen!"

Man war jetzt am ganzen Tisch aufmerksam geworden und die Frage nach Holm flog von Mund zu Mund. Nur Meier saß mit dem unbefangensten Gesicht von der Welt da und versicherte auf die Fragen seiner naiven Nachbarin, ob er nicht wisse, wo Holm sei: Der Braten sei ganz vorzüglich und ob er ihr noch ein Stückchen vorlegen dürfe!

Ich entschuldigte mich bei der Gesellschaft und flog hinauf.

„Nun mach aber ein Ende!" rief ich und donnerte gegen die Tür. – „Dein Benehmen ist ja geradezu unbegreiflich. Fehlt Dir denn etwas?"

„Geh' zum Teufel!" rief Holm wütend. „Du und die andern auch, der Meier erst recht, denn keiner als er hat mir den Streich gespielt!"

„Welchen Streich?"

Keine Antwort.

„Holm, ich frage Dich zum letzten Male, willst Du kommen oder nicht? –"

„Nein, sag' ich! Geht zum Teufel – alle mit einander!"

Ich bat, ich fluchte, ich drohte endlich, Ich bekam keine Antwort mehr. Nur ein Bett hörte ich krachen. Holm musste sich niedergelegt haben. Kopfschüttelnd stieg ich wieder hinab. „Holm hat einen Anfall von nervösem Kopfweh bekommen." – Meier sah mich bei diesen Worten höhnisch an – sagte ich. „Er bittet dringend, ihn vorläufig zu entschuldigen. Sobald es besser ist, kommt er herunter."

Die Tafel wurde aufgehoben. Der Kaffee sollte im Garten getrunken werden Die jungen Mädchen zogen sich eine kleine Weile zurück und wir waren allein.

„Sag' einmal, ist das wahr mit Holm?" fragte mich Otto.

„Nein. Er faselt von einem Streiche, den Meier ihm gespielt haben soll. Er will nicht herunter kommen."

„Ich – einen Streich?" fragte Meier ganz unbefangen und wandte sich ab, um seine Zigarre in Brand zu setzen, doch entging mir dabei nicht, dass ein triumphierender Schimmer über sein Gesicht flog.

„Lass uns noch einmal hinaufgehen!" sagte Otto.

„Er kommt nicht," entgegnete Meier ruhig und blies behaglich den blauen Dampf in leichten Ringeln von sich. „Er kommt nicht. – Ich weiß, was ihm fehlt!"

„Du?"

„Ich!"

„Aber was ist's denn?"

Meier zuckte die Achseln, lachte hell auf und ging in den Garten hinaus, wohin wir ihm endlich folgten, nachdem wir noch vergeblich eine Weile gepocht und keinen Einlass erhalten hatten.

Ein paar Stunden vergingen. Wir waren im besten Spielen und hatten Holm fast vergessen, als Johann, der Kutscher, mich auf die Seite rief und mir mitteilte, unser Feldwebel sei da und wolle Holm sprechen.

„Ich komme mit," sagte ich und ging dem dicken Feldwebel entgegen, dem ich rasch mitteilte, Holm sei krank und liege oben im Bette.

„Unsinn!" brummte die etwas bärbeißige Kompaniemutter *. „Holm soll sofort zum Hauptmann kommen, „soll nach B. (wo das Hauptquartier lag) hinüber und vom Regimentsadjutanten die Befehle für die Kompanie holen. Wo wohnt er denn?"

Ich führte den Feldwebel hinauf und pochte wieder. Vergeblich!

„Einjährig-Freiwilliger Holm!" schrie jetzt aber der Feldwebel erbost. – „Wenn Sie nicht sofort öffnen, melde ich Sie wegen Ungehorsam."

Das wirkte; drinnen klang es noch wie ein lauter Fluch; dann näherten sich Schritte der Tür und – Holm stand vor uns.

Der Feldwebel wollte ihn grimmig anfahren, brach aber in lautes Lachen aus, als er ihn ansah, und ich – ich lachte noch lauter mit.

Holms Bart hatte eine merkwürdige Farbe angenommen, das schöne Kastanienbraun hatte sich an einem Dutzend Stellen in ein leuchtendes Rot, ähnlich der Farbe der Haupthaare, nur noch greller, verwandelt, dabei standen die sonst so wohlgepflegten Haare steif und spitz wie ein Wald von Lanzen auseinander.

Holm hatte schon dreimal wütend sein „Was steht zu Befehl, Herr Feldwebel!" hervorgestoßen; aber wir lachten noch immer fort. Er sah auch zu komisch aus; jetzt konnten wir uns auch die beneidenswerte Farbe seines prächtigen Bartes erklären, er hatte ihn gefärbt.

Der Arme verfärbte sich, als er von dem ihm aufgetragenen

Befehle hörte. Umsonst wies er auf seinen Bart, der „sich heute gar nicht kämmen lasse," aber es half nichts – er musste mit und zähneknirschend verließ er an der Seite des noch immer lachenden Feldwebels das Haus.

Er kam nicht wieder. Gegen Abend kam sein Putzer und holte seine Sachen. „Er bleibe die Nacht unten bei der Korporalschaft," sagte er – „ich möge ihn der Gesellschaft empfehlen."

Als ich unseren Kameraden diese Mitteilung machte, lachte Meier laut auf und sagte:

„Ich hab's gewusst! Das war Revanche für das Taschentuch!" Unseren weiteren Fragen aber wich er sorgfältig aus.

Als ich kurze Zeit darauf das nun endlich wieder geöffnete Zimmer betrat, sah ich – wahrscheinlich vom Burschen vergessen – jenes braunlackierte Kästchen offen auf dem Toilettentisch stehen. Ich warf schnell einen neugierigen Blick hinein. Eine Flasche mit einer dunklen Flüssigkeit lag darin, eine fein gearbeitete Stahlbürste daneben und in dem inneren Deckel befand sich eine längere Gebrauchsanweisung, wie Dr. Morrison's unfehlbares Haarfärbemittel zu gebrauchen sei.

Das war also Holms Geheimnis gewesen!

Aber welchen Anteil hatte Meier daran? Ich war jetzt fest überzeugt, dass er vorher auf irgend eine Weise einen Blick in das Kästchen getan haben musste. Aber auf welche Weise hatte er Holms schreckliches, zebraartiges Aussehen veranlasst?

Ich nahm die Flasche mit der bräunlichen Flüssigkeit und goss mir einen Tropfen davon in die Hand. Er rann schwer wie Sirup heraus und als ich ihn prüfte, fand ich, dass er die Finger zusammenklebte. Jetzt wußte ich auch, wozu Meier die Menge Gummi arabicum verwendet hatte!

Als ich wieder in den Garten hinab kam, tönte mir jubelndes Lachen entgegen. Beim Auslösen der Pfänder war Meier die Aufgabe zugefallen, ein Märchen zu erzählen und unter dem hellen

Lachen der Anwesenden hatte der Schreckliche den wahren Grund von Holms Abwesenheit aufgedeckt.

Nur eins der jungen Mädchen lachte nicht mit, sondern schaute gar ernst drein. Es war Gretchen, das naive jüngste Töchterlein unseres gastlichen Wirtes, von dem wir schon mit dem nächsten Tagesgrauen auf Nimmerwiedersehen scheiden sollten. Sie dachte voll innigen Mitleids an den armen Holm, den die rächende Nemesis ereilt hatte, und an

sein Geheimnis.

Helmzier, Achselklappe und
Waffenrock-Abzeichen
für Unteroffiziere und Mannschaften
des Infanterieregimentes Nr. 77,
mit drei Bataillonen,
um 1900

Der Hund des Kapellmeisters.

nser Kapellmeister hatte zwei Eigenschaften, die in dem ganzen Armeekorps bekannt waren. Er hatte das größte musikalische Talent von allen seinen Kollegen, war ein Dirigent von reinstem Wasser und hatte – die größten Füße im ganzen Korps. Beide Eigenschaften kollidierten zum Glück nie mit einander.

Unser Kapellmeister war beim Brigadekommandeur gut angesehen; in ungleich höherem Ansehen standen bei uns seine Füße. Sie waren nicht unförmig, aber sie fielen, trotz seiner langen Gestalt, jedem sofort in die Augen, der ihm einmal auf der Straße begegnete. Natürlich zirkulierten über seine Fußbekleidungen eine Menge der tollsten Gerüchte. Da ich als getreuer Chronist mich der strengsten Wahrheit befleißige, so muss ich sie erwähnen, selbst auf die Gefahr hin, dass irgend einer meiner Leser glaubt, er lese nicht meine Humoresken, sondern die „wundersamen Abenteuer des Grafen von und zu Münchhausen."

Die benannten Gerüchte waren zwar übertrieben, ja sie waren manchmal recht boshaft kompiliert [zusammen gestellt], aber sie sind zu hübsch, als dass ich sie meinen Lesern vorzuenthalten das Recht hätte. So behauptete ein alter Feldwebel, der zu den Duzfreunden des Kapellmeisters gehörte, sein einer Filzpantoffel diene während der Stunden, die er dienstlich beschäftigt sei, als Kinderstuhl für sein Jüngstes von anderthalb Jahren. – Glaubwürdiger war schon das Gerücht, dass sein Bursche zum Putzen eines Paares Stiefel einer ganzen Dose Wichse bedürfe und dass er zwei Bürsten in einer Woche vollständig abnutze. Dagegen ist jene Nachricht als durchaus schlechte und böswillige Erfindung zu bezeichnen, dass ein junger Stallmeister im Gestüt der Stadt, in welcher sich unsere Garnison befand, sich von den abgenutzten Stiefeln die Schäfte erbitte, um sich starklederne – Reithosen davon machen zu lassen.

Unser Kapellmeister lebte und webte nur für die Musik. Seine

Konzerte, die er mit der trefflich geschulten Regimentskapelle gab, waren wirkliche Elitekonzerte und wurden von der ersten Gesellschaft der Stadt vorzugsweise gern besucht. Auf stramme Zucht innerhalb seiner Kapelle verstand er sich vortrefflich. Er hat mich auch von einer falschen Ansicht bekehrt. Ich war früher immer der Meinung, die rauhen Sitten würden durch die Musik und die Beschäftigung mit ihr gemildert. Da war ich im Irrtum. Unser Kapellmeister war nicht nur ein ausübender guter Künstler, sondern auch ein Komponist von eigenem Ruf, aber was er noch besser verstand, als beides, war eine Grobheit sonder gleichen, Wenn wir einen ganz besonders groben Menschen bezeichnen wollten, so sagten wir, er komme hinsichtlich der „göttlichen Grobheit" dem Kapellmeister nahe. Gleich kam ihm darin niemand! –

Diese Grobheit erstreckte sich indess keineswegs auf seine außerdienstliche Umgebung. Er „klappte" dann mit einem Male „um", wie man zu sagen pflegt. In seinem Hauswesen war er ein musterhafter und liebenswürdiger Gatte, ein zärtlicher Vater. Im Verkehr mit anderen war er heiter und witzig; stand er aber mit dem Dirigentenstabe vor seiner Kapelle, dann war er wie umgewandelt. Er hatte seine Hautboisten * [Militärmusiker] aber auch im Zuge, wie selten der Dirigent einer Militärkapelle.

Außer seiner Familie hatte der Kapellmeister noch eine Art närrischer Liebe zu einem anderen lebenden Wesen, und das war sein Hund. Wenn es ein hübsches, kluges Tier gewesen wäre, so hätte man seine Vorliebe für den Köter begreiflich finden können, es war aber ein kleiner unansehnlicher, schmutziger und durchaus nicht intelligenter „Rattenfänger", auf den Namen „Ratte" hörend, der sich in das Herz seines Herrn und Gebieters so eingestohlen hatte, dass man ihn, wenn nicht gerade der Dienst ihn abhielt, selten ohne „Ratte" auf den Straßen und in den Restaurants sah. –

Ein Umstand besonders machte diese Anhänglichkeit des Kapellmeisters zu seinem Hunde psychologisch merkwürdig. Für ihn selbst waren Musiktöne die höchste Wonne, für „Ratte" die schrecklichste Pein. Der kleine Rattenfänger durfte nirgends sein, wo gespielt wurde; welches Instrument es auch immer sein mochte, sofort setzte er sich auf seine Hinterbeine und heulte so entsetzlich, dass auch strickartige Nerven, wie sie unseren Rekruten aus der Lüneburger Haide nicht mit Unrecht zugeschrieben werden, davon auf das empfindlichste affiziert [gereizt] wurden.

Zwischen dem Geheul eines Hundes und dem eines anderen liegt oft ein merkwürdiger Unterschied. Jeder Hundekenner wird mir das bestätigen. Es gibt Hunde, die selbst beim Heulen noch einen natürlichen Anstand bewahren und in dem Geheul selbst das a, fis, dis so richtig und schön treffen, dass ein Wagnerenthusiast, der den Hund selbst nicht sieht, in den Glauben kommen könnte, auf einer verstimmten Klarinette werde irgend ein Wagnerisches „Leitmotiv" geblasen. –

„Ratte" war auch in dieser Beziehung ein ganz widerwärtiges Tier. Er war permanent heiser; sein Gebell klang wie das Zusammenschlagen zerbrochener eiserner Kochtöpfe und wenn er anfing zu heulen, schlichen selbst die anwesenden Hundebrüder mit eingekniffenem Schwanze beschämt davon. Das vertrugen selbst Hundenerven nicht. –

„Ratte" war renitent wie ein gesperrter katholischer Geistlicher. Hatte er einmal mit dem Geheul begonnen, so konnte man ihn halbtot schlagen, er hörte nicht auf. Und wenn er, was zuweilen passierte, auf dem Kasernenhofe gegen Mittag, vor der Parole, sein „Leitmotiv" ertönen ließ, so brachten ihn die aus jedem Kasernenfenster an den Kopf geschleuderten Pantoffeln, Schemelbeine etc. so wenig außer Fassung, dass er nur seinen bedrohten Platz wechselte, sich an einem andern niederließ, und mit „frischen Kräften" sein heiseres Geheul wieder begann.

„Ratte" wurde von seinem Herrn geliebt, von jedem andern zweibeinigen Wesen aber gründlich verabscheut. Ich glaube, kein

Hund hatte eine so prügelvolle Lebenszeit hinter sich, wie „Ratte". Die Schulkinder warfen mit Steinen nach ihm, die Soldaten gaben ihm einen Fußtritt, wenn sie ihm begegneten und die Offiziere scheuchten ihn mit den Degen fort, aus Furcht, er möchte sich in ihrer Nähe aufhalten. –

Stabsoffizier eines Infanterieregimentes im Überrock mit Helm

Kurz vor der Zeit, in welcher die kleine Episode spielt, die ich meinen Lesern erzählen will, hatte bei unserem Regimente ein Wechsel im Kommando desselben stattgefunden. – Unser alter Oberst, der jeden seiner Unteroffiziere persönlich kannte und der jovialste Mann von der Welt war, hatte sich pensionieren lassen. Er war vielleicht bei seinem guten Herzen und seinem leutseligen Wesen der einzige Offizier gewesen, der selbst „Ratte" in seiner Nähe duldete. So lange er im Kommando war, ließ er es auch geschehen, dass der Kapellmeister, von seinem Köter begleitet, mittags zur Parole kam.

Da kam der von allen Offizieren und den unteren Chargen mit Bangen erwartete neue Oberst. Ein Oberstenwechsel ist für die

Angehörigen eines Regiments ungefähr dasselbe, wie eine zweite Heirat für einen Witwer. Man weiß, was man gehabt hat und weiß nicht, was kommt. Von unserem neuen Oberst ging die Rede, er sei der „strammsten und schneidigsten" einer, Grund genug, um die Sekonde-Leutnants erzittern zu machen und den Hauptleuten ein unbehagliches Gefühl zu verursachen.

Das unbehagliche Gefühl vor der Ankunft des neuen gestrengen Herrn Kommandeurs sollte noch einem unbehaglicheren weichen, als derselbe endlich eingetroffen war und das Regiment übernommen hatte. –

Gleich am ersten Tage, als der neue Oberst zur Parole kam, runzelte er die Stirn und wandte sich mit finsterem Blicke an seinen Adjutanten.

„Herr Leutnant, ich wünsche den Kasernenhof nicht als Hundezwinger benutzt zu sehen. Wem gehört jener Bernhardiner?"

„Dem Herrn Hauptmann von Hünfeld!"

„Hm! Und jene Dogge dort?"

„Dem Leutnant von der Wettern!"

„Hm! Hm! Und jene drei Köter dort, für die ich keine Namen habe?"

„Den Leutnants X., Y. und Z., Herr Oberst!" –

In diesem Augenblicke kam „Ratte" auf den Kasernenhof, sah seine größeren Genossen und fühlte wahrscheinlich das Bedürfnis, sich bei ihnen zu melden, denn er lief rücksichtslos durch die Beine der Offiziere, trotzdem er wieder am ganzen Körper schmutzig aussah, um auf dem geradesten Wege zu jenen zu gelangen, die im Gefühl ihrer Würde als Offiziershunde sich neben ihren Herren aufhielten und es verschmähten, den Ernst der Paroleausgabe durch läppisches Spielen mit einander oder durch Ausübung anderer Hundegepflogenheiten zu unterbrechen.

Gerade als der Oberst bei seinem Adjutanten die Hunde-Inquisition begann, kam „Ratte" in seine Nähe, wahrscheinlich war ihm von dem „neuen" Oberst noch nichts auf dienstlichem oder außerdienstlichem Wege mitgeteilt worden, denn er nahm ebenso rücksichtslos wie bei den niederen Chargen seinen Weg durch die obristlichen geheiligten Beine.

„Pfui Teufel!" fuhr dieser auf, als zwischen seinen eigenen Beinen plötzlich die hässliche „Ratte" sichtbar wurde. „Wem gehört denn dieses kleine Scheusal?" Und mit diesen Worten stieß er mit der Fußspitze den Hund von sich, der ein solches Attentat gegen seine Weichen mit einem wütenden heiseren Gebell beantwortete.

„Dem Kapellmeister, glaube ich, Herr Oberst!" war die zögernde Antwort des Adjutanten.

„So!" knurrte der Oberst mit einem vernichtenden Blick auf sämtliche Hunde, soweit sie seinen Augen erreichbar waren. – „Dann, bitte, Herr Leutnant, notieren Sie den folgenden Befehl: „Zu meinem Erstaunen habe ich gesehen, dass die Herren Offiziere ihre Hunde zum Dienst mitbringen. Ich wünsche, dass dies in der Folge unterbleibt. – So, Herr Leutnant, und zur persönlichen Information der Herren durch Sie will ich noch hinzufügen, dass ich jeden Hund ersäufen lasse, den ich noch einmal während der Parolezeit auf dem Kasernenhofe erblicke, haben Sie verstanden?"

Der Leutnant und Regimentsadjutant verbeugte sich. Auf seinem Antlitz war es dunkel und trüb geworden. Bei diesem Oberst war es gewiss auch keine Freude, die Adjutantur zu versehen.

Mit wunderbarer Schnelligkeit wurde der Befehl des Obersten noch während der Paroleausgabe bekannt. Die Leutnants ließen ihre Hunde sofort in die Kaserne schaffen. Der Oberst bemerkte das und ein flüchtiges Lächeln der Befriedigung spielte um seine Lippen. Der arme Kapellmeister, der mit seinen Hautboisten weiter von den Offizieren entfernt stand, hatte von dem Befehle noch nichts erfahren und so war es denn auch ganz natürlich, dass der einzige Hund, der jetzt noch auf dem Kasernenhofe umherlief – „Ratte" war. –

Der Herr Oberst hatte den Major des ersten Bataillons in ein Gespräch über dienstliche Dinge gezogen und erörterte seine Ansicht über den vorschriftsmäßigen Sitz der Patronentaschen in längerer und wohlgesetzter Rede, als dicht hinter ihm „Ratte" den Versuch machte, zu heulen.

Aufs Höchste indigniert sah sich der Oberst um und erblickte, kaum zwei Schritte hinter sich, „Ratte" auf den Hinterbeinen sitzend, den Kopf gegen die oberen Etagen der Kaserne gehoben und in kurzen Absätzen, gleichsam als Ouvertüre eine längere Heulsymphonie, kurze Heultöne hervorstoßend.

„Mein Gott, ist denn der scheußliche Köter noch immer da?" rief der Oberst zornig. „Wem gehört denn das Vieh?"

„Dem Kapellmeister, glaube ich, Herr Oberst!" sagte der Major.

Der Oberst winkte seinem Regimentsadjutanten.

„Rufen Sie mir den Kapellmeister!"

Dieser kam, so schnell es seine großen Füße erlaubten, heran.

Der Oberst hatte zierliche Füße und trug sie tadellos beschuht. Als sein Blick auf die Riesenpedale des armen Kapellmeisters fiel, die noch überdies in groben und klotzig aussehenden Kommissstiefeln steckten, wurde die Furche auf seiner Stirn noch tiefer und er herrschte den vor ihm Stehenden an:

„Wer hat Ihnen gestattet, Ihren Köter mit zum Dienst zu bringen? Ich verbitte mir das, verstanden? Ein solches Vieh gehört auf die Landstraße, aber nicht in den Hof einer Kaserne, in welcher Truppen Sr. Majestät liegen. Dass mir der Hund nicht wieder vor die Augen kommt!"

Der Kapellmeister machte kehrt und pfiff seinem Hunde. Ungern nur schien „Ratte" dem Rufe seines Herrn zu gehorchen und er schickte sich erst dann zu einem schnelleren Laufe an, als die Degenscheide des Regimentsadjutanten mit hartem Schlage über seinen Rücken fuhr. Einer der nicht etatmäßigen jüngeren Hautboisten erhielt den Auftrag, Ratte vom Kasernenhof zu führen. Dies gelang jedoch erst, als der Musiker ihn auf den Arm nahm und ihn ein paar Schritte weit fortbrachte. Für die Beschmutzung seiner Uniform durch den Hund rächte er sich, indem er „Ratte", bevor er ihn ans seinen Händen entließ, mit der einen Hand am Kopfe festhielt und mit der anderen so tüchtig das Fell gerbte, dass dem kleinen Hunde, nachdem er ein gellendes Geheul ausgestoßen, vor Schmerz und Heiserkeit die Stimme versagte und er endlich freigelassen, mit so tollen Sprüngen sich von der Stätte der militärischen Disziplinargewalt entfernte, als es seine kurzen Beine nur gestatten wollten.

„Ratte" hatte sich im ersten Augenblick den Hass des neuen Obersten zugezogen und wahrhaftig!, der kleine Hund tat das möglichste, um dieses Gefühl bei dem Regimentskommandeur immer intensiver zu gestalten.

Unglücklicherweise lag die Wohnung des Kapellmeisters in derselben Straße, in der unser Oberst sein Domizil aufgeschlagen. „Ratte" hatte mit seinem Minimum von Instinkt dies dennoch gemerkt, und wenn er an das Gitter des Vorgartens kam, begann er sofort sein abscheuliches heiseres Gebell, das er so lange fortsetzte, bis er an dem Gebäude vorüber war. Ja, einer der Posten, die vor dem Gebäude standen, wollte ihn eines Nachts im Vorgarten selbst bemerkt haben, wie er sich gerade vor dem Hause des Regimentskommandeurs in Position setzen wollte, um wahrscheinlich ein Rachekonzert loszulassen, das seines Gleichen in den Annalen nächtlicher Hundeserenaden kaum gehabt hätte. Ein derber Kolbenstoß des Postens hatte der „Ratte" indes am Ende doch klar gemacht, dass Gewalt vor Recht gehe und die gestörte Nachtruhe des Obersten denn doch am Ende kein Äquivalent für einen braun und blau geschlagenen Buckel bilde.

Einen Tag in der Woche gab es, an dem „Ratte" – des Vormittags wenigstens – im Hause eingesperrt wurde, das war der

Sonntag. Schlag 12 Uhr fanden vor dem alten unbewohnten Schlosse des kleinen Städtchens auf einem von Bäumen umgebenen Platze, auf dem sich auch die sogenannte Hauptwache, die als Arrestlokal diente, befand, „Parade" statt. Die Parade bestand allerdings nur in Paroleausgabe unter Gegenwart aller nicht etwa dienstlich behinderten Offiziere, was aber der „Parade" die Anziehungskraft gab, war das Musizieren der Regimentskapelle von 12 bis 1 Uhr. Die lange und schattige Lindenallee vor dem Schlossgarten war alsdann die Promenade der fashionablen [eleganten, vornehmen] Gesellschaft der Stadt, besonders der Offiziersdamen und ihrer Angehörigen. Während dieser Stunde wurde aus nunmehr dem Leser leicht erklärlichen Gründen „Ratte" streng zu Hause gehalten.

Könnte ich dem kleinen Rattenfänger auch nur eine kleine Portion Überlegung zutrauen, so nähme ich keinen Anstand, kecklich zu behaupten, diese sei durch die persönliche Feindschaft des Regimentskommandeurs so genährt worden, dass sie der Konzeption [des geistigen Einfalls] einer außerordentlichen Tat fähig war. Als am Sonnabend Abend der Kapellmeister aus einem Privatkonzert nach Hause zurückkehrte, war nach der Begrüßung seiner Frau und Kinder die erste Frage:

„Wo ist Ratte?"

Ja, wo war die kleine „Ratte"? Niemand wusste es, das ganze Haus wurde abgesucht, der Keller und der Oberboden durchspäht, der Garten durchforscht, „Ratte" erschien nicht. Der Kapellmeister ging auf die Straße hinaus und pfiff, erst leise, dann immer lauter – „Ratte" kam nicht zum Vorschein.

„Er kann sich doch nicht verlaufen haben!" sagte der Kapellmeister endlich ärgerlich, als er das Fruchtlose seiner Bemühungen einsah – „aber – der Teufel solle den holen, der dem armen Tiere etwas zu Leide getan hätte!"

In der Nacht konnte der Kapellmeister nur recht schlecht

schlafen. Er träumte, jemand habe seinen geliebten Hund in die große Pauke gesperrt und lasse ihn darin verhungern, um aus seinen Därmen nachher Saiten machen zu können. Unwirsch stand er am nächsten Morgen auf, lief wieder in den Garten, den Keller, auf den Boden und setzte sich endlich missmutig mit seiner Familie an den Kaffeetisch.

„Ratte" war nicht erschienen und es gab absolut keine Spur von ihm.

Der Mittag nahte heran – der Kapellmeister musste zum Dienst. Ärgerlich stülpte er seinen Helm auf den Kopf, gürtete sein Koppel mit dem Offiziersseitengewehr um und griff nach seinem Taktierstocke, um sich auf den Weg zum Paradeplatze zu machen. „Ratte" war nicht da. „Ratte" war auf allen Straßen nicht sichtbar, ja, wen auch der gute Kapellmeister fragen mochte, „Ratte" war von niemandem gesehen worden!

Bei der heutigen Parade wollte der Oberst zum ersten Male die Regimentskapelle hören. Er hatte eigenhändig das Programm aufgesetzt und er hatte Musikverstand, der Herr Oberst, das musste man sagen! Die gute Durchführung dieses Programms war der beste Prüfstein für die Leistungen der Kapelle. Das fürchtete der Kapellmeister nun am wenigsten, was ihn kränkte, war die Abwesenheit seiner über alles geliebten „Ratte". –

Die Paroleausgabe begann. Mit dem Schlage 12 erschien der Regimentskommandeur und sofort schmetterten die Töne eines feurigen Marsches durch die klare Sommerluft; die Paroleausgabe nahm ihren Fortgang und Musikpièce auf Musikpièce [Musikstück] brauste über den Paradeplatz dahin. Der Oberst promenierte mit seiner Gattin, einer eben so leidenschaftlichen Musikfreundin, wie er selbst einer war, durch die lange Allee. –

„Die Kapelle ist gut. Muss dem Kapellmeister nachher mein Kompliment sagen. Wenn der Kerl nur den niederträchtigen Hund nicht hätte!"

Aber der Kapellmeister war heute gar nicht mit voller Seele bei den Kompositionen, deren Klänge so gewaltig, so feurig bald und bald so zart in die Weite schallten; er dachte an „Ratte", seine kleine, gute Ratte, die von allen Menschen vertrieben und geschlagen wurde und die er doch so gern hatte.

Wieder war ein Musikstück zu Ende. Das letzte sollte an die Reihe kommen. Der Oberst kam langsam die Allee heraufgeschritten. Wenn der letzte Ton verhallt war, wollte er dem Kapellmeister ein paar anerkennende Worte sagen.

Die Ouvertüre zu „Dichter und Bauer" sollte das Programm beschließen. Der Kapellmeister hustete, die Hautboisten erhoben ihre Instrumente, jetzt hob er den Taktstock und schmetternd setzten die Trompeten ein, die Klarinetten und die anderen Holzinstrumente folgten und mit dumpfem Schlag gab die Pauke von ihrer Existenz hier und dort Zeugnis.

Jetzt kam das Adagio. Der Oberst freute sich schon darauf. Die Trompeten hatten noch die Begleitung, jetzt sollten diese schweigen und die Holzbläser die weiche schöne Melodie blasen, da – im Augenblick, wo der Kapellmeister ihnen das Zeichen geben muss, fällt sein Blick auf seine Füße. Himmel! Zwischen seinen beiden Füßen sitzt – „Ratte" auf den Hinterpfoten und gerade in dem Moment, als die ersten weichen Töne des Adagio hinausschallen, beginnt der Unglückshund ein Freudengeheul, dass zwei, drei Klarinettisten entsetzt einhalten, – die Begleitung setzt nicht ein – ein schrecklicher Misston – die Musik schweigt ganz und aus dem bunten Kreise dringt ein langgezogenes heiseres Gebell, so dass die Gaffermenge ringsum im Kreise in ein johlendes Lachen ausbricht.

Da eilt der Oberst heran. „In des Teufels Namen, was ist denn das?!" Der Kreis der Musikanten öffnet sich, der Oberst tritt in die Mitte und der erste Blick fällt auf „Ratte", der vor seinem Herrn sitzend und diesen unverwandt anschauend, noch immer sein heiseres Bellsolo unbekümmert um die Fußtritte seines eigenen Herrn und Gebieters fortsetzt.

„Lassen Sie Ihre Leute abtreten, Kapellmeister!" befiehlt der Oberst.

Der Arme ist geknickt, gebrochen. Sein Ruhm als Kapellmeister ist dahin, der strenge Kommandeur wird ihm schon die Folgen zeigen.

Der Oberst winkt dem Kapellmeister. Zögernd folgt dieser. „Ratte" will ihm folgen, aber ein so nachdrücklicher Fußtritt von den Riesenstiefeln seines Herrn trifft ihn, dass er zaudernd stehen bleibt und ob dieser, ihm ganz ungewohnten Behandlung sogar sein Heulen vergisst.

„Kapellmeister!" beginnt der Oberst streng. „Ich habe Ihnen verboten, den Hund mit zum Dienst zu bringen. Wie kommt das Tier hierher?"

„Er wird sonst jeden Sonntag eingesperrt, Herr Oberst," sagte der Kapellmeister stockend. „Gestern ist er fortgelaufen, erst soeben habe ich ihn wiedergesehen, in dem Augenblick – "

– „Als ich die herrliche Ouvertüre mit Heulbegleitung hörte, ja! – Ich rechne Ihnen das nicht so hoch an. Ihre Kapelle ist gut geschult. Fahren Sie so fort und meine Schuld wird es nicht sein, wenn der Titel ‚Musik-Dirigent' allzulange ausbleibt."

Eine Blutwelle schoss dem guten Kapellmeister ins Antlitz. Solch' freundliche Beurteilung hatte er nicht zu hören erwartet.

„Herr Oberst! Es soll gewiss –"

„Still, Kapellmeister! Aber eins verlange ich von Ihnen noch. Trennen Sie sich von dem abscheulichen Hunde, hören Sie! Befehlen kann ich es Ihnen nicht, aber ich bitte Sie darum. Ich kann das Tier nicht leiden!" –

Der Oberst ging.

Gedankenvoll kam der Kapellmeister nach Hause. „Ratte" sprang neben ihm her und kläffte heiser in einem fort. Er hatte keinen Blick für den Hund. Hatte der in Aussicht stehende Titel alle Liebe zu dem kleinen Tier in ihm erstickt? Fast schien es so.

Am Montag kam die Bauerfrau aus einem nahen Flecken, welche der Kapellmeisterin die Butter lieferte. Als sie das Haus verließ, war der Korb mit Stricken wohl verschnürt und aus dem Innern drang ein bekanntes heiseres Geheul. „Ratte" saß darin. –

In der Garnisonstadt ist Ratte nie wieder gesehen worden. Was aus ihm geworden ist, weiß ich nicht.

Wenige Wochen nach dem Manöver ist der Kapellmeister Königlicher Musik-Dirigent geworden. Der strenge Oberst protegiert ihn noch heute. Von „Ratte" ist aber zwischen ihnen nie mehr die Rede gewesen.

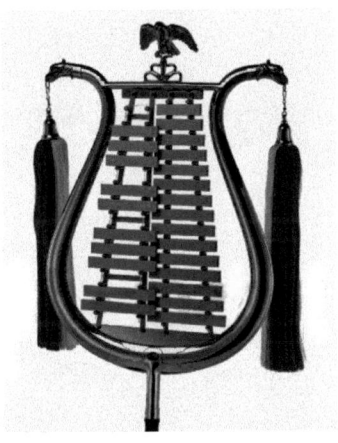

Glockenspiel – Militärlyra
Symbol für Militärmusik

Manöverorte Infanterieregiment Nr. 77 (1873-1891)

Der Manövergaul.

auptmann von Schmid vom 2. Bataillon unseres Regimentes war ein Pferdekenner, wie man sich keinen besseren wünschen konnte. So glaubte er selbst wenigstens und seine Offiziere bestritten dies keineswegs, wenn sie sich seiner hageren Figur, seinem roten Gesichte mit dem struppigen, starken Schnauzbart und den wasserblauen, etwas verschwommen dreinschauenden Augen gegenüber sahen. Unter seinen Vorgesetzten indes herrschte über des Hauptmanns Kenntnis in Bezug auf jene Vierfüßler, die in den Ausgabe-Etats eines Infanteriehauptmanns eine so große Rolle zu spielen pflegen, eine sehr geteilte Ansicht. Während einige meinten, der Hauptmann könne ganz gut einen Rappen von einem Schimmel unterscheiden, behaupteten andere, er sei das willkommenste Versuchsobjekt aller Rosstäuscher und bezahle seine Pferde – denn er wechselte fast alle zwei Monate mit denselben – mindestens um die Hälfte zu teuer.

Hauptmann von Schmid gehörte zu jener Kategorie von Offizieren, denen der Dienst und alles, was mit diesem zusammenhängt, über die eigene Person geht. Seine Rekruten zu drillen, war für ihn eine Herzensfreude; seine Mannschaft eine Stunde über die festgesetzte Zeit hinaus auf dem großen Exerzierplatz vor der Kaserne umhermarschieren zu lassen, war sein Vergnügen; neue Pferde aber für einen möglichst hohen Kaufpreis zu erwerben, seine Leidenschaft! –

Diese Leidenschaft kostete den guten Hauptmann viel Geld. Er hatte aber auch ein seltsames Pech mit seinen Pferden. Wenn er sie kaufte, waren es wahre Prachttiere oder sie schienen es wenigstens zu sein; hatten sie aber nur ein paar Tage in seinem Stalle gestanden, so zeigten sie sich fast immer als das, was sie wirklich waren: als störrische, alte, unbrauchbare Pferde, die durch allerhand Rosstäuscherkniffe auf wenige Stunden ein mutiges und feuriges

Aussehen bekommen hatten.

Kurz vor dem Beginn der Manöver hatte der „Pferderappel" – so nannten wir höchst ungebührlicher Weise diese Eigentümlichkeit unseres braven Hauptmanns – diesen wieder einmal gepackt. In der Tat, seine beiden letzten Pferde wären auch für den Manöverdienst schlechterdings unbrauchbar gewesen. Das eine von ihnen hatte auf ganz unerklärliche Weise, so behauptete der Hauptmann, plötzlich den Einfall bekommen, auf allen vier Beinen lahm zu sein und das zweite war nach dem übereinstimmenden Urteile sämtlicher Pferdekenner nur dann zum Laufen zu bewegen, wenn eine Säbelklinge fortwährend sein Hinterteil bearbeitete.

Seit zwei Tagen war der Hauptmann mit jenem Eifer, der ihn bei solchen Gelegenheiten zu beseelen pflegte, mit dem Pferdekauf beschäftigt. Am dritten Tage – es war gerade der Tag vor unserem Ausmarsch aus der Garnison – kam er freudestrahlend auf den Kasernenhof, wo wir soeben zum letzten Appell in Manöversachen angetreten waren. Mit vor Freude leuchtenden Augen versicherte er unserm alten dicken Feldwebel, er habe soeben einen prächtigen Kauf gemacht. Er habe nämlich einen prachtvollen Fuchs gekauft, den schon ein Rittmeister bei den Braunschweiger Husaren * in der Front geritten habe, und der ein Manöverpferd sein würde, wie er es sich seit langen Jahren, leider stets vergeblich, gewünscht habe. Der Feldwebel beeilte sich natürlich, dem Hauptmann zu dieser Requisition Glück zu wünschen, aber er tat dies mit der Miene eines Mannes, der von goldenen Bergen erzählen hört und gewiss zu sein glaubt, dass der Erzähler ganz gehörig aufschneidet.

Das neue Manöverpferd steckte unserm Alten so im Kopfe, dass er den Appell mit einer Flüchtigkeit abhielt, die seiner sonstigen Gewohnheit total zuwider war. Die Mäntel vierter Garnitur, die zum Manövergebrauch erst am Tage vorher ausgegeben waren, befanden sich in einem solchen Zustande, dass es einen Hund hätte erbarmen können; aber unser Hauptmann, der sonst den kleinsten

Riss, die geringste aufgeplatzte Naht erblickte und ob eines abgerissenen Knopfes ein schauderhaftes Lamento erhob, als sei die ganze Existenz des Heeres in Frage gestellt, warf heute nur einen flüchtigen Blick auf diese Raritäten der Kompaniekammer, in denen die Urenkel alter und verbreiteter Mottenfamilien noch immer ungestört ihr fressendes Dasein dahinlebten, und hob den Appell so schnell auf, dass uns die anderen Kompanien halb erstaunt und halb neidisch nachblickten. Ja, unser Alter wartete nicht einmal die Parole ab, sondern ging sporenklirrend und so schnell ihn seine langen Stelzenbeine trugen, davon und seiner Wohnung zu. Es war vorauszusehen, dass sein nächstes Ziel sein Pferdestall sein würde.

Am folgenden Morgen stand das Regiment um 5 Uhr früh marschfertig da. Der Premierleutnant hatte uns vom Kasernenhofe zu dem Teile des Exerzierplatzes geführt, wo sich die Bataillone aneinander reihten. Der Hauptmann war noch nicht da, und unser dicker Feldwebel, dem in der Erwartung der kommenden heißen Manövertage schon jetzt der Schweiß in dicken Perlen auf der Stirn stand, schüttelte unruhig den Kopf. Bei solchen Anlässen pflegte unser Alter stets der Erste auf dem Platze zu sein.

Die Regimentsmusik, die uns zum Tore „hinausblasen" sollte, stellte sich schon am rechten Flügel des Bataillons auf; die Herren Majors hielten auf dem Kasernenhofe und hatten noch angelegentlich mit ihren Burschen – wahrscheinlich wegen des Marschproviantes – zu konferieren. Sämtliche übrigen Hauptleute waren da, nur einer fehlte und das war Hauptmann von Schmid. –

Der Herr Oberst kommt! lief es von Mund zu Mund, und in der Tat erblickte man hinten bei dem Kasinogebäude am Ende des Exerzierplatzes eine leichte Staubwolke, welche indessen nicht dicht genug war, um den dicken Oberst und seinen langen hageren Regimentsadjutanten gänzlich in sich zu verhüllen.

In demselben Augenblicke sah man auch von der Stadtseite her einen Offizier herangaloppieren. Aller Augen wandten sich ihm zu. Es war aber auch ein herzerhebender Anblick, unseren alten Hauptmann, denn dieser war es, auf seinem neuen Manöverpferde daher brausen zu sehen. Allerdings war sein Reiten, wie man bei seinem Näherkommen bemerkte, ein recht eigentümliches. Er flog bei jedem Satze des Pferdes hoch in die Höhe und sein Helmadler saß nicht mehr vorschriftsmäßig in der Mitte der Stirn, sondern fast auf dem rechten Ohr; dabei riss er mit einer Hast an den Zügeln, die selbst einem arglosen Zuschauer verräterisch erschienen wäre.

Jetzt war er bis auf 30 Schritt an die Front herangekommen und ein paar ältere Hauptleute, seine Freunde, ritten ihm mit lachendem Gruß entgegen, aber was war das? Kirschbraun im Gesicht, mit straff angezogenen Zügeln und selbst fast hinten im Sattel liegend, jagte der Hauptmann an ihnen vorüber, unmittelbar auf die lebende Mauer der Soldaten zu, die beim Anblick des immer näher auf sie eingaloppierenden Pferdes zu wanken und sich zu teilen begann, so eine Lücke bildend, durch die unser armer Hauptmann hindurchjagte, alles in grenzenlosem Erstaunen hinter sich zurücklassend.

„Bei Gott!" sagte der Major unseres Bataillons, der soeben an unserer Front vorüber ritt – „wenn das Hauptmann von Schmids neuer Manövergaul ist, so hat er ja zum ersten Male ein Pferd bekommen, das laufen kann." „Stillgestanden !" donnerte er unmittelbar darauf. „Gewehr – auf! Achtung! Präsentiert das Gewehr!"

Der Oberst hatte soeben den linken Flügel des Füsilierbataillons * erreicht und ritt nun in kurzem Trabe an unserer Front hinunter:

„Guten Morgen, Füsiliere!"

„Morgen, Herr Oberst!" rauschte es zurück und kurz hinter einander kamen die beiden anderen Begrüßungen. „Morgen, zweites Bataillon!" und „Morgen, erstes Bataillon!" worauf wieder, wie das Rauschen der Brandung am Klippenstrand, die Antwort zurückhallte: „Morgen, Herr Oberst!"

Die Hauptleute hielten, die Hand am Helm, hinter ihren Kompanien, aber heute schienen sie alle merkwürdig wenig Interesse für den gestrengen Herrn Regimentskommandeur zu haben, denn jeder schaute, nachdem der Oberst seine Kompanie passiert, schnell hinüber nach dem grünen Wiesenplan, der sich an den Exerzierplatz anschloss, und auf dem ein Reiter wie toll im Kreis herumjagte.

Die Musik schwenkte links ab. Der Kapellmeister hob den Stock und der Tambourmajor wirbelte seinen mächtigen Stab ein paar Mal um seinen Kopf. Die Trommler und Pfeifer fingen an, wacker ihre Instrumente zu bearbeiten und dann kam ein dumpfer Schlag auf die große Trommel – jene schwiegen und mit einem lustigen Marsch setzten die Hautboisten ein.

„Erster Zug gerade aus! Mit Zügen rechts – schwenkt – Marsch!" krähte der kleine Major des ersten Bataillons und in den bekannten Zugabständen defilierten die Züge mit angefasstem Gewehr noch einmal vor dem Oberst vorüber, um dann, am Ausgange des Exerzierplatzes angelangt, in Sektionen abzubrechen. Und nun entwickelte sich das Regiment als lange glänzende Schlange, tapfer nach dem Takte der Musik die Straßen der kleinen Stadt passierend, die es für kurze drei Wochen mit dem gelobten Manöverlande vertauschte.

Wir passierten gerade die letzte Vorstadtstraße, als ein mächtiges Schnaufen neben unserer Kompanie uns alle zur Seite schauen ließ. Unser Hauptmann war da. Ohne Atem fast, er wie das ganze Pferd mit Schweiß bedeckt, rang der Alte unter keuchendem Pusten nach Luft. Dabei hatte er die Zügel so fest angezogen, dass der hochbeinige Gaul den Kopf hoch in die Luft hielt und mit den Vorderbeinen sich ebenfalls mehr in der Luft als auf dem holprigen Straßenpflaster befand.

Auf einen Wink des Hauptmanns – es war eigentlich nur ein

mehrmaliges energisches Rückwerfen des Kopfes, denn die Zügel schien er aus bestimmten Gründen nicht fahren lassen zu wollen – eilte der Feldwebel, hastig sein dickleibiges Notizbuch hervorreißend, an seine Seite. Das Pferd sah sich mit einem eigentümlichen Blick nach ihm um, der Feldwebel hatte aber nur Augen und Ohren für seinen Kompaniechef, trotzdem ein herausfordernd klingendes kurzes Gewieher des Gaules ihn eigentlich hätte aufmerksam machen sollen.

„Hhm!" meinte der Hauptmann, während er keinen Blick von den steif in die höhe gerichteten Ohren seiner neuen „Akquisition" abwandte – „Was sagen Sie zu meinem neuen Pferde, Feldwebel – he? – "

„Scheint Feuer zu haben! – Sehr schönes Pferd, Herr Hauptmann!" gab der dicke Feldwebel mit einem kindlichen Ausdruck der vollkommensten Überzeugung in seinem Vollmondgesicht zur Antwort.

„Will ich meinen! Kapitales Pferd! Reiner Adjutantengaul! Will Ehre mit ihm einlegen! Muss ihn nur ein wenig scharf in den Zügeln hatten!"

Der Feldwebel versuchte seine Devotion gegen den Reiter dadurch zu dokumentieren, dass er den Hals des Tieres zu streicheln begann. Er hatte jedoch kaum seine Finger mit der Haut desselben in Verbindung gebracht, als er mit allen Zeichen des Schreckens und einem halblauten Fluch zurückfuhr, denn das Pferd hatte blitzschnell den breiten, unschönen Kopf zur Seite gewendet und mit einem außerordentlich boshaften Ausdruck in den Augen, nach seiner Hand geschnappt.

– „Ah! Ah! – Ajax!" sagte der Hauptmann beruhigend, ohne indes die Zügel zu verlängern. Der hochbeinige Braune hieß also Ajax. Ob der Hauptmann erst ihm diesen ebenso schönen wie in diesem Falle völlig unpassenden Namen gegeben, oder ob der Pferdehändler ihn so genannt, habe ich leider nie in Erfahrung bringen können. Sollte doch auch Ajax' Tätigkeit als Manöverpferd nur eine beschränkte sein!

In den ersten Tagen des Manövers, die dem Brigadeexerzieren gewidmet waren, ging die Sache mit dem Ajax gar nicht so übel. Freilich gingen schon einige dunkle Gerüchte durch das Regiment, das ganz urplötzlich für Ajax ein besonderes Interesse hatte. Dass der hochbeinige Gaul zu der berüchtigten Sorte der Durchgänger gehörte, stand fest. Dafür lieferte ein Vorfall, der am Nachmittage unseres ersten Ruhetages in W. passierte, einen vollgültigen Beweis. Der Hauptmann hatte sich nach dem Mittagessen seinen Gaul satteln lassen, um einen Spazierritt in die Umgegend zu unternehmen. Sein Pferdebursche versicherte nachher, der Ajax habe laut und freudig aufgewiehert, als der Hauptmann sich in den Sattel geschwungen und das Gewieher habe gerade so geklungen, als lache ein Mensch so recht teuflisch. Tatsache war, dass Stunde auf Stunde verging, ohne dass Reiter und Ross zurückkehrten. Der Abend brach herein, kein Hauptmann, kein Ajax ließ sich sehen. Beim Dunkelwerden aber liefen allerhand seltsame Meldungen ein. In W. lag der Regimentsstab und die Parole-Empfänger für die sämtlichen Kompanien waren erschienen, um die Befehle für den folgenden Tag zu holen. Und da ergab sich denn etwas ganz Merkwürdiges: fast jeder von ihnen hatte unseren Alten wie rasend umhergaloppieren sehen, aber jeder – an einem anderen Orte. Und da diese Orte oft halbe Meilen weit voneinander entfernt waren, so lag die Vermutung außerordentlich nahe, dass Ajax mit seinem Herrn eine Rundreise durch sämtliche um W. herumliegende Dörfer angetreten habe und zwar mit der etwas vom Althergebrachten abweichenden Modifikation, dass Ajax zwar der gerittene, unser Alter aber der geführte oder meinethalben verführte Teilhaber der Spedition war.

Eigentliche Klarheit über die Ereignisse dieses Nachmittages ist nie zu erlangen gewesen. Was darüber bekannt wurde, ist folgendes: Der Hauptmann hatte, als er endlich auf dem schweißtriefenden Gaule wieder im Kantonnementsorte * [Standort] angekommen war, seinem Pferdeburschen die Zügel zugeworfen, nachdem er deren Enden ein paar Mal dem Pferde rechts und links um die Ohren geschlagen hatte. Dazu hatte er ein paar gräuliche Flüche ausgestoßen und war alsdann mit seltsam steifen Beinen in sein Quartier hinaufgegangen. – Abendessen hatte er nicht begehrt, sondern sogleich nach seinem Bette verlangt, aus dem er denn auch glücklich am andern Morgen eine halbe Stunde zu spät sich erhob.

Die Detachementsübungen * begannen und mit ihnen auch ist die Unsterblichkeit des Manövergaules auf das engste verknüpft. Und die Unsterblichkeit eines Pferdes will in unserer modernen, alles nivellierenden Zeit etwas bedeuten!

Die beiden Divisionen unseres Armeekorps standen als Nord- und Südkorps einander gegenüber. Die Artillerie und Kavallerie waren möglichst gleichmäßig verteilt. Ein grüner Busch auf dem Helm schmückte uns, die wir zum Südkorps gehörten, er diente als Unterscheidungszeichen zwischen Freund und Feind.

Ein hitziger Tag stand uns bevor. Das Nordkorps hatte einen bewaldeten Höhenzug besetzt und sich teils die natürlichen Deckungen zu Nutze gemacht, teils da, wo diese fehlten, namentlich an den Abhängen und auf den Rändern der ziemlich steil ansteigenden Hügelkette, in Schützengräben „eingebaut". Nach der Generalidee musste zur Erreichung irgend eines sublimen Zweckes die Stellung des Feindes von uns durchbrochen werden. Unter den Augen unseres Korpskommandeurs sollte am anderen Tage der Hauptcoup [Haupt-Schlag] gegen die feindliche Stellung geschehen. Eine solenne [feierliche] Parade des ganzen Korps sollte den Tag und überhaupt das Manöver beschließen, denn schon am Abend desselben Tages sollte die Infanterie in der nicht fernen Stadt, welche mit unseren Garnisonen Bahnverbindung hatte, mit Extrazügen in die Heimat geschafft werden. Die Kavallerie und Artillerie legten den Weg in die Garnisonstädte in Tagemärschen zurück.

Am Tage vor diesem wichtigen Manövertage lag unsere ganze Kompanie in einem Dörfchen, das eigentlich nur aus acht Gehöften bestand. Die Quartiermacher hatten schwere Arbeit gehabt, die 101 Mann starke Kompanie hier unterzubringen; bei der Konzentration des ganzen Korps auf einen verhältnismäßig geringen Flächenraum indes musste dies geschehen. Dem „Müssen" in militärischem Sinne entspricht auch immer ein „Können". Einquartiert waren wir alle in Pferdeställen, Gesindekammern, auf Heuböden und auf den mit einem Strohlager bedeckten nackten Tennen der Bauernhäuser.

Wir hatten uns kaum eine halbe Stunde nach dem Mittagessen von den Strapazen des Vormittags erholt, als der Unteroffizier du jour [UvD] von Gehöft zu Gehöft eilte und den Korporalschaftsführern die wenig erfreuliche Mitteilung machte, dass die ganze Kompanie Schlag 5 Uhr vor dem Spritzenhause in feldmarschmäßiger Ausrüstung zum Appell antreten sollte. Ziemlich missmutig gingen die Leute ans Putzen und Reinigen der Sachen.

Natürlich wurde dies anfangs „manövermäßig" d.h. lässig betrieben, die Hände gerieten jedoch in eine seltsam rasche Bewegung, als unser dicker Feldwebel pustend und mit feuerrotem Gesicht auf dem Hofe erschien und unserem Korporalschaftsführer, dem Zweitältesten Sergeanten der Kompanie, zurief: „Sehen Sie Ihre Leute heute ordentlich nach, der Hauptmann hat wieder seine Donnerwetterlaune!"

Dass Hauptleute Launen haben, ist eine alte Geschichte. Unser Alter hatte derselben viele, und leider völlig unberechenbare. Die schlimmste aber, bei deren Vorhandensein selbst dem Feldwebel das Herz in die weiten Hosen fiel, war die, welche von den Mannschaften die „Donnerwetterlaune" getauft war. War unser Hauptmann in dieser, so konnte ein schlechter Griff ihn wütend, ein schlechtgeputzter Knopf aber rasend machen.

Die Versicherung des Feldwebels, dass der Alte sich in dieser Laune befand, genügte denn auch vollauf, um die Leute in ihrer Putzarbeit so anzuspornen, als sollte der Kompanieappell vor Sr. Kgl. Hoheit dem Herrn Korpskommandeur – wir hatten eine wirkliche Königliche Hoheit als solchen – stattfinden und nicht vor dem simplen Kompaniechef.

Der Appell war denn auch ein wahres Martyrium für die Unteroffiziere, ein Fegefeuer für uns Einjährige und eine Hölle für die Mannschaften. Der Hauptmann hatte neben seiner Donnerwetterlaune seinen „Nörgeltag"; keine Patronentasche saß richtig, kein Tornisterriemen hatte die vorschriftsmäßige Länge und die Helme saßen nach der Meinung unseres Alten samt und sonders so schief, wie der Turm zu Pisa. Diese letztere Ansicht war die schlimmste für die Mannschaft, denn der Hauptmann setzte die Helme samt und sonders mit eigener Hand grade und es war nur gut, dass unsere Mannschaften sich größtenteils aus dickköpfigen Heidebauern rekrutierten, – ein normaler Kopf hätte bei dieser Manipulation Kopfweh bekommen, das nicht von schlechten Eltern gewesen wäre.

Auch der Pferdebursche des Herrn Hauptmann hatte zum Appell mit antreten müssen und – der Himmel mochte wissen, aus welchem Grunde! – an diesem ließ der Hauptmann seinen offenkundigen Ärger am meisten aus.

Dieser Pferdebursche war ein militärisches Unikum. Seinem Berufe nach Schneider, war er stark und kräftig genug gewesen, um zum Dienst bei der Truppe ausgehoben zu werden. Der Bursche konnte alles und tat alles, was man von ihm verlangte. Dabei war er schlau und hinterlistig und von seinen Streichen wusste man mehr als einer der davon Betroffenen zu berichten.

Bei den Titeln, die ihm sein Herr beim Appell zuschleuderte, und zu denen die ganze Zoologie kaum Namen genug darzubieten schien, bewegte sich kein Muskel in dem Gesicht des Burschen. Als aber endlich der Hauptmann von ihm sich abwandte, da lief ein sonderbares Zucken über sein listiges Fuchsgesicht und in den kleinen Augen blitzte es gar seltsam und boshaft auf.

Als der Hauptmann zwei Dutzend seiner Meinung nach nicht fest genug angenähte Knöpfe abgerissen, an allen Patronentaschen und Tornister-Riemen herumgezupft und schließlich behauptet hatte, die ganze Kompanie bestände aus jenen Tieren, welche so delikate Blut- und Leberwürste zu liefern bestimmt sind, hieß er die Mannschaften sich zum Teufel scheren und schritt ingrimmig seinem Quartier zu, wohin ihm sein Pferdebursche unverzüglich folgte.

Der Abend war schön. Meine eigenen Sachen waren von meinem „Putzkamerad" – Einjährig-Freiwillige haben nur „Putzkameraden", während die Offiziere die mit den gleichen Dienstleistungen beauftragten Leute „Burschen" nennen – sauber geputzt und hergerichtet und da ein Krug oder ein Wirtshaus in dem kleinen Dorfe nicht existierte, so zündete ich meine kurze Maserpfeife an, drückte die Feldmütze aufs Ohr und wollte mich gerade über den Gartenzaun des Gehöftes, in dem ich einquartiert lag, schwingen, um ein wenig vor dem Dorfe zu promenieren, als ich den Hauptmann denselben Weg daherkommen sah. Meine Appelllaune war mir noch zu frisch im Gedächtnis, als dass ich allzu große Lust verspüren sollte, seinen Weg zu kreuzen und so ließ ich lieber die Voltige [den Sprung] über den Gartenzaun unausgeführt und schritt hinüber zu den anderen Gehöften, um meinen Leidensgefährten, den zweiten Einjährigen der Kompanie, aufzusuchen.

Als ich an dem Stalle vorüber kam, der zu jenem Gehöft gehörte, in dem unser Hauptmann Quartier gefunden, machte das auffallend laute Schnauben und Wiehern eines Pferdes drinnen, dass ich stehen blieb. Als sich in diese Laute auch ein Klatschen wie von Peitschenhieben und laute zornige Worte mischten, ging ich auf die halboffene Stalltür zu, öffnete diese völlig, dass der letzte Rest des Tageslichtes hinein drang in den dunklen Stall und war nun ungesehener Zeuge einer eigentümlichen Szene.

Hinter dem in seinem Verschlage stehenden schnaubenden Ajax, der mit seinen Hinterbeinen allerhand seltsame Kapriolen machte, stand des Hauptmanns Pferdebursch mit einer langen Stallpeitsche und hieb mit dem dicken Ende derselben nicht eben sanft auf den Manövergaul ein, jeden Hieb mit einigen Worten begleitend, in denen ich seltsamerweise alle zoologischen Ehrentitel wieder erkannte, die eine Stunde vorher der Hauptmann an den Burschen gerichtet hatte. Die Situation war so urkomisch, dass mir vor Lachen die hellen Tränen über die Backen liefen und ich in den ersten Momenten gar nicht daran dachte, dieser denn doch etwas barbarischen Szene ein Ende zu machen.

„Sooo! Du Beest!" sagte der Bursche endlich und zog dem Gaule als Abschiedsgruß noch einen Hieb mit der Peitschenschnur über die Schenkel, dass das Pferd mit zornigem Gewieher mit beiden Hinterbeinen zugleich nach hinten ausschlug. – „Nu kannste Dir beruhigen! Wenn Dir die Lektion nich gefallen hat, so kannste det mit dem Ollen ausmachen morjen!"

Mit diesen Worten warf er dem Pferde noch als Souvenir ein kleines Bündel Heu an den Kopf und trat dann zu mir. –

„Aber mein Gott, Knekke, was machten Sie denn da?" fragte ich. „Ah!" gab der Bursche gleichmütig zur Antwort. „Der Olle kann sich morjen auf den Gaul freuen!"

Die letzten Worte waren mir unverständlich, da aber Knekke, ohne sich weiter um den schnaubenden und schlagenden Ajax zu kümmern, mit einem kurzen „Jehn' Se man hier fort, Eenjähriger!" aus dem Stalle ging, so befolgte ich seinen freundschaftlichen Rat und ging ebenfalls. –

Der wichtige Tag kam heran; seit der dritten Morgenstunde waren wir auf den Beinen, ein zweieinhalbstündiger Marsch führte uns zum Rendezvousplatz des Regiments. Es dauerte auch gar nicht lange, so ging das Manövrieren los.

Unser Bataillon hatte eine Umgehung zu machen; von unserem präzisen Eintreffen an dem bestimmten Orte hing eine erfolgreiche Attacke ab, welche das uns beigegebene Braunschweigische Husarenregiment auf die den linken Flügel des Feindes schützende Kavallerie von der Flanke her machen sollte. Es war etwa 10 Uhr morgens, als wir aus unserer Reservestellung aufbrachen und in einem Eilmarsche, der bei der glühenden Sonnenhitze absolut nichts Angenehmes an sich hatte, in aufgelösten Gliedern durch einen Wald brachen, der unsere Umgehung maskieren sollte.

Der Hauptmann hatte heute eine noch ärgere Laune als gestern, wenn die gestrige eine Steigerung überhaupt noch vertrug; aber er konnte sie nicht an seiner Kompanie auslassen, denn Ajax, der biedere Manövergaul, nahm alle seine Aufmerksamkeit für sich in Anspruch. Der Gaul war heute noch kapriziöser als sein Herr und als wir auf das Kommando. „An die Gewehre!" an unsere Gewehrpyramiden eilten und alsdann in Marschkolonnen dem dichten Walde entgegengingen, da wieherte der tolle Ajax so laut

Vizewachtmeister
der Braunschweiger Husaren
in Paradeuniform

und freudig auf, als gehe es dem Stalle, der weichen Streu und dem duftenden Hafer entgegen.

Die berittenen Offiziere suchten einen nahen Waldweg, um bequemer durchzukommen. Hiermit schien Ajax indessen durchaus nicht einverstanden. Er entwickelte plötzlich eine Anhänglichkeit an die Kompanie, die anerkennenswert gewesen wäre, wenn sie nicht der teuflischen Bosheit des Gauls entsprossen wäre. Der Hauptmann fluchte das Blaue vom Himmel herunter und riss an den Zügeln, dass der Gaul mehr auf den beiden Hinterbeinen als auf allen Vieren stand, aber erst, nachdem er das Knie seines Reiters sanft an einigen knorrigen Eichen gescheuert, nachdem er das dicke Gesicht unseres Hauptmanns mit Zweigen von allen möglichen Baumarten – namentlich mit denen der Tannen – in Verbindung gebracht, schien Ajax sich endlich zu beruhigen und galoppierte den schon eine gute Strecke vorausgerittenen anderen Hauptleuten nach.

Unsere Umgehung war vollendet. Hinter der vorspringenden Ecke des Waldes stand das Braunschweiger Husarenregiment in Eskadronsfront aufmarschiert, des Signals harrend, das es in sausender Karriere [in schnellster Gangart] auf die Flanke des Feindes, der hier schon „abzubauen" begann, einsprengen machen sollte.

Ein Adjutant kam herangesprengt und brachte unserem Major einen Befehl. Das Kleingewehrfeuer im Zentrum der feindlichen Aufstellung wurde jetzt stärker und eine feindliche Batterie, die soeben in rasender Karriere den vor uns liegenden Hügelrücken erreichte, protzte ab und schickte sich an, uns, die wir uns jetzt auf der Ebene vor dem Walde in Schützenzügen ausbreiteten, einen warmen Empfang zu bereiten.

Die erste und zweite Kompanie unseres Bataillons hatten sich zu einer langen Schützenkette ausgebreitet. Die Dritte schickte sich soeben an, sich an der linken Flanke derselben anzuschließen und unsere Kompanie folgte mit Gewehr ab als Soutien [Unterstützungstruppe], als plötzlich wieder ein Adjutant in rasendem Galopp erschien, an uns vorübersprengte und dem Kommandeur der Husaren einen Befehl brachte. Gerade in demselben Augenblicke, als vor der Mündung des ersten Geschützes jener obengenannten Batterie ein weißes Wölkchen erschien, dem eine Sekunde später der dumpfe Knall des Schusses folgte, tönte von unserer rechten Flanke her ein helles Trompetensignal und, schnell in eine ungeheure Staubwolke gehüllt, brauste das Husarenregiment auf die eiligst aufprotzende Batterie zu. Es war ein herrlicher Anblick, diese mächtige Reiterschar, so massig, wuchtig und doch so anscheinend leicht die Flankenattacke ausführen zu sehen und unser Hauptmann genoss den Anblick so sehr, dass er ganz jene Versicherung des Pferdehändlers vergaß: Ajax sei von einem Rittmeister bei den Braunschweiger Husaren in der Front geritten worden.

Kaum klangen die ersten klaren Töne jenes Trompetensignals an unser Ohr, als Ajax seine beiden spitzen Ohren auf eine ganz beängstigend steile Art erhob. Als die erste Schwadron hinter der Waldlisiére [Waldrand] hervor sichtbar wurde, wieherte Ajax so andauernd laut und lustig, dass unser Alter hätte aufmerksam werden müssen. Als aber das ganze Regiment kaum hundertfünfzig Meter von unserer Flanke entfernt dahingaloppierte, da ging mit Ajax etwas seltsames vor.

Zunächst bockte der Gaul, schlug dann vorn und hinten aus und plötzlich – wir wussten nicht, wie es zugegangen – befand sich Ajax mit unserem heftig an den Zügeln arbeitenden Hauptmann bei den Husaren und die dichte graue Staubwolke, die uns nach wenigen Sekunden den Ausblick auf kurze Zeit nahm, verdeckte auch mit ihrem Schleier Ajax und unseren armen, vom Teufelstiere entführten Hauptmann.

„Herr Hauptmann von Schmid! Herr Haupt – ma – a – ann!" schrie unser Major, der ein ganz verblüffter Zuschauer dieser Szene gewesen war. Ja, er hatte gut rufen. Das Regiment verschwand hinter einer Bodenerhöhung und unser Hauptmann mit ihm.

Unsere braven Leute hatten dem Vorgange mit offenem Munde zugeschaut. Nur einer lachte vergnügt in sich hinein, das war Knekke, des Hauptmanns Bursche. –

Eine halbe Stunde verging. Das Regiment der Braunschweiger kehrte in ruhigem Trabe, in Sektionen abgebrochen, zurück. Kein Hauptmann und kein Ajax waren zu sehen. Unser Major ritt hinüber und erkundigte sich bei einem Schwadronschef. Als er zurücksprengte, erzählte er den andern Hauptleuten folgendes: Die Husaren hatten mit Staunen gesehen, dass ein fürchterlich fluchender Infanterieoffizier die Attacke mit ihnen zugleich machte. Als sie auf das Kommando „Halt!" dicht vor dem Feinde gehalten, um dann in Zügen nach links abzuschwenken und wieder zurückzureiten, sei der sonderbare Offizier geradewegs in den Feind hineingesprengt. Das war alles.

Die letzten Momente des Gefechtes kamen, unser Hauptmann war und blieb verschwunden. Wir waren beim Manövrieren auf die weite Ebene gekommen, welche sich vor dem Hügelrücken ausbreitete und die nachher als Paradefeld dienen sollte. Von allen Seiten zogen sich die detachierten Abteilungen wieder zusammen und hinter uns, nicht weit entfernt, ja so nahe, dass man die einzelnen Gesichter mit unbewaffnetem Auge ziemlich deutlich erkennen konnte, hielt unser Korpskommandeur mit seinem kleinen Stabe.

Jetzt schallten die Signale über die Ebene, welche die „berittenen Herren Offiziere" zur Kritik heranriefen. Bald sammelte sich ein dichter Kreis von glänzenden Uniformen um Seine Königliche Hoheit. Die Generäle hielten zunächst, diesen folgten die Obersten und Majore und die Legion von Hauptleuten und Rittmeistern, welche in weitem Bogen diesen edlen Kern umgaben, machte den Schluss.

Solche Kritiken dauern ziemlich lange. Die Mannschaften

wissen nie genau, ob nach Beendigung derselben das Manöver fortgesetzt oder „Gewehr in Ruh" geblasen wird. Einstweilen aber ließen wir uns, müde und abgespannt, mit unseren Gewehren im Arm, auf der Stelle nieder, wo wir uns gerade befanden und aßen den letzten Rest des mitgenommenen Proviantes und tranken den letzten Schluck aus der Feldflasche.

Da löste sich der dichte Knäuel von Offizieren um Se. Kgl. Hoheit auf und langsam trabten die Offiziere auseinander. Im selben Augenblicke richteten sich aller Blicke auf einen einsamen Reiter, der am Horizont sichtbar wurde und in tollem Galopp gerade auf den Korpskommandeur zu jagte.

Die schon abreitenden Offiziere hielten an und schauten neugierig dem Näherkommenden entgegen. Es war unser armer Hauptmann und Ajax, das Unglücksross. Zügellos von dem rasenden Ritt geworden, hatte unser armer Alter nicht nur den Helm und den Degen verloren, sondern auch seine vielgerühmte Reitkunst schien ihn auf dem Manövergaule vollständig im Stich gelassen zu haben. Er saß auf der Kruppe des Pferdes, mühsam an den Zügeln und Mähnen des Tieres sich festklammernd, feuerrot, mit triefendem Antlitz – es war ein Anblick zum Erbarmen!

„Haltet ihn auf! Haltet ihn auf!" schrie unser Hauptmann, als er bemerkte, in welche Gefahr ihn sein toller Gaul führte, denn er war kaum noch zweihundert Meter von unserem Korpskommandeur entfernt und dieser hatte ihn schon bemerkt, denn er sprach mit einem seiner Adjutanten und deutete dabei auf den zügellosen Reiter.

„Aufhalten!" Ein paar Adjutanten sprengten an die Seite des tollen Ajax und suchten ihn bei dem Kopfzeug zu fassen, aber der Gaul machte ein halb Dutzend Sprünge vorwärts und gerade als Se. Kgl. Hoheit heransprengte, um die Ursache des seltsamen Falles mit leicht gerunzelter Stirn selbst in Augenschein zu nehmen, da geschah das unerhörteste.

Hauptmann von Schmid sah sich in nächster Nähe der Hoheit. Er wurde einen Moment blass und ein kalter Schauer rieselte seinen Rücken herab. Er, ein Hauptmann erster Klasse, zügellos und sattellos auf einem durchgehenden Pferde vor dem gestrengen Korpskommandeur – das ging nicht!

Mit einem verzweiflungsvollen Satze suchte der arme Hauptmann Sattel und Bügel wieder zu gewinnen – und das Unglaubliche gelang. Der Ärmste saß wieder im Sattel und hatte auch mit dem rechten Fuße den Steigbügel gefunden, während der linke Fuß noch an der Seite des Gaules nach dem hin- und herschwingenden Bügel umherfischte. Da hob der Hauptmann, der jetzt bis auf wenige Schritte an Hoheit herangekommen war, die Hand zum vorschriftsmäßigen Honneur [Ehrenbezeigung] an die – Stirn, denn von einem Helm war auf seinem spärlich behaarten Haupte keine Spur mehr vorhanden; im selben Augenblicke aber machte Ajax, der den einen Sporn des Hauptmanns tief in seiner Weiche fühlte, einen Satz zur Seite und während der Gaul ein trompetendes Gewieher ausstieß, flog sein Reiter in weitem Bogen vom Pferde – gerade vor die Füße Sr. Hoheit.

Als der Hauptmann im Sande lag, durchfuhren eine Reihe von Gedanken mit Blitzesschnelle sein Hirn. Ob er sich bewusstlos stellen oder wieder aufstehen sollte? Dies fragte er sich. Er entschloss sich schon für das erstere, als er den Korpskommandeur sagen hörte: „Sehen Sie nach dem Herrn, Rittmeister, er scheint verletzt!"

Diese Worte, mild und gütig, wie es die Art des hohen Herrn ist, gesprochen, bewirkten, dass der Hauptmann mühsam zwar sich erhob und, die Hand an seinen bloßen Kopf gelegt, eine Entschuldigung zu stottern begann.

Über die Züge der Hoheit zuckte es wie von einem verhaltenem Lachen. Mit dem schweißtriefenden Gesicht hatte jener den

Bodenstaub berührt und während er auf der einen Seite des Gesichtes einem gebratenen, fettglänzenden Schinken glich, war die andere Hälfte die eines Mohren. Der Korpskommandeur winkte ihm hastig, dann rief er seinem Adjutanten ein Wort zu und beide sprengten nach dem Platze, wo die Truppen sich zur Parade aufstellten, unseren armen, körperlich und geistig geschlagenen Hauptmann allein zurücklassend.

Eine lange Staubwolke fern am Horizont deutete die Route an, die der wahnsinnige Ajax genommen haben musste.

Hinkend kam der arme Hauptmann bei uns an und ging sofort zu dem Major, der zwar ein Lachen nicht unterdrücken konnte, aber sich doch voll Teilnahme zeigte. An der Parade nahm er nicht teil, sondern ließ die Truppen vorbeidefilieren, während er von einem Lazarettgehilfen den dicksten Teil seines Körpers, der sich bei dem rasenden Ritte nicht wenig entzündet, mit kühlender Salbe einreiben ließ. Den Weg zur Eisenbahnstation legte er auf dem Marketenderwagen zurück.

Noch ehe wir verladen wurden, kam ein Dragoner mit einem gesattelten Pferde, das furchtbar abgetrieben aussah. Es war Ajax. Der Hauptmann wandte sich ab, als er ihn erblickte. Als Knekke ihn aber in den Pferdewagen einladen half, steckte er ihm ein Stück Zucker in das Maul.

Ajax hat seine Strafe bekommen. Von seiner Stellung als Chargenpferd [Pferd für höhere Ränge] ist er entfernt worden. Jetzt fährt er eine Droschke letzter Güte in meiner Heimatsstadt.

Das Biwakhuhn.

Der geehrte Leser kennt vielleicht Meier, den berühmten Meier, dessen Affären mit dem „Kantinenkäthchen" und dem „Taschentuch" vor einiger Zeit von dem Verfasser des vorliegenden Bändchens in die Öffentlichkeit getragen wurden.

Die Streiche, welche der Einjährig-Freiwillige Meier in seinem nur kurze zwölf Monate umfassenden Dienstjahre machte, sind indes mit den beiden geschilderten keineswegs erschöpft. Im Gegenteil, es bedürfte eines eigenen und ziemlich dickleibigen Bandes, wollte man auch nur die bedeutendsten derselben zusammenfassen. Meier war ein Unikum, wie der Leser weiß. Auf dem Exerzierplatze wie auf der eigenen „Bude", auf dem Biwakplatze wie in der Kaserne war er von einer rührenden Ungeschicklichkeit, die ihm zwar nie Arrest, aber eine Art „Hochachtung im lächerlichen Sinne" sämtlicher Chargen [Dienstgrade] einbrachte.

Seine Manöverabenteuer – mein Freund Meier wird es mir vielleicht verzeihen, wenn ich ein weiteres derselben der Öffentlichkeit anheim gebe, – sind indes von einer so buntgefärbten Vielseitigkeit, dass auch der nichtmilitärische Leser sich an ihnen ergötzen darf und wird. Der gewesene oder noch unter der Fahne stehende Soldat aber wird mir beistimmen, wenn ich den armen Einjährigen Meier jenen unglücklichen in der Montur steckenden Leuten beigeselle, die, um einen rein militärischen Ausdruck zu gebrauchen, immer „nachklappen". –

Unter den Manöverabenteuern Meiers ist eins mir noch lebhaft erinnerlich. Es hat dem armen Burschen bei dem ganzen Regimente sogar zu einem Namen verholfen, trotzdem er nie wieder während einer seiner Übungsperioden zu demselben zurück gekehrt ist. Noch heute erzählt man sich in den Kantinen meines Regiments von Meiers Biwakhuhn und wenn nur diese Bezeichnung genannt wird, steht mir der arme gute Junge mit seinem entsetzlich verblüfften und verdutzten Antlitz leibhaftig vor Augen.

Wir hatten oben im Wendlande, in der Gegend von Lüchow, unsere Detachementsübungen. – Die General- und Spezialideen schafften uns bald hier-, bald dorthin. Wir, im engen Kompanie-verbande, verstanden die letzteren nur selten, die ersten nie. Den Subalternoffizieren * ging es genau so, trotzdem sie sich während der Rendezvous beim Verzehren ihrer schinken- oder wurstbelegten Semmeln entsetzlich viel auf ihre Kenntnis im Felddienst zu gute taten. Mein alter Hauptmann war ehrlicher als seine jungen Offi-ziere. Er dirigierte seine Kompanie, wie es der Herr Major befahl und kümmerte sich den Teufel um die Sublime [Verfeinerungen] der Idee, die uns die Gelenke mürbe und matt machte.

Natürlich wurde auch in der Lagerordnung die Form des „Ernstfalles" – mit diesem Worte wirft schon jeder blutjunge Fähnrich wichtig um sich – peinlich bewahrt. Wir hatten eine aus-gedehnte Vorpostenkette, Feldwachen, Pickets *, Gros der Vorpo-sten und endlich das Gros, d. h. die ganze Division mit Kavallerie und Artillerie, bis auf die zu Vorposten, Feldwachen etc. verwen-deten Truppenkörper. Von dem berüchtigten „Ernstfalle" unter-schied unsere friedliche Lage nur der doppelte Umstand, dass wir einmal ziemlich genau wissen konnten, nach Beendigung der Ma-növer mit heilen Gliedern in unsere Garnison einrücken zu können, und dann, dass wir unsere Bestimmungen da- und dorthin schon ein paar Dutzend Stunden im Voraus kannten.

Die Kompanie, bei welcher Meier und ich als Einjährige standen, sollte für den übernächsten Tag als Picket dienen. Unser Hauptmann rümpfte die Nase, als wir den Befehl empfingen. Unser Biwakort – denn wir mussten natürlich 24 Stunden kampieren – lag je eine halbe Stunde weit von den nächsten Dörfern entfernt am Ufer eines ziemlich seichten Baches und auf einem Stoppelfelde. Ein halbes Dutzend Braunschweiger Husaren sollte unserer Kom-panie zur Erstattung von Meldungen etc. beigegeben werden.

Der Grund, der unsern guten „Alten" so verdrießlich ob des in Aussicht stehenden Biwaktages machte, lag keineswegs in dem Biwakieren selbst. Unser Hauptmann hatte eine Bärennatur, zudem half ihm seine stets mitgeführte Weinkiste und ein Offizierzelt, das für solche Nächte erst seine eigentliche Bestimmung erhielt, über das Schlimmste hinweg. Aber die Weinkiste und das Zelt waren nicht maßgebend für den Magen unseres Hauptmanns, und wenn diesem nicht stets voll und ganz Rechnung getragen wurde, so war der größte Zankteufel gegen unseren Kompaniechef der sanftesten Engel einer.

Die nächste Stadt, Lüchow in der Provinz Hannover, lag volle zwei Meilen von unserem Kantonnement entfernt. Die kleinen Dörfer rings um uns, meist nur aus wenigen Gehöften bestehend, boten an Lebensmitteln nur das allergeringste und es war deshalb ganz erklärlich, wenn unser guter „Vater der Kompanie" einige Besorgnis wegen der „vorschriftsmäßigen" Füllung seines Magens hegte. –

Wie jede Kompanie hatte auch die unsrige einen Marketender. Aber, du lieber Gott, wenn man nicht halb verhungert und ganz verdurstet ist, lässt man die Vorräte dieses fliegenden Viktualien-händlers lieber auf dem schmutzigen Brette liegen, auf dem sie ausgebreitet sind. Unserm Hauptmann aber waren alle Marketender ein Greuel; unverbürgten Nachrichten zufolge schrieb sich dieses durchaus nicht seltene Gefühl einer Episode aus dem letzten Feld-zuge zu. Der Hauptmann hatte für klingendes Geld vor Orleans eine Wurst gekauft, die ihm der Marketender als „echte Salami" anpries. Später stellte sich leider heraus, dass der arme kranke Hund des-selben das Fleisch zu der delikaten Wurst geliefert.

Genug, auf den Marketender rechnete unser Hauptmann nicht, soweit es seine kulinarischen Genüsse im Manöver betraf. Indessen, seine Ordre zwang ihn, volle vierundzwanzig Stunden hindurch zu biwakieren; während dieser Zeit durfte er seine Kompanie nicht verlassen und ich hätte den Menschen sehen mögen, der es während eines Manövertages einer ausgesogenen Landgegend unternommen hätte, seinem Hauptmann zu Liebe Exkursionen nach etwas Essbarem zu unternehmen.

Der Hauptmann wusste das und suchte den seinem Magen drohenden Sturm im Voraus zu beschwichtigen.

In der Stadt Lüchow hatte das Proviantamt seine Stätte aufgeschlagen. Jede Kompanie, die Befehl zum Biwakieren erhielt, bekam auch zugleich eine Anweisung auf so und so viel Fourage, das heißt auf eine begrenzte Anzahl Strohbunde, auf den kleinen Hafervorrat für den Gaul des Hauptmanns und auf eine gewisse Anzahl von Erbswürsten und Büchsenfleisch, die zum Sattwerden selten ausreichten und deshalb meistens – de gustibus non est disputandum [über Geschmack lässt sich nicht streiten] – in irgend einem Chausseegraben ein unrühmliches Grab fanden.

Am Tage vor dem Biwak rief der Hauptman Meier und mich vor die Front.

„Ich werde Sie mit dem Sergeanten Koch und zwei Leuten zum Fourage-Empfang nach Lüchow schicken!" erklärte er uns kurz. „Machen Sie sich fertig – Einjähriger Meier, mit Ihnen habe ich noch ein Wort zu reden!"

Meier ging mit dem Hauptmann abseits und kam nach einigen Augenblicken glückstrahlend zu mir zurück.

„Der ‚Alte' hat Dir wohl Elogen [Lobreden] gemacht, weil Du gestern beim Entladen Deinem Vordermann die Platzpatrone beinahe in den Nacken geschossen hättest?" fragte ich.

„Spotte nur! Der Hauptmann hat mir eine Kommission [Auftrag] gegeben, auf die ich stolz bin!"

„Das wäre!"

„Einen Kalbsbraten soll ich ihm in Lüchow kaufen!" triumphierte Meier. – „Ich sei gewiss mit solchen Sachen besser vertraut."

„Gewiss! Du bist ja auf der Tierarzneischule gewesen!" schaltete ich ein.

„– vertraut", fuhr Meier siegesgewiss fort; – „und ich werde ihm einen Kalbsbraten besorgen, der sich gewaschen haben soll."

Damit war unsere Unterhaltung beendet, und da der Sergeant in diesem Augenblick mit der Meldung heran kam, unser mit zwei kräftigen Pferden bespannter Fouragewagen stehe schon vor der Tür, warfen wir in aller Eile unser Gepäck um und machten uns fertig zum Marsche gen Lüchow, um duftendes Heu, trockene Erbswurst und stark riechendes Büchsenfleisch dort in Empfang zu nehmen.

Ein solcher Fourage-Empfang hat seine farbigen Momente. Wer von den Fourage-Empfängern am meisten die beim Proviantamt beschäftigten Beamten bemogeln kann, ist der beste. Unser guter, alter Sergeant verstand das aus dem Grunde: Er stand auf unserem Wagen und ließ sich von den zur Proviant-Kolonne beorderten Leuten die einzelnen Strohbunde zuwerfen. Sein lautes Zählen derselben galt als Kontrolle. Und wie zählte der Brave! Achtundvierzig! Neununddreißig! Vierzig! – Netto neun Strohbündel mehr als wir verlangen durften, flogen auf diese Weise auf unseren Wagen. Dasselbe Manöver wiederholte sich in den Siebzigern. „Fünfundsiebzig! Sechsundsiebzig! Siebenundsechzig!" zählte unser in allen Manöverkniffen wohlerfahrener Sergeant und neun weitere Strohbündel waren auf Kosten des Proviantlieferanten für unsere Kompanie gesichert. Genau auf dieselbe Weise wurde beim Empfang der Rationen verfahren; leider war die Mogelei hier weniger am Platz; denn während jeder Soldat nach dem Stroh begierig griff, um sich ein wenigstens halbweiches Nachtlager zu sichern, wurden wie gewöhnlich, die Erbswurst- und Büchsenfleischvorräte nur von denen konsumiert, die auch den letzten „Manövergroschen" längst ausgegeben hatten. Und das waren nur wenige; wer es halbwegs konnte, kaufte sich beim Marketender sein

Mittags- und Abendbrot.

Kurz bevor wir unsere Fourage empfingen, hatte Meier vom Sergeanten sich Urlaub erbeten, er habe einen Spezialauftrag vom Herrn Hauptmann. – Der gute, alte Mann sah meinen Kollegen mit einem eigentümlichen Blicke an: „Spezialauftrag? Sie? Na, denn in Gottes Namen, aber schauen Sie zu, dass Sie ihn reglementmäßig ausführen, sonst können Sie den Alten von seiner Gewitterseite kennen lernen!"

Meier warf in dem Zimmer des Gasthofes, das wir uns in der letzten Nacht genommen, Gewehr und Gepäck ab, setzte seine Feldmütze auf das lockige Haupt und trollte davon, um eine Inspektionsreise durch Lüchows sämtliche Fleischerläden anzutreten.

Der Arme! Er hatte wohl kaum daran gedacht, dass außer einem Regiment Infanterie auch das Jägerbataillon und der Brigadestab in dem nur 6000 Seelen umfassenden Städtchen für diesen Tag einquartiert lag. Die sechs oder acht Fleischer, welche das Städtchen zählte, hätten wahre Herkulesse sein müssen, wenn sie auch nur den dringendsten Bedarf hätten decken wollen, aber sie waren ehrsame Landbewohner, die mit dem richtigen Instinkt das Ephemere [Vorübergehende] der Situation erkannten und kein Stück Vieh mehr schlachteten als vordem; wurde es ihnen heute oder morgen nicht abgekauft, so behielten sie es liegen und ein solches Risiko nahmen sie nicht auf sich. –

Als Meier siegesgewiss beim ersten Schlächter mit der Frage eintrat: „Ich möchte einen 6 bis 8 pfündigen Kalbsbraten kaufen!" war er einigermaßen verblüfft, als dieser ihm trocken entgegnete: „Wenn ich einen solchen zu kaufen wüsste, so kaufte ich ihn für mich, mein Herr!"

„Grobe Leute hier zu Lande!" sagte Meier vor sich hin, als er den Laden verließ und einen zweiten aufsuchte.

Ärgerlich, aber noch voller Hoffnung, verließ er auch diesen. Das Resultat seines Besuches war gewesen, dass ihm der Fleischer eine dünne und wenig appetitliche Mettwurst als den letzten Rest seines Fleisch- und Wurstvorrates angepriesen hatte.

Meier durchwanderte die Stadt; er lief auf die Bürgermeisterei und ließ sich hier Adressen aller derjenigen geben, die in dem Rufe standen, Tiere zu schlachten, um ihr Fleisch den Bürgern Lüchows zu verkaufen. Ein Pferdeschlächter, zu dem er zufällig kam, bot ihm ein vierzigpfündiges Pferdehinterviertel an, allein Meier war unhöflich genug, dem Rossschlächter mit einem gräulichen Fluche die Tür vor der Nase zuzuwerfen.

Niedergeschlagen, verzweifelt kam er in den Hof des Gasthauses zurück, in der das Proviantamt sein Domizil aufgeschlagen hatte.

„Nun, Meier? Wo ist Dein Kalbsbraten?" rief ich ihm hoch oben vom gefüllten Fouragewagen herab entgegen. „Ist er gut ausgefallen?"

„Den T . . . . l auch!" knurrte Meier und stieß wütend einem bellenden Hofköter den Fuß in die Weichen. „In dem ganzen vertrackten Neste ist ja absolut kein vernünftiger Fleischer zu finden. Nichts habe ich auftreiben können, nichts!"

„Du, Meier!" sagte ich ernst. – „Der Alte hat Dir den Auftrag in der Erwartung gegeben, dass Du unter allen Umständen seinen Wunsch erfüllst. Du kennst doch sein altes Wort: Unmögliches gibt es nur für den, der an dem Möglichen verzweifelt! Kannst Du denn wirklich nichts Passendes finden?"
Meier machte eine klägliche Miene.

„Ich sage Dir, die Leute sind hier geradezu borniert. Ich weiß nicht, was sie essen. Nur ein Pferdeschlächter bot mir von seiner Ware an. Ich hätte den Rosshenker erdrosseln können vor Wut!" –

„Es ist gut, dass Sie wieder da sind, Einjähriger!" rief ihm in diesem Augenblicke der wieder auf der Bildfläche erscheinende Sergeant zu. – „In einer halben Stunde fahren wir ab. Haben Sie Ihren ,Spezialauftrag' für den Herrn Hauptmann besorgt?"

„Natürlich!" beeilte sich Meier mit einem Achselzucken zu erwidern. „Solche Aufträge sind mir heilig."

„Desto besser!" nickte der Sergeant. „Dann gehen Sie man auf Ihr Zimmer hinauf, legen Sie Ihr Gepäck um und kommen Sie hinunter – es wird Zeit." –

Mit gesenktem Kopfe schritt Meier neben mir her, der Hinterfront des Gasthofes zu. Vor demselben fütterte soeben eine Magd die Hühner, indem sie kleingeschnittene Brotstückchen auf den Hof streute, über welche die Tiere, die gebraten erst ihren vollen Wert in den Augen der Menschen erhalten, mit lautem Gegacker herfielen.

„Heureka!" schrie Meier plötzlich und zupfte mich so derb am Ärmel, dass ich für das Tuch meines Kommissrockes zu fürchten begann.

„Was gibt's denn?" fragte ich stehen bleibend. Aber Meier gab mir keine Antwort. Nach dem Wirt rufend, stürzte er an mir vorüber in das Haus hinein, in dessen Souterrainräumen er verschwand.

„Der muss närrisch geworden sein oder mittelst Erpressung einen Kalbsbraten vom Wirt erlangen zu können glauben!" brummte ich unwillkürlich, indem ich auf das Zimmer ging, in welchem wir die Nacht zugebracht hatten, dort mein Gepäck umhing und mich als guter Kamerad auch mit Meiers Sachen belud, der aller Wahrscheinlichkeit nach wieder einmal nicht zur rechten Zeit fertig werden würde.

Als ich wieder auf den Hof heraustrat, sah ich eine wunderbare Gruppe vor mir stehen. Die Magd hielt eines der Hühner fest in ihren Händen und schlachtete es in dem Moment, in welchem ich dazu kam. Meier stand mit freudestrahlendem Gesicht daneben und ein paar Gaffer vervollständigten den Kreis.

„Das ist schön von Dir," rief Meier, als er sein ganzes Gepäck in meinen Händen sah. „Bitte, schnalle doch einmal den Kochkessel vom Tornister!"

Ich lehnte unsere Gewehre an die Wand des Kuhstalles und tat nach seinem Wunsch.

„So!" jubelte Meier, als das arme Huhn ausgeblutet hatte und nicht mehr zuckte. – „So – nun hinein mit Dir in den Kochkessel!" Und das von den kundigen Händen der Magd seiner größten Federn schnell beraubte Huhn ruhte in wenig Augenblicken sicher in der ovalen großen Blechbüchse, die den Titel Kochkessel führt.

Als der Sergeant wieder kam, um uns zur Eile anzutreiben, war alles in schönster Ordnung. Unsere Tornister und Mäntel hingen im nächsten Augenblick, sorgfältig festgehängt, an den Seiten unseres hochbeladenen Fouragewagens und mit bequem geschulterten Gewehren und frisch dampfender Manöverpfeife verließen wir um die neunte Morgenstunde Lüchow, um unserer schon auf dem Biwakplatze angelangten Kompanie unsere Ladung zu zuführen.

Die zwei Stunden dauernde Fahrt bot nichts Ungewöhnliches. Nur wenn sich in der Ferne irgendein berittener Offizier zeigte, mussten wir zu Meiers hellem Verdruss vom unserem weichen Sitze herabsteigen und in dem feuchten, sandigen Hohlwege so lange mit „drei Schritt Abstand" hinter dem Wagen marschieren, bis jener vorübergaloppiert war.

Nachdem wir den letzten Hügelrücken überwunden, lag endlich die Talsenkung, welche die Chaussee quer durchschnitt, und in deren Mitte etwa unsere Kompanie Halt gemacht hatte, vor uns. Sie waren seit dem frühen Morgen schon fleißig gewesen, die Leute. Die Kochlöcher waren schon gemacht und auf den Erdaufwürfen, die, von kleinen Gräben rings umgeben, unsere Herdplatten darstellen sollten, loderten schon die Feuerchen empor. Das Zelt des Hauptmanns war auch schon errichtet. Die Pferde der acht Braunschweiger Husaren waren angepflöckt und selbst die Latrinen, die hinten am Ende des Stoppelackers ausgehoben waren, sahen wir schon in Benutzung.

Unser Wagen hielt auf der Chaussee. Mit angefasstem Gewehr blieben wir bei demselben stehen, während der Sergeant an den Hauptmann heranging und sich zurückmeldete mit so und so viel Stroh, Hafer, Erbswürsten und Büchsenfleisch.

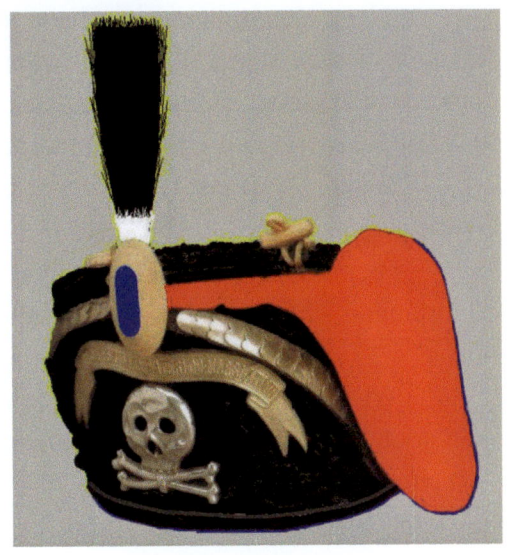

Parade-Tschako der Braunschweiger Husaren

„Lassen Sie die Begleitmannschaft abtreten und schicken Sie mir den Einjährigen Meier her!" hörten wir den Hauptmann dem Sergeanten nachrufen, der schon auf dem Wege zu uns zurück sich befand.

„Meier! Zum Herrn Hauptmann kommen!"

Mein Kollege rückte schnell den Helm gerade, nahm sein Gewehr in den Arm und lief in kurzem Trabe auf den Hauptmann zu, während wir unsere Sachen nahmen und uns zu unseren Korporalschaften verfügten, um zunächst einmal unsere Gewehre in die Pyramiden einzureihen, unser Gepäck fortzulegen und es uns dann so bequem wie möglich zu machen.

„Zu Befehl, Herr Hauptmann!"

„Sagen Sie, Einjähriger, haben Sie mir den Braten besorgt?" begann der Hauptmann, der augenscheinlich gute Laune hatte, freundlich. –

„Nein, Herr Hauptmann – aber – "

Die Stirn des Kompaniechefs umwölkte sich.

„Keinen Braten, Herr?" stieß er heftig hervor. – „Ich befahl Ihnen doch – "

„Herr Hauptmann, ich habe sämtliche Fleischerläden in Lüchow gewissenhaft revidiert –" begann zaghaft unser Meier, – „aber es war geradezu undenkbar, etwas Fleisch noch aufzutreiben, das gut genug für den Herrn Hauptmann gewesen wäre."

„Weiter!" rief der Hauptmann und klemmte seine Unterlippe zwischen die Zähne.

„Da ich nun nicht ohne Resultat zurückkommen wollte, Herr Hauptmann –" fuhr Meier, sehr kleinlaut geworden, fort – „so habe ich – "

„Was denn, Herr!" rief ungeduldig der Hauptmann. „Sie sehen doch, dass ich endlich den Schluss Ihrer traurigen Fahrt kennen lernen will."

„So habe ich – ein Huhn – ein schönes Huhn –" stotterte Meier jetzt, gänzlich außer Fassung gebracht.

„Weshalb sagen Sie denn das nicht gleich, Herr!" schrie der Hauptmann. „Das ist ja ein ganz verteufelt gescheiter Gedanke von Ihnen, Einjähriger! Hätte Ihnen denselben gar nicht zugetraut. Wo haben Sie denn das Dings, her damit!"

Mit wieder neuerglänzenden Augen machte Meier kehrt und schoss auf den Wagen zu, gab sein Gewehr dem müßig gaffenden Putzer und schnallte seinen Kochkessel ab, um das erst halbgerupfte Huhn triumphierend hervorzuziehen und dem Hauptmann zu präsentieren.

„Hm!" meinte dieser, indem er die beiden Fettpolster des Huhnes befühlte. „Nicht übel, wird aber doch keine dreißigjährige alte Henne sein, Einjähriger?"

„I bewahre, Herr Hauptmann!" beeilte sich Meier zu antworten. „Es ist ein ganz junges Huhn, – gestatten der Herr Hauptmann, dass ich es erst vollends rupfe, so werden der Herr Hauptmann sich selbst von der Güte des Huhnes überzeugen können!"

„Sie sind ja ein Teufelskerl, Einjähriger!" sagte der Hauptmann, der in Erwartung eines gut gekochten Huhnes – denn das

Braten wäre bei den allzu primitiven Kocheinrichtungen kaum möglich gewesen – seine gute Laune schnell wiedergefunden hatte, zu dem ob dieser schmeichelhaften Bezeichnung überglücklichen Meier. – „Na, rupfen Sie man los und bringen Sie es mir dann!"

Meier zog sich sofort an das Ufer des kleinen Bächleins zurück, das unser Biwakfeld an einer Seite begrenzte und machte sich mit einem Eifer an das Rupfen seines Huhnes, als läge in jeder ausgerupften Feder ein Teil menschlichen Glückes für ihn.

Aber bald musste er einsehen, dass das anscheinend so leichte Geschäft doch eine geübte Hand erforderte. Er nahm sein Taschenmesser zu Hilfe und unter Vergießung unzähliger Schweißtropfen hatte er es endlich soweit gebracht, dass die meisten kleinen Federposen [starke Federkiele] aus der Haut entfernt waren, dafür zeigte der Kadaver des armen Huhnes aber einige Hundert kleine Schnitte und Stiche, die von der Taschenmesserspitze herrührten und das gute Aussehen des Hühnerbratens ein wenig beeinträchtigten.

„Wie sieht denn das aus!" rief der Hauptmann deshalb auch einigermaßen verwundert, als Meier ihm, rot glühend und schweißbedeckt von der ungewohnten Arbeit, das gerupfte Huhn auf einem großen Kohlblatte präsentierte. „Wie sind denn die Schnitte da hineingekommen?"

„Beim Rupfen, Herr Hauptmann! Das lässt sich nicht vermeiden, wenn ein Huhn gut ausgerupft werden soll!" fügte Meier mit einer Miene hinzu, als habe er seine ganze Jugend in einer Hofküche verlebt und sei auf dem Wege, Hofküchenmeister Sr. Majestät des Kaisers aller Reußen zu werden.

Der Hauptmann schaute ihn deshalb auch verwundert an:

„Verstehen Sie denn etwas vom Kochen, Herr?"

Nun hatte Meier höchstens dann eine Wirtshausküche besucht, wenn er der schmucken Köchin den Hof machen wollte, und seine Kochkenntnisse waren die krassesten Unkenntnisse, aber, bescheiden wie Meier war, antwortete er mit siegesfrohem Lächeln:

„Ich hoffe, genügend, Herr Hauptmann, um dieses Huhn deliziös zu kochen." –

Der Hauptmann sah nach der Uhr.

„Wir haben gleich zwölf Uhr. – Wann ist denn das Dings da zum Essen fertig?"

Meier fühlte einen schmerzvollen Gewissensbiss, wie lange musste denn ein Huhn überhaupt kochen? Er hatte keine Ahnung davon. Aber er fasste sich in demselben Augenblicke wieder und sagte fest:

„Eine gute halbe Stunde, Herr Hauptmann!"

„Na, dann machen Sie Ihre Sache nur recht gut, Einjähriger!" meinte der Hauptmann, dem in diesem Augenblick der Bursche eine Flasche Moselwein aus der schnell geöffneten Weinkiste brachte. – „Meine Herren," wandte er sich an die beiden Leutnante, die eifrig Zigaretten als Rauchvorrat für den langen, tatenlosen Nachmittag wickelten – „meine Herren, ich bitte um Ihre Gesellschaft."

Die beiden Offiziere sprangen um so behender auf, als sie die Flasche in des Hauptmanns Hand erblickten. „Werde heute ganz lukullisch dinieren," fuhr dieser fort. – „Der Einjährige, der Meier, hat ein kapitales Huhn für mich besorgt, das er mir jetzt kocht. Sehen Sie, meine Herren, man muss sich auch das Lagerleben angenehm zu machen wissen."

Die beiden Offiziere verbeugten sich zustimmend und nahmen auf den Wink ihres Vorgesetzten ihre Feldbecher zur Hand, um den Mosel kosten und nachher überschwänglich loben zu können.

Meier war indessen zu mir herangekommen. Ich saß vor dem einen Kochloche und wartete, bis das Wasser in meinem Feldkessel kochte. Ich kaprizierte mich weder auf Erbswurst, noch auf Büchsenfleisch; aber ich hatte mir ein Dutzend Eier mitgenommen, und da ich sie sämtlich unzerbrochen mit ins Biwak gebracht hatte, so konnte ich bezüglich meiner Nahrung den kommenden Dingen mit größter Ruhe entgegen sehen.

„Was willst Du denn?" fragte ich Meier, als dieser mich bat, ihm neben mir Platz zu machen, er wolle sein „Prachtgericht" nicht neben den gemeinen Soldaten kochen.

„Ich koche des Hauptmanns Huhn!" sagte er wichtig und brachte seinen Kochkessel angeschleppt, in welchem sich bereits das in Wasser liegende Huhn befand.

Er wollte den Kochkessel mitten in die Glut stellen, wie wir es machten, allein ich belehrte ihn, dass es richtiger sei, zwei Gabelstöcke einzurammen, einen dritten darüber zu legen und an diesen den Kessel zu hängen. Er tat nach meinen Worten und bald hing der Kessel über der frisch aufgeschürten Glut.

„Jetzt habe ich nichts weiter zu tun, als mit den Händen in den Taschen dabei sitzen zu bleiben!" sagte er fröhlich.

„Wenn Du Dein Huhn verbrennen lassen willst, allerdings!" sagte ich.

„Wieso?"

„Na, ich denke, Du kannst kochen?"

„Selbstverständlich!" gab Meier mit Aplomb [Nachdruck] zur Antwort, „selbstverständlich kann ich das!"

„Dann solltest Du auch wissen, dass das bisschen Wasser, das sich außer dem Huhn in dem Kessel befindet, bei dieser Hitze schnell verdunsten wird und dass Dein Huhn anbrennen muss, wenn Du nicht ab und zu neues hinzugießt."

Meier sah mich prüfend an.

„Du kannst recht haben," meinte er dann, „in einem Feldkessel habe ich allerdings noch nie etwas gekocht."

Er stand auf und ging auf eine Gruppe von Soldaten zu, die sich nicht um das Abkochen kümmerten, sondern ein frugales Mittagsmahl von Kommissbrot und schlechter Wurst hielten, oder auch ihre Erbswurst und ihr Büchsenfleisch trocken aßen. „Gekocht schmeckt das auch nicht besser," meinten sie mit echt soldatischem Gleichmut.

Einer der Leute war auch gegen Gewährung einiger Groschen sofort bereit, an Meier seinen Kochkessel zur Benutzung abzutreten und als dieser ihn mit Wasser gefüllt, kam er mit demselben an das Kochloch zurück, um auch sofort den Kessel mit dem Huhne bis zum Rande vollzugießen.

„Es wird schon!" meinte er, froh auf die weiße Haut des Huhnes deutend.– "Sieh' nur, wie schön weiß!"

„In einer Stunde dürfte das Huhn bei dieser Hitze gar sein!" gab ich gleichmütig zur Antwort.

„In einer Stunde sagst Du?" rief Meier erschrocken. „Eine Viertelstunde schon steht es auf dem Feuer, in einer weiteren Viertelstunde gedenke ich es dem Hauptmann vorzusetzen."

„Dann wünsche ich dem Alten gute Zähne und Geduld zum Kauen. Sohlenleder dürfte alsdann noch ein Leckerbissen gegen Dein Huhn sein!"

Meier würdigte mich keiner Antwort, sondern rührte eifrig in seinem Kessel.

„Dass ein Huhn auch abgeschäumt werden muss, weißt Du wohl nicht, Meier?" fragte ich nach einer kleinen Weile.

„Ja, natürlich, ich hatte es nur bis jetzt noch nicht für nötig gehalten," erwiderte Meier mit der Miene eines Grandseigneur [weltgewandten Mannes] der Küchenkunst.

Er holte auch richtig einen Blechlöffel vom Marketender und schäumte den Kessel, in dem das Wasser jetzt zu brodeln und singen begann, ab.

Ich schüttelte immer verwunderter den Kopf und pries mich glücklich, das Huhn, das dort seinem essbaren Zustande entgegeneilte, nicht selbst essen zu müssen. Meiers Kocherei erschien mir in immer seltsamerem Lichte.

„Dass an eine Hühnerbouillon auch Suppenkräuter gehören,

scheinst Du nicht zu wissen, lieber Meier," fing ich harmlos wieder an.

„Natürlich weiß ich das!" gab er mir ärgerlich zur Antwort. „Du scheinst mich für einen Idioten zu halten. Aber wenn man unter so erschwerenden Umständen kochen muss, wie hier, wo mir die allernotwendigsten Ingredienzien fehlen, so möchte ich den sehen, der es besser machte."

„Nimm ein wenig Gras, zerschneide es und wirf es hinein, die Bouillon sieht alsdann freundlicher aus!" riet ich ihm.

„Ist das Dein Ernst oder nur Scherz?"

„Natürlich nur Ernst!"

Meier schüttelte zweifelnd den Kopf, aber ein Blick auf den Kessel, auf dessen Oberfläche es immer trüber wurde, schien ihm die Notwendigkeit von irgend etwas „Grünem" doch darzutun, denn er lief auf die nahe Wiese und kam gleich darauf mit einer kleinen Hand voll frischen grünen Grases zurück.

„So – nun schneide ein bis zwei Halme, aber ja nicht mehr, in möglichst kleine Stückchen und tu' sie in den Kessel!" riet ich ihm, und Meier, der mit jedem Augenblicke zaghafter wurde, tat nach meinen Worten.

In diesen: Augenblicke kam unser dicker Feldwebel an uns vorüber.

„Einjähriger Meier, Sie sollen geschwind einmal zum Herrn Hauptmann kommen!"

Meier brummte: „Auch noch die Störung!" – „Du," wandte er sich an mich, „sei doch so gut und schäume ein bisschen ab, ich komme gleich zurück!"

Ich beruhigte ihn durch die Versicherung, dass sein Huhn bei mir gut aufgehoben sein sollte.

Wirklich beschäftigte ich mich auch angelegentlich mit seinem Kessel. Nur verstand auch ich von der edlen Kunst des Kochens soviel wie gar nichts. Über Pellkartoffeln mit Eiern hatten sich meine Versuche darin nie ausgedehnt.

Aber dieses Huhn – mein Kopfschütteln wurde immer stärker; es musste mit diesem Huhn irgend etwas nicht in Ordnung sein. Die Oberfläche des Kessels blieb trotz aller Abschäumanstrengungen trübe und der Schmutz schien eher zu- als abzunehmen.

In diesem Augenblick kam Meier atemlos zurück.

„Wie steht's denn mit dem verdammten Huhne? Wird das Unglückstier denn gar nicht weich? Der Hauptman ist schon voller Ungeduld. Ich habe ihm gesagt, in zehn Minuten würde es gar sein."

„Versuch's doch einmal!" riet ich.

Meier sah mich zweifelnd an. „Du meinst, ich soll es jetzt vom Feuer nehmen?"

„Unsinn, nimm Dein Messer und stich hinein, Du siehst dann am allerbesten, ob das Huhn weich wird."

Er tat es, aber die Spitze des Messers glitt von der Haut ab.

„Noch lange nicht!" sagte ich kaltblütig. „Der Hauptmann muss mindestens noch eine halbe Stunde warten, wenn er seine Zähne sämtlich im Munde behalten will."

„Das geht auf keinen Fall!" meinte Meier bestürzt. „Seine volle Ungnade wäre mir dann gewiss!"

Ich wandte meine Aufmerksamkeit wieder dem Kessel zu, dessen Inhalt anstatt klarer zu werden, immer trüber wurde.

„Meier, Meier!" sagte ich endlich, nachdem ich eine volle Minute hindurch abgeschöpft hatte. – „Dein Huhn will mir gar nicht gefallen!"

„Lächerlich!"

„Ich fürchte, dass Deine Kochkunst so auffallen wird, guter Meier!"

„Unsinn!"

„Du hast vielleicht zu wenig Salz hineingetan?"

Meier sprang mit einem Satz auf seine Füße. Sein Antlitz wurde bleich.

„Zu wenig Salz?" stotterte er. „Muss denn auch Salz hinein?"
Auch ich erschrak. „Ja, hast Du denn gar kein Salz hineingetan?"

„Nein!" keuchte Meier. – „Aber das kann noch geschehen!" Und spornstreichs lief er hinüber zu dem Marketender, von dem er mit einer Handvoll des Gewürzes zurückkehrte.

„Nicht zu viel!" wehrte ich ab, als er die ganze Portion mit einem Male in den Kessel schütten wollte. – „So, – halt! – so ist's genug! –"

„Da kommt der Hauptmann schon!" stöhnte der arme Meier, indem er auf die Gestalt unseres Chefs wies, der von seinem Platz vor dem Zelte aufgestanden war und augenscheinlich seinen Weg auf unsern Platz nahm.

„Schäume geschwind noch einmal ab!" sagte ich hastig, „Dein Huhn sieht merkwürdig schlecht gerade in diesem Augenblicke aus!"

Er griff nach dem Löffel und fuhr so hastig in den Kessel, dass dieser ins Schwanken geriet und einen Teil seines Inhalts in die Flammen schüttete.

„Vorsicht!" rief ich. „Gleich hätte Dein Huhn unten rösten können!"

„Na, Einjähriger!" schrie in diesem Augenblick der Hauptmann. – „Wo bleiben Sie denn? Erst sollte es nur eine gute halbe Stunde kochen und jetzt haben Sie das alte Huhn schon eine volle Stunde im Kessel. Das Vieh will wohl nicht weich werden? Werde doch am Ende recht haben mit meiner dreißigjährigen Henne, he?"

„Nein, Herr Hauptmann!" stotterte Meier mit einem glutroten Antlitz, von dem die Schweißtropfen nur so herabrieselten. – „Es ist im Augenblick soweit. Das Feuer ist daran schuld, da es nur die untere Fläche des Kessels und nicht auch seine Seiten mit gleicher Glut trifft."

Dem Hauptmann mochte dieser mich ob Meiers Geistesgegenwart verblüffende Grund plausibel erscheinen, denn, ohne einen Blick in den Kessel zu werfen, dessen Inhalt augenblicklich grenzenlos unappetitlich aussah, entfernte er sich wieder, nachdem er noch Meier ein: „Aber jetzt ein bisschen schnell, wenn ich bitten darf!" zugerufen hatte,

„Ist denn das Huhn wirklich noch nicht gar?" stöhnte Meier angstvoll. – „Sieh' Du doch einmal darnach – ich zittre so vor Aufregung, dass ich das Messer kaum halten kann."

Ich tat nach seinem Wunsche, aber mir wurde auf der Stelle klar, dass mindestens noch zwei Stunden vergehen mussten, bis das Huhn auf „Zartheit" und „Weichheit" auch nur den geringsten Anspruch erheben konnte.

„Meier, es ist etwas rätselhaftes mit dem Huhn!" sagte ich bekümmert, denn das Schicksal meines Kollegen stand allzu klar vor meinen Augen, als dass ich noch länger hätte daran zweifeln können. – „Ich weiß nicht, was mit demselben nicht in Ordnung ist, aber ein gekochtes Huhn darf doch nicht so scheußlich aussehen, wie dieses hier!"

Meier erblasste. „Ich habe doch alles ordnungsmäßig getan" stammelte er „ – vielleicht haben wir noch nicht genug abgeschäumt. Lass mich mal sehen!"

Meier nahm den Löffel und schöpfte einen Löffel voll nach dem anderen aus dem Kessel. Die braune Oberfläche schien unerschöpflich. Es wollte in dem Kessel partout nicht klar werden.

„Na, meine Herren, was kochen Sie denn da Schönes?" sagte eine Stimme hinter uns. Der Vize-Feldwebel der Kompanie, ein freundlicher, gefälliger und wohlerfahrener Mann stand hinter uns.

„Ich koche das Huhn des Herrn Hauptmanns!" konnte sich Meier selbst in diesem kritischen Momente selbstgefällig zu antworten nicht versagen.

„Ein Huhn? In dem kleinen Kessel?" meinte der Vize-Feldwebel zweifelnd. – „Wenn das nur gelingen dürfte! Wie lange kocht es denn schon?"

„Über eine Stunde," gab Meier kleinlaut zur Antwort.

Der Feldwebel schüttelte den Kopf, trat näher an den Kessel heran und schaute hinein.

„Was ist denn das für ein Gebräu?" sagte er. „Sie haben wohl gar Kommißbrot in die Bouillon geworfen?"

„Aber, Herr Feldwebel –" wollte Meier entrüstet protestieren.

„Seit wann würzen Sie denn ein Kochhuhn mit Gerstenkörnern?" fuhr der Feldwebel sarkastisch fort, fuhr mit dem Löffel in den Kessel, holte eine kleine Quantität heraus und zeigte sie uns.

„Heiliger Gott, wie kommt denn das in den Kessel?" rief Meier laut und erschrocken.

„Ich will's Ihnen sagen!" sagte im Fortgehen der Feldwebel und klopfte Meier freundlich auf die Schulter. „Ein Huhn gut ausnehmen, ist nicht so leicht, Sie haben es nicht vorsichtig genug gemacht!"

Damit ging er.

Wäre ein Blitzstrahl in diesem Moment vor mir niedergefahren, ich wäre nicht geblendeter gewesen, als von diesem einen Worte des Vize-Feldwebels. Ein Blick auf Meier zeigte mir eine Gestalt, die an Starrheit Lots Weib, als sie zur Salzsäule geworden, nicht unähnlich sah.

„Oh!" schrie ich und fühlte mich gleichzeitig von einem unwiderstehlichen Lachkrampf befallen. „Meier, Meier – o Du ganz entsetzlicher Meier!" Und nun lachte ich, lachte, bis mir die Tränen in die Augen kamen und der fast gespensterhaft bleich aussehende Meier mich fast auf den Knien beschwor, doch nur ruhig zu sein.

„Mensch!" keuchte ich endlich, noch fast ohne Atem – „Mensch, Du hast das Huhn gar nicht ausgenommen!"

Meier antwortete nicht. Er sagte nichts und tat nichts. Aber er fiel in sich zusammen, als habe ihn der schwerste Schicksalsschlag getroffen, der je einen Menschen halb um seinen Verstand gebracht.

„Sag' schnell, Meier, hab' ich Recht?"

Er nickte nur; er war völlig unfähig zu sprechen. Nun wurde mir alles klar. Das tollste Abschäumen hätte hier nichts geholfen.

„Was tun?"

Meier sah mich an und umklammerte plötzlich meine Hand mit seinen beiden.

„Ich bin entsetzlich blamiert, wenn die Geschichte bekannt wird. Rate Du mir, Kollege, Freund, Herzensbruder, was soll ich tun?"

„Donnerwetter! Wo bleibt mein Huhn, Einjähriger!" schrie in diesem Augenblick der Hauptmann.

Eine Flut von Gedanken durchkreuzte mein Hirn. Der Hauptmann, das Huhn so ungenießbar, abscheulich, ekelerregend, so konnte er in seiner Heftigkeit dem armen Meier vielleicht eine Arreststrafe zudiktieren. Davor wollte ich ihn schützen. Aber wie? Wie?

„Wirf den Kessel ins Feuer!" riet ich ihm. Er schüttelte den Kopf. „Dann gesteh' offen, dass Du der lächerlichste aller Kochkünstler gewesen bist!" Er schüttelte seinen Kopf noch heftiger. „Aber, Mensch, etwas musst Du tun! Sieh', jetzt schickt der Hauptmann schon den Feldwebel, nun nimm Dich zusammen!"

„Donnerwetter, Einjähriger Meier! Was ist denn das mit dem Huhne des Herrn Hauptmann? Wenn Sie nun nicht bald damit kommen, können Sie sich auf ein Gewitter gefasst machen, das bei Ihnen sicher einschlägt!"

Meier erhob sich. – „Ich komme," sagte er fest, „das Huhn ist gar!"

Seine Hand zitterte, als er den Stock mit dem daran hängenden Kessel vom Feuer nahm. Er warf einen Blick hinein und schloss sekundenlang die Augen. Die Hühnerbrühe sah aus wie abgestandenes Spülicht.

„Was willst Du tun, Meier?" rief ich ihm zu.

Er antwortete nicht, sondern schritt hochaufgerichtet mit seinem „Prachtgericht" dem Zelte des Hauptmanns zu, vor dem dieser mit den beiden Leutnants Platz genommen,

Ich war aufgesprungen und sah mit klopfendem Herzen der Katastrophe entgegen. Jetzt war er noch zwanzig Schritt von dem Hauptmann entfernt, jetzt noch fünfzehn – da – der Hauptmann sprang auf und die Soldaten eilten von allen Seiten herzu –

Meier lag der Länge nach am Boden. Drei Schritte vor ihm lag der Kessel – leer! Die Bouillon wurde vom Sande aufgesogen, das Huhn lag auf dem schwarzen staubigen Acker.

Der Hauptmann stand sprachlos. Er hatte auffahren wollen, aber die Situation war doch gar zu komisch. Er lachte, und als Meier sich ihm mit einer Entschuldigung nahen wollte, sagte er, noch immer lachend:

„Sie sind ein Unglücksmensch, Meier! Sie haben mich um meinen Appetit gebracht, dafür ist's billig, dass ich Sie um Ihre Ruhe bringe – Feldwebel! Der Einjährig-Freiwillige Meier zieht zwei Nächte hinter einander auf Wache!"

Zerknirscht, aber doch froh kam Meier zu mir zurück. „Das habe ich davon – einmal gekocht, aber nie wieder. Ich bin nur froh, dass mir die Blamage erspart geblieben ist!"

Armer Meier, Du solltest diesen Leidenskelch voll und ganz leeren!

Ein furchtbares Gelächter dröhnte in diesem Augenblick vom Hauptmannszelt zu uns herüber. Meier blickte hin und wurde bleich. Der Feldwebel hatte das Huhn aufgehoben und sofort auf den ersten Blick den wahren Tatbestand entdeckt.

„Meier!" erscholl in diesem Augenblick des Hauptmanns Stimme, und diesmal wirklich zitternd ob der ihn erwartenden Blamage, schritt Meier seinem Schicksal entgegen.

Als der arme Koch vor dem Hauptmann stand, und dieser in das bleiche Antlitz sah, schien sich ein Gefühl von Mitleid in demselben zu regen. Er suchte sein Lachen zu unterdrücken, und als ihm dies endlich gelungen war, sagte er:

„Sie sollten Koch werden, Meier! Sie haben das Zeug dazu. Aber weil Sie mich durch Ihren Fall vor dem Essen dieses scheußlichen Huhnes geschützt haben – Feldwebel, notieren Sie: Der Einjährig-Freiwillige Meier zieht nicht auf Wache!"

Das war die Geschichte vom Biwakhuhn. So lange Meier diente, hat er sie hören müssen. Bei der Kompanie aber hatte er forthin seinen ehrlichen Namen, auf den er getauft war, verloren. Er hieß von nun an nur noch das

„Biwakhuhn".

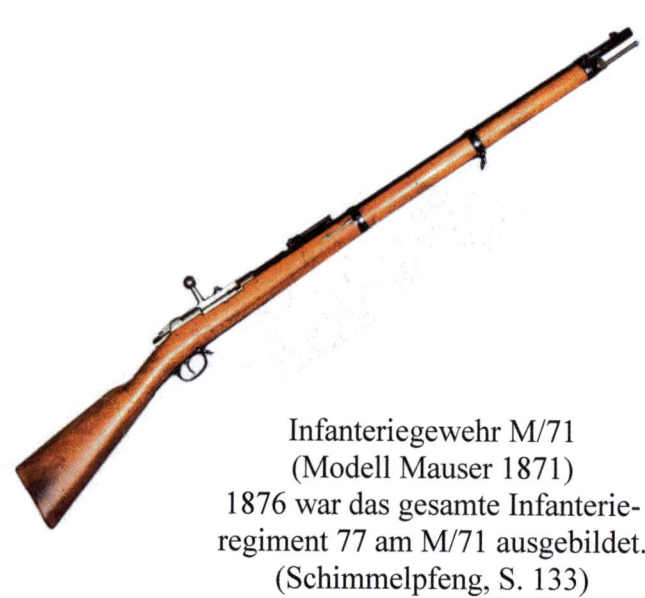

Infanteriegewehr M/71
(Modell Mauser 1871)
1876 war das gesamte Infanterieregiment 77 am M/71 ausgebildet.
(Schimmelpfeng, S. 133)

Der Füsilierteufel.

n der mächtigen Kaserne, in welcher das ganze ... Infanterie-Regiment in einem hannoverschen Provinzialstädtchen einquartiert lag, wohnten auch die Feldwebel, die sämtlich verheiratet waren, in kleinen einfachen Wohnungen im Mittelgebäude.

Jeder Feldwebel hat sein Steckenpferd. Der eine findet seine höchste Wonne im Drillen der unglücklichen Einjährigen, welche ein böses Geschick in seine Kompanie geschleudert; der andere beschäftigt sich in seinen dienstfreien Stunden mit der Kanarienvogelzucht und der dritte vielleicht zieht den Aufenthalt in der Kantine und den Anblick voller Flaschen und Gläser jedem anderen Erdenvergnügen vor.

Ein kinderloser Feldwebel – wenn es einen solchen in der Armee überhaupt gibt! – aber hat sicher irgend ein anderes lebendes Wesen, dem er seine ganz besondere Liebe zu teil werden lässt.

Ich habe einen Feldwebel gekannt, der einen Rekruten eine halbe Stunde lang unermüdlich prügeln konnte, und dem die Tränen in die Augen traten, wenn er unversehens seinem kleinen Hunde auf den Schwanz trat. Ich habe einen anderen Feldwebel gekannt, der seine Frau täglich auf das Roheste prügelte und der drei Tage lang still und in sich gekehrt war, als sein Kanarienvogel starb. Ich habe keinen Feldwebel gekannt, der nicht wenigstens einen Hund, eine Katze, einen Vogel oder ein Kaninchen zum Hausgenossen gehabt hätte, aber in meinem ganzen militärischen Leben ist mir nur eine „Kompaniemutter" vorgekommen, der seine ganze Neigung einem – Ziegenbock geschenkt hatte.

Die neunte Kompanie – die erste des Füsilierbataillons – hatte die Ehre, diesen Feldwebel und diesen Ziegenbock zu besitzen. Die neunte Kompanie war überhaupt eine ganz absonderliche. Die meisten Unteroffiziere waren auf kürzere oder längere Zeit der

Zitadelle in Magdeburg * anvertraut und seit dem letzten Kriege hatten drei Chargierte der Kompanie sich eine Kugel durch den Kopf geschossen. Sah man eine Kompanie nachexerzieren, so war es gewiss die neunte; sah man einen Füsilier auf die Hauptwache führen, so war er in neun unter zehn Fällen ein Angehöriger derselben, und hörte man auf dem Revier der Kompanie im linken Kasernenflügel einen Mann das Blaue vom Himmel herunter fluchen, so war es niemand anders, als der Hauptmann selbst.

Die Soldaten sind ebenso wie die Matrosen in einigen Punkten abergläubisch. Alles Böse, was der Mannschaft der neunten Kompanie passierte, wurde mit einer Einmütigkeit, die etwas Feierliches hatte, keinem geringeren zugeschrieben, als dem – Ziegenbock des Feldwebels.

Wenn der Teufel selbst Lust verspüren sollte, die Erde sich anzuschauen, und zu diesem Zwecke sich nach einer passenden Tiergestalt umzusehen, so kann ich ihm als die geeignetste einen Ziegenbock empfehlen, wie der des Feldwebels einer war.

Groß und stark, mit ein paar Hörnern von nicht zu verachtender Länge, schwarz am ganzen Körper bis auf einen eisgrauen Bart, hätte der Ziegenbock für eine lebende Photographie des Teufels vorzüglich gelten können. Dieser Gedanke herrschte auch in der ganzen Kompanie, ja sogar im ganzen Regiment, denn der Ziegenbock der neunten Kompanie war in der ganzen Kaserne nur unter dem Namen „der Teufel!" bekannt.

Der Feldwebel hätte wohl kaum seinen Liebling in der Kaserne bei sich haben dürfen, wenn nicht der Hauptmann, ein finsterer, unbeugsamer Offizier mit wildem, schwarzem Barte, die Leidenschaft des Feldwebels für den „Teufel" geteilt hätte. Der Bock vergalt diese Neigung. Bösartig von Natur und ein Schrecken der Rekruten, war er sanft wie ein Lamm seinem Herrn und dem Kompanieführer gegenüber.

Kein Tag verging, ohne dass man in der Kantine oder dem

Unteroffizier-Versammlungs-Zimmer * von einem neuen Streiche des Teufels erzählt hätte. Einer derselben, welcher Wochen hindurch die Lachmuskeln aller in Bewegung setzte, verdient der Vergessenheit entrissen zu werden.

Zur Zeit der Felddienstübungen pflegen die einzelnen Kompanien eine bis zwei solcher Übungen während der Nacht vorzunehmen, um die Mannschaften auf das Manöver vorzubereiten.

Eines Abends gegen 8 Uhr stand die neunte Kompanie mit vollem Gepäck, pro Mann mit 5 Platzpatronen versehen, auf dem Kasernenhofe. Eine kleine Abteilung in Feldmützen, unter Leitung des Feldwebels, war schon eine halbe Stunde vorher abmarschiert. Sie sollte den Feind darstellen. Das Übungsfeld war ein etwa eine Stunde von der Kaserne entfernter Föhrenwald, den eine von wenigen kleinen Gehöften besetzte Haideebene begrenzte.

Der „Teufel" war am Nachmittage auf dem weiten Exerzierplatze vor der Kaserne spazieren gegangen. Am Rande desselben sprosste frisches, grünes Gras in üppiger Fülle und der Ziegenbock, nachdem er seine Siesta gehalten und ein paar Kindern, welche dem Turnen der Soldaten aus einiger Entfernung zuschauten, einen fürchterlichen Schrecken eingejagt, behaglich grasen gegangen. Da kam die kleine, aus zwei Sektionen bestehende Abteilung, welche sein Herr führte, an ihm vorüber, um jenen Föhrenwald als feindliche Abteilung zu besetzen.

Der Bock hob sich auf die Hinterbeine und blickte mit seinen roten Augen zu den ohne Tritt im Eilschritt marschierenden Soldaten hinüber. Sein Herr hatte ihn nicht bemerkt, die Zeit war knapp und er hatte an nichts weiter zu denken, als an seine Befehlshaberrolle.

Diese Unaufmerksamkeit in Bezug auf seine schwarze Person ärgerte den Bock wahrscheinlich. Erst stand er eine ganze Weile regungslos und starrte den Soldaten nach, bis diese hinter einem Hügelrücken verschwanden, dann meckerte er laut auf und im nächsten Moment rannte er in tollen Sprüngen hinter der sich eilig fortbewegenden Abteilung her.

Der Feldwebel drehte sich fluchend um, als er einen sanften Stoß in den Rücken spürte, denn er glaubte, irgend einer der Soldaten habe ihn aus Unvorsichtigkeit gestoßen – aber er blieb erschreckt stehen, als er auf den Hinterbeinen hoch aufgerichtet seinen schwarzen Bock vor sich stehen sah, der ihn fröhlich anmekkerte und dazu höchst energisch mit dem Kopfe nickte.

Der Feldwebel stand eine Weile ratlos. Zurückjagen nützte nichts, das wusste er. Und einen Mann mit dem Tiere zurückschicken, das durfte er nicht. Jeder Aufenthalt war zudem gefährlich und so entschloss er sich denn resigniert, den „Teufel" an der Felddienstübung teilnehmen zu lassen.

Der Bock schien die Würde seiner neuen Stellung durchaus zu begreifen. Der Feldwebel brauchte seine Leute zum schnellen Marschieren nicht mehr anzutreiben. Das besorgte der Bock viel einfacher und praktischer: wer einen Schritt zurückblieb, bekam eine Nachhilfe mit dem Gehörn, dass der Betreffende gewiss mit neuem Eifer über den Brachacker weiter stampfte.

Dem Feldwebel waren inzwischen doch Bedenken über die Zulässigkeit des „Teufels" zu einer Felddienstübung aufgestiegen. Dicht an der Stellung, welche ihm einzunehmen aufgegeben war, lag ein kleines Haus, von einem Schäfer bewohnt. – Während der Unteroffizier, welcher der Abteilung beigegeben war, die Leute in den Wald hineinführte, fasste der Feldwebel seinen Liebling bei den Hörnern und zog ihn in das Haus, rief den Bewohner desselben und bat ihn, den Bock bis zur Beendigung der Übung einzusperren.

Mit der Gefälligkeit, die dem Landbewohner in dortiger Gegend eigen ist, versprach der Mann, für den Ziegenbock zu sorgen und beruhigt eilte der Feldwebel seinen Leuten nach, um diese aufzustellen.

Der Bock war der Hand voll frischen Grases, welche der

Bauer ihm bot, bereitwillig gefolgt, als aber das Hoftor hinter seinem Herrn zuschlug, begriff er die Situation. Als der Mann ihm einen Strick umlegen wollte, bäumte er auf, streckte die Hörner vor und machte einen solchen Satz auf den Geschreckten zu, dass dieser es vorzog, jeden Fesselungs-Versuch zu unterlassen und ihn sich selbst überlassend, in das kleine Haus zurückkehrte.

Der Bock schien keine Eile zu haben. Er wanderte vorläufig auf dem Hofe herum, gab dem ihn ankläffenden Hofhund einen Stoß, dass dieser heulend und mit eingezogenem Schwanze in seine Hütte lief, und beschäftigte sich ruhig mit dem Aufsuchen und Fressen der einzelnen Grashalme, die auf dem Hofe wuchsen.

Es war dunkel geworden, als die Hauptabteilung unter allen Vorsichtsmaßregeln, mit Spitze, Vorhut und Seitenplänklern dem Gefechtsfelde und der feindlichen Stellung sich näherte. Das Kommando des Gros war dem Premierleutnant anvertraut, die Vorhut kommandierte der blutjunge Sekondeleutnant und der Hauptmann ritt von einer Stellung zur andern, um das Verhalten seiner gesamten Mannschaft zu überwachen.

Der Herr Sekondeleutnant machte heute seine erste Felddienstübung mit. Er war erst vor zwei Monaten aus der Kadettenschule zum Regiment gekommen. Theoretisch war er natürlich gebildeter als seine Exzellenz der Herr kommandierende General selber, wie alle jungen Leutnante, die ihr Examen soeben hinter sich haben, und die Praxis, du lieber Gott, die Praxis ist ja nach der Meinung dieser jungen Herren vollkommene Nebensache! –

Die Abteilung hatte an der Lisiére des Wäldchens eine Feldwache bezogen und eine zweite Feldwache einige hundert Meter weiter rechts unter dem Kommando eben jenes jungen Leutnants etabliert. Kaum war dieser dort angelangt und hatte seine Doppelposten ausgesetzt, als er nach rechts und links ins Vorterrain eine Patrouille sandte.

Die Nacht war still und dunkel. Man hörte immer schwächer

das Geräusch der Patrouille auf dem trockenen Moose. – Plötzlich, der junge Leutnant biss gerade in eine Schinkenstulle, ertönte ein Schuss. – „An die Gewehre!" rief der Leutnant, ließ Schinkenbrot und Fläschchen auf den Wiesengrund fallen und stand mit einem Satze bei seiner Mannschaft.

Noch ein Schuss dröhnte dumpf durch den Wald. Dann war alles still. Da knackten die Zweige in der Nähe und der dritte Mann der Patrouille kam herangelaufen, nahm das Gewehr auf und stotterte: „Meldung – von – Patrouille Nr. 1: Patrouille ist auf den Feind gestoßen!"

Unser junger Leutnant war ein Mann der Tat. Er übergab dem ältesten Unteroffizier die Wache und ging mit 6 Mann zur Verstärkung vor. Das Erste, was er nach zehn Minuten sah, war seine Patrouille, die ihm in dem dunklen Walde entgegenlief.

„Halt!"

Der Einjährige – ein blutjunges Bürschchen –, welcher die Patrouille führte, riss sein Gewehr in den Arm. –

„Herr Leutnant," stotterte er – „hier ist jemand im Wald!"

„Na" – näselte dieser, – „det sollten Sie doch schon seit heute Morgen wissen! Sie werde ich ooch wieder auf Patrouille schicken. – Schließen Sie sich hinten an! –"

Und den blanken Degen in der Faust drang der Leutnant vor. Plötzlich, ein Gestrüpp umbiegend, fuhr er zurück. Er hatte ganz deutlich eine dunkle Gestalt und zwei glühende Augen gesehen.

„Legt – an! Feuer!" hallte sein Kommando. Acht Platzpatronen verloren ihr Dasein, acht Schüsse hallten durch den Wald. – Aber – sonderbar! – kein Schuss antwortete. Dagegen vernahm man ein deutliches Knistern.

„Vorwärts!" kommandierte der junge Held und sprang vorwärts, fiel aber im nächsten Moment hinterrücks zu Boden. „Verdammt, Ihr Schurken!" fluchte er, indem er sich wieder aufrichtete. – „Ihr wollt Euren Offizier –" weiter kam er nicht in seiner Entrüstung über den Verdacht, irgend ein Füsilier hätte ihm mit dem Kolben einen Stoß versetzt, – denn im nächsten Moment fühlte er einen heftigen Stoß in der Seite und ein paar gespenstige glühende Augen blickten ihn so entsetzenerregend an, dass er unwillkürlich ein paar Schritte zurückwich – der Spielmann an seiner Seite – ein Katholik – schrie im nämlichen Augenblicke laut auf und sprang entsetzt eine ganze Strecke zur Seite. – Er hatte einen Stoß in den Bauch bekommen, dass es ihm vor den Augen flimmerte.

„Jesus, Maria und Joseph!" schrie er auf, als auch er dicht vor sich ein paar glühende Augen erblickte und gleich darauf einen zweiten Stoß empfing – „der Satan ist da!" Und damit brach der tapfere Spielmann nach hinten zu aus, so schnell seine Füße ihn trugen und seine ausgestreckten Hände ihn vor den Ästen zu schützen vermochten.

„Schnellfeuer!" schrie der junge Offizier fast ohne Besinnung, indem er langsam aber fortwährend reterierte [sich zurückzog]. Aber nur wenige Schüsse krachten und bei dem einen sah man in dem bläulichen Pulverblitz ein übermenschliches schwarzes Wesen, das sich drohend auf die Soldaten stürzen zu wollen schien.

„Langsam zurück!" kommandierte der Leutnant. Des Befehles bedurfte es nicht mehr. Keiner der acht Mann stand eher wieder still, ehe er nicht am Ausgange des Waldes die unter Gewehr getretene Feldwache und bei derselben haltend den Hauptmann erblickte.

Der Leutnant trat salutierend mit klopfendem Herzen an ihn heran.

„Wir wurden von überwältigender Übermacht angegriffen. – Ich ließ Schnellfeuer geben und dann die Leute langsam zurückgehen –"

„Bitte, Herr Leutnant!" sagte der Hauptmann mit ironischer Miene und lenkte sein Pferd einige Schritte zur Seite.

Eine böse Ahnung ergriff den jungen Offizier.

„Sehen Sie dorthin, Herr Leutnant!" sagte der Hauptmann mit unheimlicher Ruhe, indem er auf die erste Feldwache wies, von der Schuss auf Schuss herüberdröhnte. – „Dort sind wir engagiert, dort ist der Feind. – Was Sie hier gesehen haben, ist mir unbegreiflich."

„Verzeihen Herr Hauptmann, wir waren so nahe mit einer feindlichen Abteilung zusammen, dass ich von einem Füsilier sogar einen Stoß erhielt, der mich zurücktaumeln machte!" stotterte der Leutnant. –

„Was ist das?" fuhr der Hauptmann auf. – „Ja, da sollen doch alle tausend Teufel –"

Und mit einem kurzen „Kommen Sie!" ritt er zu der Feldwache zurück. Der Leutnant folgte ihm. –

Der älteste Unteroffizier trat zu diesem heran. –

„Herr Leutnant, es raschelt hier vor uns, das Rascheln kommt immer näher!" rapportierte er.

Der Leutnant meldete das Gehörte dem Hauptmann. –

„Unsinn!" sagte dieser. „Hier vor uns kann höchstens eine Patrouille sein und wenn die so grade auf uns hineinläuft, schicke ich sie morgen früh in Arrest!" –

Er sprach die letzten Worte unwillkürlich langsam und horchte. Es war kein Zweifel, es näherte sich jemand durch das dichte Unterholz der Feldwache. –

„Nieder!" kommandierte der Hauptmann leise und die Mannschaften warfen sich neben ihren Gewehren auf den weichen Boden nieder.

Einen Augenblick herrschte lautlose Stille. –

Dann knisterte und krachte es wieder im Walde. Immer näher kamen die Tritte. Mit angehaltenem Atem lauschte alles. Der Hauptmann hatte den Kopf weit vorgestreckt und sein Pferd hob unruhig die Nüstern und schnob die Luft ein.

Da erschien ein dunkler Schatten zwischen den letzten Bäumen. Eine niedrige Gestalt trat aus dem Walde heraus und machte einige Schritte auf die Haide hinaus. Im selben Augenblick brach ein fahler Mondstrahl durch das schwarze Gewölk und warf seinen bleichen ungewissen Schimmer auf die Szene. – „M ä ä ä ä h!"

Eine Sekunde nur stand alles wie erstarrt da! Dann aber brach der Hauptmann in ein so furchtbares Gelächter aus, dass sein Pferd erschrak und aufbäumte. Und nun erschallte ein so dröhnendes Gelächter aus zwanzig Soldatenkehlen, dass die nächste Feldwache eine Patrouille abschickte, um zu sehen, was es gäbe.

Der junge Leutnant stand wie mit Blut übergossen da. Der Ziegenbock trat völlig auf die Ebene heraus und kam mit fröhlichem Meckern auf den noch immer lachenden Hauptmann zu. Der Leutnant hätte dem Tiere in diesem Augenblick mit Wollust seinen Degen durch den Leib gerannt.

„Das Ganze sammeln!" befahl der Hauptmann mit Tränen in den Augen. – „Das war also Ihr Feind, Herr Leutnant? Du lieber Gott, und auf den haben Sie Schnellfeuer geben lassen?" –

Der Leutnant salutierte schweigend, während der Spielmann die vier langgezogenen Töne blies, welche Freund und Feind alsbald zur Stelle riefen.

Der Bock näherte sich dem Leutnant. Er hatte augenscheinlich gute Laune und wollte ihm die Hand lecken. Ein Fußtritt scheuchte ihn hinweg. Aber gerade in dem Augenblick, als der Premierleutnant mit seiner Abteilung von der einen, der Feldwebel mit der seinigen von der anderen Seite erschien, stand der Bock wieder in Angriffsposition und stürmte auf den Leutnant ein. –

„Schnellfeuer, Herr Leutnant!" rief der Hauptmann und lachte hellauf. Aber es bedurfte erst der tätigen Intervention des Feldwebels, seinen Liebling von einer Serie von Angriffen auf den Offizier abzuhalten. –

Nie ist die neunte Kompanie heiterer gewesen, als an diesem Abend. Ein Füsilier ließ sein Gewehr fallen, der Hauptmann sah es nicht. – Ein anderer blieb eine Strecke zurück, der Hauptmann bemerkte es nicht. – Ein Dritter stimmte ein verbotenes Lied an und die anderen fielen in den obszönen Text jubelnd ein – der Hauptmann hörte es nicht – denn er lachte, lachte noch immer, dass ihm die dicken Tränen über die Backen liefen. –

An der Tête marschierte der Leutnant, Gift und Galle im Herzen. Neben ihm, bald voranspringend, bald die Truppe erwartend, blieb der „Teufel", und nie hat sein „M ä ä ä h!" höhnischer und siegesfroher geklungen als an diesem Abend.

Drei Tage darauf fand der Feldwebel am frühen Morgen vor seiner Tür den Bock steif und tot. Der Tierarzt konstatierte in seinen Eingeweiden Gift. Der Attentäter ist offiziell nie bekannt geworden.

Die ganze Kaserne, ja die ganze Stadt lachte. – Und noch heute, – fünf Jahre sind seit jenem Abende vergangen – noch heute höre ich, wenn ich zu meinem Regimente komme und das Gespräch sich auf den alten Ziegenbock der neunten Kompanie lenkt, den jubelnden Ruf:

„Der Füsilierteufel!"

Das Regimentslied der „77er"

Von Hauptmann Kasch,
nach der Melodie: Was blasen die Trompeten, Husaren heraus !

1 - Im Jahre Sechsundsechzig,
An Roßbachs Jahrestag, *
Da rief des Königs Ordre
Die Siebenundsiebzig wach!
Die gute Sieb'nundsiebzig,
Die ich mit Freuden trag',
Wenn auch der Aberglaube
Von ihr nichts wissen mag!
Und Juchheirassassa, – wo's gilt, da sind wir da,
Wir muntern Sieb'nundsiebziger,
und rufen laut Hurra!

2 - Aus Brandenburg'schen Söhnen,
Der Kriegesherr befahl,
Den Grundstein zu legen –
fürwahr, welch' prächt'ge Wahl!
Die flinken Brandenburger
Mit ihrem frischen Mut,
Und feste Hannoveraner,
Die Mischung, die war gut!
Und Juchheirassassa u.s.w.

3 – Es waren alle Streiter
Von echter, guter Art,
Die sich um unsre Fahnen,
Als sie enthüllt, geschart;
Die einen hatten hüben
Als Brave sich bewährt,
Die andern hatt' man drüben
Als Kämpfer hochgeehrt.

Und Juchheirassassa u.s.w.

4 - Man hat ins alte Wesel
Zuerst uns hingelegt,
Weil dort die Übungswiese
Ein schönes Denkmal trägt;
Daran 'ne junge Truppe,
Ihr Herz erwärmen kann,
Zu kämpfen und zu sterben,
Wie jene elf getan.
Juchheirassassa u. s. w.

5 – Auch ist die Wes'ler Gegend,
Wie jedermann bekannt,
Zum Festungs- wie zum Felddienst
Ein gleich geeignet Land.
Die dunklen Wälle lehren
Uns fest geschlossen sein,
Auf Heid' und Hügel üben
Den leichten Kampf wir ein.
Und Juchheirassassa u.s.w.

6 – Wiewohl erst wenig Jahre
das Regiment durchlebt,
Sind ihm schon ernste Tage
Vom Schicksal eingewebt;
Als letzthin gier'ge Flammen
Fast alles ihm verzehrt,
Da hat es schon im Frieden
im Feuer sich bewährt.
Und Juchheirassassa u.s.w.

7 - Doch woll'n wir uns bewähren
Im Feuer auch vor'm Feind,
Wenn er im Übermute,

Uns an der Grenz' erscheint.
Dann wollen des Geburtstags,
recht eingedenk wir sein
Und wie einst Roßbachs Kämpfer
Gewaltig schlagen drein!
Und Juchheirassassa u.s.w.

In: Schimmelpfeng: Geschichte Inf.Reg. 77

Fahne eines
Infanterieregimentes des X. Armeekorps

Erläuterungen

Blachfeld : flaches, ebenes Feld, oft mit Bäumen besetzt; für militärisches Exerzieren geeignet.

Braunschweiger Husar : Reitersoldat der (leichten) Kavallerie des Braunschweiger Husaren-Regimentes Nr. 17

Capitaine d'armes : (franz.) Waffenkapitän; Unteroffizier, der für die Kleinwaffen einer militärischen Einheit zuständig war.

Detachementsübungen : Übungen einer zu besonderen Aufgaben abgestellten Truppenabteilung (Detachement).

Dragoner : berittener Infanterist als Teil der Kavallerie.

Dujour-Unteroffizier : (franz.) Unteroffizier vom „Tage", vom Dienst

Einjähriger : Einjährig-Freiwilliger. Wehrpflichtige mit Abitur konnten ihren Wehrdienst freiwillig in einer Einheit ihrer Wahl leisten. Nach dem einjährigen Dienst und bestandener Offiziersprüfung konnten sie Reserveoffizier werden.

Fourier : Unteroffizier, der für Verpflegung (Fourage) und Unterkunft verantwortlich war.

Füsilier : Gemeiner Infanterist, ursprünglich mit franz. „fusil", „Steinschlossgewehr" ausgerüstet; später leichter Infanterist mit Zündnadelgewehr; ab 1871 Ausrüstung mit dem Gewehr M/71. Somit bestand ausrüstungs- und aufgabenmäßig kein Unterschied mehr zu den übrigen Infanteristen wie Musketier und Grenadier. Die Füsilierbataillone wurden in III. Bataillone umbenannt.

Gilka : Bezeichnung für den sogenannten „Kaiser-Kümmel" des Branntwein-Brenners J.A. Gilka in Berlin.

Gummi arabicum : gummiartiges Bindemittel / Klebstoff, aus dem Wundsaft von afrikanischen Akazienbäumen gewonnen.

Hautboist : (franz.) ursprünglich nur die Bezeichnung für einen Oboisten, Oboenbläser; später verallgemeinert für Musiker in einem militärischen Musikkorps.

Infanteriekaserne : auch Große (Infanterie-) Kaserne, heute Celler Rathaus, Am Französischen Garten 1. Errichtet 1869-1872 im neogotischen Stil als Backsteingebäude, war hier das Infanterieregiment 77 von 1872 – 1919 stationiert. Das fünfstöckige Gebäude von 180 m Länge war eine der größten Kasernen im Deutschen Reich und nahm das gesamte Regiment mit 1.200 Soldaten auf.

Kantonnement : Truppenunterkunft, in einem „Kanton", einem Militärbezirk; dort temporäre oder auch dauerhafte Unterbringung (Stationierung) von Truppen.

Kasino : Das Celler Casino, auch Regimentshaus genannt, beherbergte die Offizier-Speiseanstalt des Infanterieregimentes 77. Das heutige Stadtpalais an der 77er Straße Nr. 1, wurde 1873 – 1876 errichtet, nachdem die Offizierspeisung im Rathauskeller und im Unteroffizierversammlungszimmer der Großen Kaserne nicht mehr den Ansprüchen des Offizierskorps genügte. Das Gebäude im Stil der Neo-Renaissance wird von Conrady in seiner „Geschichte des Infanterieregimentes" beschrieben und als „vornehmes Landhaus" bezeichnet. Neben Speisesaal und Küche wies das Haus auch Gesellschaftsräume, wie einen großen Ballsaal auf. Das Casino wurde bald zum Mittelpunkt des gesellschaftlichen Lebens in Celle, über das Offizierskorps hinaus auch für bürgerliche Kreise.

Klopfpeitsche : kurze Peitsche mit mehreren Riemen zum Ausklopfen, z.B. von Teppichen

Knopfgabel : gabelförmiges, flaches Holzstück, das unter den Knopf eines Kleidungsstückes geschoben wird. Man kann so den Knopf putzen, ohne die Uniform zu ruinieren.

Kompaniemutter : übliche Bezeichnung für den Kompanie-Feldwebel, meist einen Hauptfeldwebel.

Lisiére : (franz.) Rand, militärisch für Waldrand.

Montierungsstücke : persönliche Utensilien von Uniform- und Ausrüstungsteilen.

Olla potrida : In der spanisch-kastilischen Küche ein Eintopf, eine Bouillon mit Fleisch und Gemüse.

Picket : auch Pikett, von franz. Piquet: abmarschbereite, einsatzbereite Truppenabteilung, Vorposten.

Polacke : abgeleitet von „Polak", polnisch für „Pole"; historische Bezeichnung für Polen.

Premier, Premierleutnant : Erster Stellvertreter eines Kompaniechefs (Hauptmanns); entspricht dem heutigen Dienstgrad „Oberleutnant".

Roßbachs Jahrestag : Am 5. November 1757 besiegte der preußische König Friedrich II. die Französische und die Reichsarmee bei Roßbach (heute in Sachsen-Anhalt). Diese Schlacht gilt als Wendepunkt im Siebenjährigen Krieg. Der 5. November 1866 ist der Stiftungstag des Infanterieregimentes Nr. 77 in Dresden.

Sekondeleutnant : Zweiter Stellvertreter eines Kompaniechefs (Hauptmanns); entspricht dem heutigen Dienstgrad „Leutnant".

Soeur grise : (franz.) graue Schwester, im Sinne von „grauer Maus".

Soutien : (franz.) Beistand, Begleitung, Unterstüzung; militärisch für die Unterstüzungstruppe verwendet.

Spandau oder Magdeburg : Standorte von Militärgefängnissen, in denen Mannschaften und Unteroffiziere ihre „Festungsstrafen" in der „Zitadelle" abgalten.

Subalternoffizier : Offizier mit einem Dienstgrad „unter einem anderen", d.h. niedriger als Stabsoffizier.

Unteroffizier de jour : (franz) Unteroffizier vom „Tage", vom Dienst (UvD).

Unteroffiziers-Versammlungszimmer : Raum in der großen Infanteriekaserne, der neben der Funktion eines Versammlungsraumes für Unteroffiziere auch als Speisesaal für Offiziere diente.

Wasserpolackei : polnisch besiedelte Gebiete Schlesiens.

Zitadelle Magdeburg : siehe Spandau.

Historische Hintergründe

Crome-Schwiening nennt in seinen beiden Schriften Namen von Personen und Orten, die sich nicht direkt verifizieren lassen. Trotzdem lassen sich Rückschlüsse auf einige Personen und Orte ziehen.

Im ersten Kapitel nennt er gleich zu Beginn den Ort L... als Standort seines Infanterie-Regimentes. Zwischen 1871 und 1887 war das 2. Hannoversche Infanterieregiment Nr. 77 nicht nur in Celle, sondern auch in Lüneburg stationiert. Somit kommt L. als „Lüneburg" in Frage.

In der Erzählung vom Hund des Kapellmeisters wird von einem Kommandeurswechsel berichtet. Dies trifft auf die Übergabe des Infanterieregimentes Nr. 77 am 17. Februar 1881 von Oberst Rudolf von Ploetz auf Albert von Kessel zu. Conrady schreibt dazu in seiner Regimentsgeschichte:

„Am 17. Februar wurde Oberst v. Ploetz in Genehmigung seines Abschiedsgesuches als Generalmajor mit Pension zur Disposition gestellt. Was das Regiment an dem verehrten bisherigen Kommandeur verlor, sprach ein Brigadebefehl vom 17. Februar sehr treffend aus: ‚Das Regiment verdankt dem scheidenden Kommandeur sehr viel. Es war vollberechtigt, in ihm den wohlwollenden, rastlos sorgenden und schaffenden Vorgesetzten, den Pfleger eines altpreußischen gesunden Geistes, einer echt soldatischen Disziplin und einer gründlichen dienstlichen Ausbildung zu verehren. Das Regiment erhält, als ein durchaus tüchtiges, in Oberstlieutenant v. Kessel einen neuen Kommandeur und wird sich bemühen, das Gewonnene zu bewahren und weiter zu pflegen!‘ " (Conrady, S. 245)

Allerdings wird von Kessel bei Crome-Schwiening weit negativer dargestellt, als es Conrady tut:

„Oberst v. Kessel hat über fünf Jahre an der Spitze des Regiments gestanden, und seinem segensreichen Wirken ist es zu danken, daß das Regiment nicht bloß ‚ein durchaus tüchtiges Regiment', wie es im obigen Brigadebefehl bezeichnet war, blieb, sondern daß es auch an Ansehen bei den Vorgesetzten und im X. Armeekorps gewann.

Auf sehr gründlichen praktischen Dienstkenntnissen und Erfahrungen fußend, war er mit der Zeit fortgegangen, erkannte die Anforderungen, welche die neue Zeit an die Ausbildung machte, begegnete jeder Ausschreitung in den Ansichten über kriegsgemäße Ausbildung, und weil er an sich selbst die höchsten Anforderungen stellte, forderte er auch von seinen Untergebenen eine unausgesetzte Hingabe an den Königlichen Dienst. Die Ausbildung des Felddienstes ließ er sich besonders angelegen sein. Unmittelbar nach der Rekrutenbesichtigung pflegte er eine Besichtigung der Rekruten im Terrain folgen zu lassen, wobei er zugleich die Unteroffiziere kleine Aufgaben lösen ließ. Er erreichte damit, daß die Rekruten von Anfang an den Werth richtiger Terrainbenutzung kennen lernten.

Durchdrungen von der Wichtigkeit der Heranbildung eines tüchtigen Reserveoffizierskorps übte er auf die sachgemäße und gründliche Ausbildung der Einjährig-Freiwilligen und Reserveoffizier-Aspiranten den förderndsten Einfluß. Er nahm es damit sehr ernst, und die Einjährigen gewannen bald den Eindruck, daß es sich nicht bloß um Erfüllung ihrer Wehrpflicht handelte, sondern daß während ihres Dienstjahres höhere Ziele zu erstreben waren." (Conrady, S. 246)

In der Schilderung vom Hund des Kapellmeisters spricht Crome-Schwiening davon, dass der Kapellmeister Königlicher Musik-Dirigent geworden ist. Dies trifft auf den Stabshoboisten Reichert zu, der von 1866 bis 1889 im Regiment die Musik dirigierte und am 18. Januar 1878 mit dem Titel „Königlicher Musik-Dirigent" ausgezeichnet wurde. (Conrady, S. 235)

Die Zeitunterschiede in Crome-Schwienings Erzählungen, die Ernennung des Kapellmeisters 1878 und der Kommandeurswechsel 1881, lassen sich folgendermaßen erklären: Am Schluss des „Füsilierteufels" gibt er an, dass er seit fünf Jahren zum Regiment gehört. Damit könnten seine Erlebnisse im Zeitraum von 1877 bis 1881 liegen. Da er 1858 geboren wurde, kommt ein Dienst als Einjährig-Freiwilliger nach dem Abiturexamen in Celle um 1877/1878 in Frage. Oder anders gesagt: Crome-Schwiening hat seine Erlebnisse als Einjähriger nicht nur aus dem ersten Jahre seines Dienstes, sondern auch aus seinen nachfolgenden Wehrübungen verarbeitet.

Zu Beginn des „Füsilierteufels" schreibt der Autor, dass sein Infanterie-Regiment in einer „mächtigen Kaserne" eines hannoverschen Provinzialstädtchen einquartiert lag. Hierbei kann es sich nur um die „Große Kaserne" in Celle handeln, in der seit 1873 das Infanterieregiment 77 untergebracht war.

Das preußische Infanterieregiment Nr. 77 wurde im November 1866 in Dresden gegründet. Nach der von Preußen gewonnenen Schlacht bei Langensalza Ende Juni 1866 bemühte sich Preußen, Teile der geschlagenen hannoverschen Armee zu integrieren. In Hannover wurde das Armeekorps X gebildet, dem das 2. Hannoversche Infanterieregiment Nr. 77 unterstellt war. Bei Crome-Schwiening kommt an mehreren Stellen, wie z.B. beim Leutnant aus Schlesien, beim „Polacken", den Landessöhnen aus der Lüneburger Heide, zum Ausdruck, dass man sich bemühte, mit der Kommandierung von Offizieren, Unteroffizieren und Mannschaften aus unterschiedlichen Kantonen des größer gewordenen Preußens die Armee zu einer preußischen zusammenwachsen zu lassen.

Kurzvita Crome-Schwienings

Carl Crome-Schwiening wird am 13.02.1858 in Syke/Bremen geboren, wo sein Vater als Rechtsanwalt und Notar tätig ist. Nach dem frühen Tod des Vaters zieht seine Mutter, eine geborene Dietz, mit zweien ihrer Töchter und Sohn Carl 1870 zu ihrem Vater nach Celle. Hier besucht Carl das Gymnasium. Sein militärisches Einjähriges verbringt er im 2. Hannoverschen Infanterieregiment Nr.77. Seine Erlebnisse und Erfahrungen aus dieser Zeit und seinen Wehrübungen spiegeln sich in zehn militärisch bezogenen Schriften wider. Danach studiert er in Berlin und Leipzig, wo er als Journalist beginnt, und seit 1881 verfasst er auch Romane und Erzählungen. Zu nennen sind seine zeitkritischen Romane, wie „Und Bebel sprach !" von 1893 oder „Von Friedrichscron bis Friedrichsruh" von 1896. Er verfasst auch Kriminalromane, wie „Unter fremdem Willen" und „Die Elbpiraten", die in den Jahren 1900 und danach spielen.

1887 wird er Dramaturg an der Städtischen Bühne in Leipzig. 1890 redigiert er die Zeitschrift „Schalk", den „Kunst- und Theater-Anzeiger" und die „Allgemeine Modezeitung", die in Leipzig erscheinen. 1890 und 1891 schreibt er für Operetten des Komponisten und Pianisten Heinrich August Platzbecker (1860 - 1937) die Texte der Gesänge zu „König Lustik" und „Jenenser Studenten".

1902 nimmt er in Hannover als Nachfolger von Hermann Löns die Stelle als Chefredakteur des „Hannoverschen Anzeigers" an. Hier entstehen seine Romane „Unter dem springenden Pferd – Ein hannoverscher Roman aus dem Kriegsjahr 1866" und der Fortsetzungs-Kriminalroman „Der Fund in der Eilenriede", bei dem es sich um ein Findelkind dreht.

In seiner hannoverschen Zeit ist Carl Crome-Schwiening auch öfters bei seinen Schwestern im Töchterheim am Bremer Weg in Celle zu Besuch. Nach seinem Ableben am 24.06.1906 lassen sie ihn auf dem Hehlentor-Friedhof, dem „Bürgerfriedhof" oberhalb der städtischen Allerbrücke in Celle, bestatten.

Militärschriften Crome-Schwienings

Garnisongeschichten : Heitere Bilder vom Exerzierplatz und aus der Mannschaftsstube. 2. Aufl. - Berlin : Neufeld & Henius, 1894

Humoresken aus dem Soldatenleben im Frieden. 4 Bd.e, 1884 - 1886

Krieg im Frieden. Humoristischer Roman aus dem modernen Garnisonleben. Zeichnungen G. Sundblad. 3. Aufl. - Leipzig, 1885

Manöverbilder : Rauchlose Soldatengeschichten. 1. Aufl. Schkeuditz-Leipzig : Deutscher Volksverlag, 1893; 2. Aufl. - Berlin : Neufeld & Henius, 1894

Marine auf Urlaub. Schwank. Conrad Glaser's Theater-Bibliothek Nr. 63. Leipzig : Musikalienverlag Conrad Glaser, o.J.

Marsch, marsch, hurra ! : Lustige Geschichten aus dem Soldatenleben im Frieden. 2. Aufl. - Berlin : Neufeld & Henius, 1894

Mirza Schaffy im Waffenrock : Ein lustiges Vademecum für den Einjährig-Freiwilligen. Celle : Schulze, 1884

Nur keinen Lieutenant. Lustspiel in einem Aufzuge. Conrad Glaser's Theater-Bibliothek Nr. 10. Leipzig : Leipzig : Musikalienverlag Conrad Glaser, 1889

Unter dem springenden Pferd : ein hannoverscher Roman aus dem Kriegsjahr 1866. Hannover : Hannoverscher Anzeiger, 1905

Wir von der Infanterie! : Aus den Erinnerungen eines „Sandhasen". Berlin & Leipzig : Laverrenz, 1894

Die Manöverkarten / Force majeure / Lieutenants Christkind, in: **Allerhand humoristische Kleinigkeiten** : Novelletten und Skizzen. Leipzig : Reclam, 1891 (Universal-Bibliothek; 2827), S. 23-29, 89-95

Quellen und Literaturhinweise

Garnisongeschichten : Heitere Bilder vom Exerzierplatz und aus der Mannschaftsstube. 2. Aufl. - Berlin : Neufeld & Henius, 1894.- Nach dem Exemplar in der Staatsbibliothek zu Berlin, Sign. Yt 702, PPN 449767663

Manöverbilder : Rauchlose Soldatengeschichten. 1. Aufl. Schkeuditz-Leipzig : Deutscher Volksverlag, 1893; 2. Aufl. Berlin : Neufeld & Henius, 1894.- Nach einem Exemplar der 1. Auflage.

Celler Garnison-Museum e.V.: **Garnisongeschichte Celle**. URL: Garnison-Museum.Celle.de/Garnisongeschichte (2022-11-12)

Conrady, Emil von: Die Geschichte des 2. Hannoverschen **Infanterie-Regiments** Nr. 77 – Die ersten 25 Jahre 1866 – 1891. Berlin : Mittler & Sohn, 1892

Schimmelpfeng, Hans: Geschichte des 2. Hannoverschen **Infanterie-Regiments Nr. 77**. Stalling, 1913

Waldorf-Astoria (Hg.): **Uniformen der Alten Armee** - Bilderbeilagen in Waldorf-Zigarettenpackungen. München : Waldorf- Astoria Zigarettenfabrik, 1920

Abbildungen mit Nachweis

Weitere Schriften von

Carl Crome-Schwiening.

Neu herausgegeben und verlegt bei
BoD - Books on Demand, Norderstedt:

Im Horst des Roten Adlers

Dieser Roman spielt im Berlin des Jahres 1894, das durch den Roten Adler des Markgrafen von Brandenburg, einem kaiserlichen Nebentitel, symbolisiert wird.

Die politische und journalistische Szene mit Intrigen und Spionage wird noch von tragischen Liebesverhältnissen durchwoben.

Wie kommt der Publizist Dr. Mark durch all diese Klippen ?

Buchausgabe:
ISBN 978-3-7568-3375-7
E-Book:
ISBN 978-3-7568-6565-9

Crome-Schwiening

**Im Horst
des
Roten Adlers**

Ein Berliner Polit-Thriller 1894

Neu herausgegeben von
Barbara und Harald Pinl

Die Elbpiraten

In Häfen der Mittelelbe verschwinden in den ersten Jahren nach 1900 von den Elbkähnen nächtens Teile der Ladungen. Schiffer und Polizei stehen vor einem Rätsel. Ist die „Schwarze Bruderschaft" darin verstrickt? Dieser Roman aus dem Magdeburger Schifferleben ist noch mit Liebesgeschichten gewürzt.

Taschenbuch:
ISBN 978-3-7543-7544-0
E-Book: ISBN 978-3-7543-5885-6

Crome-Schwiening

Neu herausgegeben von
Barbara und Harald Pinl

Unter fremdem Willen

Der Psycho-Krimi spielt im Jahre 1900. Die Handlung beginnt in Köln und setzt sich in Rotterdam, Haag, Amsterdam und Delft fort. Im Haager Schloss werden dem Rajah von Mataram Diamanten geraubt. Ist das somnambule Medium Lizzie, geführt von fremdem Willen, am Raub mitschuldig? Kommissar van Rinschoten ermittelt. Kann ihm der Schriftsteller Dr. Helpert dabei helfen?

Taschenbuch:
ISBN 978-3-7562-0276-8
E-Book: ISBN 978-3-7562-6143-7

Crome-Schwiening

Unter
fremdem
Willen

Ein Kriminalroman aus 1900,
neu herausgegeben von Harald Pinl